ANDREAS EDELHOFF

Halbgötter-dämmerung

RISIKEN UND NEBENWIRKUNGEN In einer leer stehenden Essener Wohnung wird die Leiche des jungen Anästhesisten Dr. Gregori Sacharanov aufgefunden. Angeschlossen an Infusionen, deutet alles auf einen Selbstmord des Arztes hin. Aber was ist sein Motiv? Kriminaloberkommissar Stefan Braun spürt, dass etwas anderes dahintersteckt. Als innerhalb von 48 Stunden zwei weitere Ärzte im Zuständigkeitsbereich der Essener Kripo tot aufgefunden werden, scheinen sich seine Zweifel und sein Bauchgefühl zu bestätigen. Ihre Untersuchungen führen die Essener Ermittler auf die Spur eines undurchsichtigen Netzwerks russischer Ärzte, dessen Teilnehmer nach und nach unter fragwürdigen Umständen aus dem Leben scheiden. Sind die Ärzte nur Opfer? Oder sind sie auch Täter, verwickelt in kriminelle Machenschaften am Patientenbett?

Andreas Edelhoff, Jahrgang 1967, stammt – wie sein Kommissar – aus dem Herzen des Ruhrgebiets. Geboren und aufgewachsen im Schatten von Zechen, Kokereien und Petrochemie in Gelsenkirchen-Buer, lebt er heute in Bochum-Wattenscheid und arbeitet in Essen. Beruflich wollte er zunächst in die Fußstapfen seines Vaters treten und ebenfalls Polizeibeamter werden, entschied sich dann aber für eine medizinische Laufbahn. Nach einer Ausbildung in der Krankenpflege wechselte er in den Rettungsdienst. Heute arbeitet er in der Ausbildung von Medizinstudenten an der Universität Duisburg-Essen. Für den leidenschaftlichen Geschichtenerzähler war es nur ein kleiner Schritt zum Krimiautor, inspiriert von den Regionalkrimis seines literarischen Vorbilds und Lehrers Klaus-Peter Wolf.

ANDREAS EDELHOFF

Halbgötterdämmerung

Kriminalroman

GMEINER SPANNUNG

Personen und Handlung sind frei erfunden.
Ähnlichkeiten mit lebenden oder toten Personen
sind rein zufällig und nicht beabsichtigt.

Im Ehnried 5, 88605 Meßkirch
Telefon 07575/2095-0
info@gmeiner-verlag.de

1. Auflage 2019

Lektorat: Claudia Senghaas, Kirchardt
Herstellung: Mirjam Hecht
Umschlaggestaltung: U.O.R.G. Lutz Eberle, Stuttgart
unter Verwendung eines Fotos von: © Andreas Edelhoff
Verwendetes Symbol im Inhalt: © https://commons.wikimedia.org/wiki/
File:Schlaegel_und_Eisen_nach_DIN_21800.svg?uselang=de
Druck: CPI books GmbH, Leck
Printed in Germany
ISBN 978-3-8392-2372-7

Für Klaus-Peter Wolf.

Weil es dieses Buch ohne Dich nicht geben würde.

Die Mixtur brachte ihm den Tod. Tropfen für Tropfen floss sie in Gregori Sacharanovs Venen. Sein Herz raste immer schneller, bis es völlig aus dem Rhythmus kam und schließlich stehen blieb.

Draußen spülte der Regen den Dreck von Essens Straßen in kleinen Bächen durch den Rinnstein.

»Mensch, Heering, können Sie das Scheißding nicht wenigstens beim Essen mal wegstecken?«

Eigentlich schien der Neue gar kein übler Kerl zu sein; vielleicht immer eine Spur overdressed, in seinem grauen Anzug; aber diese ständige Daddelei mit seinem iPhone ging Kriminaloberkommissar Stefan Braun gehörig auf die Nerven.

»Was Sie so *Essen* nennen …« Claas Heering stocherte lustlos in seinem Gartensalat.

Stefan Braun, der gerade genüsslich in seinen Burger biss, hatte darauf bestanden, dass sie ihre »Schutzmannsmahlzeit« bei McDonalds einnahmen und Claas Heering hatte sich dem murrend gefügt.

Sein Handy klingelte. Beim Versuch es mit der rechten Hand aus der Jackentasche zu fischen und gleichzeitig mit der linken den Big Mac unter Kontrolle zu halten, kam ein mit Burgersauce getränktes Salatblatt auf Stefans linkem Oberschenkel zu liegen. »Scheiße!«, fluchte er laut, bevor er das Gespräch annahm. »Braun! Aha! Ja! Äh, Moment. Schreiben Sie mal auf, Heering«, kommandierte er, »Klarastraße 71, erstes Obergeschoß, vermutlich Suizid. Haben Sie das, Heering?« Der Neue nickte und hielt seinem Kollegen eine Serviette hin. Genervt rieb Stefan über den Fettfleck auf seiner Jeans, der dadurch zu einer immer größer werdenden, dunklen Fläche anwuchs.

»Hätte eh längst in die Wäsche gemusst, die Buchse.«

Claas hielt sein iPhone, das bereits eine Route zu ihrem Einsatzort berechnet hatte, wie eine Trophäe in die Luft: »Das ist in Rüttenscheid. Nur gut fünf Minuten von hier entfernt.« Stefan Braun schüttelte den Kopf und schob sein Tablett in den dafür vorgesehenen Wagen.

»Dafür habe ich auch ne App«, sagte er im Hinausgehen. Er tippte sich mit dem Zeigefinger an die Stirn: »Nennt sich Ortskenntnis.«

Vor dem Haus in der Klarastraße fuhr der Notarztwagen gerade davon, als Stefan den blauen Opel Astra vor dem Beerdigungsinstitut Pax im Nebenhaus parkte.

»Welch vortrefflicher Ort für einen Selbstmord«, bemerkte Claas Heering, während sie, die Jacken zum Schutz gegen den prasselnden Regen über den Kopf gezogen, hinüber zur Haustür hasteten.

Im Hausflur roch es muffig. Muffig mit Zitronennote; so, wie es fast immer in diesen Vorkriegshäusern roch: nach Feuchtigkeit in den Wänden, die aus dem Keller emporstieg, gemischt mit dem Duft des Putzmittels, das die Hausfrauen zum Flurwischen benutzten.

Sie gingen die Treppe, deren ausgetretene Stufen unter jedem ihrer Schritte knarzten, hinauf in den ersten Stock; vorbei an einer kleinen Gruppe junger Menschen, die weinend auf dem Absatz saßen, während zwei Streifenpolizisten ihre Personalien aufnahmen. Eine junge Frau, die zusammengekauert vor der Tür saß, hinter der einst die Etagentoilette verborgen war, sah kurz auf, strich sich die langen, schwarzen Haare aus dem Gesicht und blickte die beiden Männer mit leeren Augen an; die Tränen hatten ihr Make-up verlaufen lassen, das nun ein fein verästeltes Muster auf ihre Wangen gezeichnet hatte. Sie erinnerte Stefan an den frühen Alice Cooper.

Die Wohnung war nahezu leer; an den Wänden fehlten

die Tapeten, die Türblätter waren ausgehängt und in einer Ecke standen Farbeimer; hier wurde offensichtlich gerade renoviert.

In dem Zimmer, das vermutlich als Wohnzimmer vorgesehen war, lag ein Mann rücklings auf einer Isomatte. Er trug hellblaue OP-Kleidung aus dem Krankenhaus. Die Füße, die in weißen Tennissocken steckten, lagen über Kreuz. Seine Straßenkleidung hatte er ordentlich gefaltet auf der Fensterbank abgelegt. Daneben ein paar schwarze Budapester. In seinem linken Arm steckte eine Infusionsnadel, an die zwei Flaschen mit medizinischen Lösungen angeschlossen waren, die leer am oberen Ende einer Trittleiter hingen. Im Schein der nackten Glühbirne warfen sie ihren Schatten auf die unbehandelten Dielen des Fußbodens, auf dem Spritzen, Nadeln und geöffnete, leere Ampullen verstreut lagen. Nur die fahle Farbe seiner Gesichtshaut verriet den Beamten, dass er nicht nur schlief.

Der ältere der beiden Schupos betrat den Raum und streckte Stefan die Hand zur Begrüßung entgegen: »Tach, Derrick.«

Die meisten Kollegen waren untereinander per du; Stefan Braun duzte sich sogar mit dem Chef. Auch hatte fast jeder einen Spitznamen, während sie Claas Heering schlicht »den Neuen« nannten, was allemal besser war als »Fischkopp«, wie er in der Schule, in Anspielung auf seinen Nachnamen gerufen worden war; aber bislang konnte er sich keinen Reim darauf machen, wieso sein Vorgesetzter ausgerechnet den Namen eines Fernsehkommissars trug.

»Was hast du hier für uns, Capri?«

Capri reichte Stefan den roten Schein, die Todesfeststellung mit unklarer Todesursache: »Der Notarzt meint, das wäre ein klassischer Selbstmord für einen Arzt. Hat sich quasi selbst eingeschläfert. Das hier«, er hielt einen kleinen Notizzettel hoch, der in einer Klarsichttüte steckte, »ist wohl die Mischungsangabe für den Todescocktail.«

Stefan nahm den Zettel zur Hand und las laut vor: »*Egal wer mich findet, 45 mg Dormicum, 500 mg Propofol, 100 ml KCl.* Aha. Du sagst, er war Arzt?«

»Ja. Genau. Anästhesist im Krankenhaus.«

»Gibt's sonst noch was? Einen Abschiedsbrief zum Beispiel?«

»Nö. Bloß seinen russischen Pass und das Foto dieser jungen Frau hier.« Capri hielt Stefan zwei weitere Klarsichtbeutel entgegen.

»Wer hat den Toten gefunden?«, brachte sich Claas Heering in das Gespräch ein.

»Seine Arbeitskollegen, die draußen auf der Treppe sitzen. Der Herr …«, Capri nahm sein Notizbuch zur Hand, »Sacharanov ist heute nicht zum Dienst erschienen, hat sich nicht abgemeldet und war auch über Handy nicht erreichbar. Seine Kollegen haben daraufhin beschlossen ihn nach Schichtende zu suchen und sind hier fündig geworden. Er renoviert gerade und wollte in zwei Wochen in diese Wohnung einziehen. Keiner hat eine Idee, warum er sich umgebracht haben könnte.«

Stefan notierte sich den Namen. »Wie heißt das Opfer mit Vornamen?« Wieder blickte Capri in sein Buch. »Gregori. Gregori Sacharanov heißt er.«

»Wie sieht es mit Angehörigen aus?«, wollte Stefan wissen.

»Laut seinen Kollegen Fehlanzeige; der Tote stammt aus Russland, aus einem kleinen Ort in der Nähe von St. Petersburg; ob er dort Angehörige hat, weiß keiner. Hier lebte er jedenfalls allein; keine Familie, keine Freundin.«

»Keine Freundin?«, wunderte sich Stefan Braun. »Und wer ist dann die Frau auf dem Bild?«

Claas zuckte kurz mit den Achseln und nahm die Klarsichttüte mit dem Foto an sich: »Na, dann gehen wir doch mal fragen.«

Er saß schon eine ganze Weile auf seinem Platz, am Fenster der Eule. Von dort konnte er die Szene auf der anderen Straßenseite gut beobachten.

Jetzt trugen sie den Zinksarg wieder aus dem Haus, verluden ihn in den Leichenwagen und fuhren zusammen mit dem Fahrzeug der Kripobeamten davon.

Er leerte seinen Wodka in einem Zug, zahlte und ging hinaus. Vor der Tür zündete er sich eine Lucky Strike an, sog den Rauch tief in seine Lunge ein, zog sich die Kapuze weit ins Gesicht und ging in den Regen.

Gregori Sacharanov wohnte in einem Ein-Zimmer-Appartement im so genannten Philosophenviertel, einer besonders bei Menschen mit osteuropäischem Migrationshintergrund beliebten Wohngegend.

»Früher«, klärte Stefan seinen jungen Kollegen auf, »durfte man hier nicht langsam durchfahren, wenn man Alufelgen hatte. Die haben sie dir sonst vom fahrenden Auto geklaut.« Stefan schmunzelte beim Gedanken daran.

»So wie der da?« Claas deutete auf einen 3er BMW, der am Straßenrand auf Ziegelsteinen aufgebockt stand.

Beide lachten.

»Ja, so wie der da.«

Die Wohnung war ordentlich und sauber – zu ordentlich, wie Stefan Braun und Claas Heering fanden. Besonders merkwürdig wirkte der Umstand, dass es in der Wohnung keinen Computer gab und auch keine weiteren Bilder der, den Arbeitskollegen des Toten völlig unbekannten, jungen Frau auf dem Foto.

»Irgendetwas ist faul an der Sache, Meister Heering. Da bringt sich einer um, ohne erkennbaren Grund, hinterlässt statt eines Abschiedsbriefs so eine Art Beipackzettel und der ist nicht von Hand, sondern am Computer geschrieben, den es hier aber nicht gibt.«

»Vielleicht hat er einen Rechner der Klinik benutzt.«

»Genau darum werden sich die Kollegen vom Frühdienst mal zusammen mit den Spezialisten vom KK 25 kümmern müssen.«

Sie versiegelten die Wohnungstür und machten sich auf den Weg zu ihrer Dienststelle, wo sie der Papierkram erwartete.

Hansi Grabowski kramte ein blaues Einwegfeuerzeug aus seiner Arbeitshose hervor und zündete sich eine Selbstgedrehte an. Dann hielt er das Feuerzeug an den Kronkorken seiner Bierflasche und ließ diesen mit einem saftigen Ploppen quer durch seine Garage fliegen. Als er es sich auf seinem Höckerchen bequem gemacht hatte, konnte er das Unheil schon hören, das sich aus der Ferne näherte.

Er hatte seine Zigarette gerade ausgedrückt, als Stefan Braun mit seiner Maschine die Einfahrt zur Garage herauffuhr. Die BMW R 100 RS war schon deutlich über dreißig Jahre alt, aber in sehr gutem Zustand, was nicht zuletzt an Hansis begnadeter Schrauberarbeit lag. Die Abendsonne schimmerte sanft auf dem Metalliclack des Tanks, als sich die beiden Freunde zur Begrüßung umarmten.

»Super, dass du noch Zeit für mich hast, Hansi. Ich hab dir ja schon am Telefon gesagt, dass sie nicht rund läuft. Sie nimmt so komisch Gas an. Und das ausgerechnet jetzt, wo der Mondeo in der Werkstatt steht.«

»Kein Thema, mein Lieber. Dass die Gute nicht richtig läuft, habe ich schon von Weitem gehört. Ich denke mal mit ein bisschen Synchronisieren sollte das zu beheben sein. Wie läuft's zu Hause?«

Stefan verdrehte die Augen. »Katja war schon seit drei Wochen nicht mehr da.«

Seit sie beim Bundeskriminalamt arbeitete, wohnte Stefans Frau unter der Woche in Wiesbaden und kam nur am Wochenende nach Hause; wenn sie Zeit dafür fand. »Erst musste sie zum Lehrgang, dann hatte sie zu viel zu tun. Das kann ich ja beides gut verstehen, aber letztes Wochenende ist sie dann mit ihren Sportkumpels nach Zürich zum Marathon geflogen. Da wäre Zuhause ja ein Umweg gewesen.«

Hansi, der seine Messapparaturen an die beiden Vergaser des Boxermotors angeschlossen hatte, spürte Stefans Unzufriedenheit: »Habt ihr schon mal darüber gesprochen, wie du dich damit fühlst?«

»Klar haben wir das. Aber es ist am Ende immer dasselbe. Angeblich geht es immer nur um mich. Ständig solle sie sich meinen Interessen unterordnen, aber sie habe ja auch ein eigenes Leben.«

»Oha!«

»Ich habe sie doch nach allen Kräften unterstützt, damit sie den Wechsel zum BKA schafft, aber so habe ich mir das nicht vorgestellt.«

Hansi stand vor seinem Kühlschrank und holte sich noch eine Krombacher. »Cola?« Er hielt Stefan eine Dose entgegen.

»Ja, danke.« Es zischte und schäumte, als Stefan den Aluminiumdeckel eindrückte. Schnell nahm er die Dose zum Mund, um das Überschießende aufzusaugen, bevor er die Trinköffnung vollständig freilegen konnte.

»Ich habe langsam Sorgen, dass unsere Ehe daran kaputtgehen könnte.«

Hansi, der den Motor der BMW gestartet hatte, um mit der Messung zu beginnen, deutete Stefan an, ihm nach draußen zu folgen, wo sie sich auf die niedrige Mauer setzten, die den Vorgarten von der Garageneinfahrt abtrennte.

»Habt ihr eigentlich überhaupt mal darüber nachgedacht, wie das auf Dauer funktionieren soll, mit Katjas Arbeit in Wiesbaden? Soll das eine Wochenendehe bleiben?«

»Nein. Natürlich nicht. Eigentlich ist das mit dem BKA ja nur als eine Art Karrierebooster gedacht.«

Hansi deutete seinem Freund an, einen Moment innezuhalten, ging in die Garage, drehte hier und da an einer Schraube, gab ein wenig Gas, drehte wieder an Schrauben und nickte zuversichtlich.

»Was meinst du mit Karrierebooster?«, fragte er, während er mit Blättchen und Tabak hantierte, um sich eine weitere Zigarette zu drehen.

»Na da sind ihre Chancen auf Beförderung wesentlich besser als hier bei uns. So, wie es aussieht, wird sie noch in diesem Jahr Kriminalrätin, nach gut einem Jahr. Das wäre hier bei uns in der Behörde undenkbar.«

»Und dann?«, Grabowski nahm einen tiefen Zug von seiner Kippe und pustete den Rauch bewusst in die von Stefan abgewandte Richtung.

»Wenn sie das so zwei oder drei Jahre macht, dann hat sie genug Erfahrung gesammelt und kann sich wieder auf eine Stelle hier vor Ort bewerben.«

»Kommt dir an dem Plan irgendwas bekannt vor, Derrick?«

Stefan legte den Kopf schief, zum Zeichen, dass er nicht wusste, worauf sein Freund hinauswollte.

»Du wolltest auch nur für zwei oder drei Jahre zur Autobahnpolizei um vom Objektschutz wegzukommen. Und am Ende bist du über sechs Jahre bei der Geradeausstreife geblieben.«

»Aber das war doch ganz was anderes damals«, rief er seinem Freund hinterher, der erneut an zwei Schrauben drehte und dann den Motor abstellte.

»Was bitte soll denn daran anders sein? Ich sag dir jetzt mal zwei Sachen mein Lieber. Erstens«, er tippte Stefan mit dem rechten Zeigefinger an die Stirn, »habe ich erhebliche Zweifel, dass das mit dir und Katja lange gut gehen wird.«

»Und zweitens?« Stefan senkte den Kopf und starrte in die Öffnung seiner Getränkedose.

»Und zweitens ist dein Mopped fertig und läuft wieder wie ne Katze. Aber du brauchst dringend ne neue Batterie.«

Er nahm die Ampulle aus seiner Kitteltasche, zog den Inhalt in eine Spritze auf, ließ die leere Ampulle zurück in die Tasche gleiten und spritzte die farblose Flüssigkeit in die Infusionsflasche des Patienten in Bett 5. Er machte sich Notizen in ein schwarzes Büchlein und steckte es wieder in seine Hosentasche.

Mit einem kräftigen Tritt seines Stiefels sprang das Garagentor in die Position, dass er es abschließen konnte.

»Ich glaub, das muss mal eingestellt werden.«

Vier Monate hatte seine BMW draußen stehen müssen. »Das bekommt der alten Dame gar nicht gut«, hatte er dem

Vermieter gesagt, als der ihm die Garage gekündigt hatte, um sie selbst zu nutzen. Stefan Braun war froh, dass er so nicht über den Winter musste und jetzt endlich wieder eine Unterkunft für seine Maschine hatte, die sogar näher an seiner Wohnung war als vorher. Jetzt musste er nur noch auf die andere Straßenseite.

Die Maisonettewohnung in der Morsehofstraße 29 hatten Stefan und Katja vor gut fünf Jahren gekauft. Sie war hell und großzügig geschnitten, mit einem Balkon in der unteren und einer großen Dachterrasse in der oberen Etage. Die Nachbarschaft war okay, auch wenn Stefan sich mehr Kontakt gewünscht hätte. So blieb es meist bei einem Hallo und einem kurzen Gespräch über das Wetter oder andere Nebensächlichkeiten.

Stefan ging in die Küche, kochte sich einen Ostfriesentee und schmierte sich zwei Schwarzbrotcheeseburger. Er liebte diese Kombination aus einer Brötchenhälfte und einer Scheibe kräftigem Roggenbrot. Besonders mit viel guter Butter und einer dicken Scheibe milden Gouda. Den Tee füllte er – nicht ganz stilecht – in einen Kaffeepott mit dem Logo der Polizeigewerkschaft und süßte ihn mit braunem Grümmelkandis.

Das schöne Wetter lud ihn dazu ein sich auf die Dachterrasse zu setzen. Er machte es sich auf einem Gartenstuhl bequem, nahm einen großen Schluck vom schwarzen Friesen und genoss den Blick über den Ostfriedhof.

»Zwei in einer Stadt. Was für eine Scheißidee. Und dann auch noch so kurz hintereinander.« Er würde die Methode ändern müssen, um nicht sofort Aufmerksamkeit zu erregen. Die notwendigen Utensilien würde er gleich hier vor Ort besorgen. Noch war er ja weit genug entfernt von Essen, als dass jemand daraus Schlüsse ziehen könnte.

In der großen Dienstbesprechung wurden die aktuellen Fälle besprochen, die fachübergreifend bearbeitet wurden. Kriminaldirektor Herrmann Kaminski, oberster Mordermittler in Essen, begrüßte die Anwesenden und eröffnete die Besprechung.

Zuerst ging es um einen Fall aus dem Drogenmilieu; danach war Stefan an der Reihe: »Wir haben in der Nacht von Montag auf Dienstag eine Todesermittlung durchgeführt, die augenscheinlich wie Suizid aussieht. Es gibt aber keinerlei Hinweise auf die Selbsttötungsabsicht.« Er trug seine bisherigen Erkenntnisse vor und reichte die Fotos aus der Wohnung Klarastraße 71 in die Runde.

Corinna Busch, die zusammen mit einem Computerspezialisten vom KK 25 am Arbeitsplatz des Toten gewesen war, ergriff das Wort: »Nach unseren Ermittlungen im Krankenhaus gibt es weiterhin keinen Anhalt für die Absicht sich das Leben zu nehmen. Der Chefarzt schildert Doktor Sacharanov als motivierten, zuverlässigen Arzt mit eindeutigen Karrierezielen. Er sieht überhaupt keinen Grund für einen Selbstmord; in der Klinik habe es keinerlei Probleme gegeben; auffällig sei lediglich eine statistische Zunahme der Sterberate bei Patienten, die von Doktor Sacharanov betreut wurden.«

»Hat die Klinik ihm Fehlverhalten vorgeworfen?«, warf Herrmann Kaminski ein. »Das könnte er als persönliches Scheitern empfunden haben.«

»Nein. Aufgefallen ist das erst vor einigen Tagen im Rahmen von Qualitätskontrollen. Der Chefarzt wollte nächste Woche ein Gespräch mit Doktor Sacharanov führen. Dieses Motiv scheidet somit zunächst aus. Außerdem kann der bei dem Toten gefundene Zettel nicht aus dem Krankenhaus stammen, weil er mit einem Tintenstrahldrucker gedruckt wurde, das Krankenhaus aber nur Laser benutzt.«

»Hat die KTU sonst noch Ergebnisse?«, wollte Stefan von seiner Kollegin wissen.

»An allen zur Tötung benutzten medizinischen Materialien, die wir vor Ort gefunden haben, finden sich seine Fingerabdrücke. Auf besagtem Zettel ebenfalls. Zusätzlich fanden sich hieran Spuren von Einweghandschuhen, was mich bei einem Arzt aber nicht wirklich wundert.«

»Was sagt die Gerichtsmedizin, Frau Busch?«

»Das Ergebnis der Autopsie spiegelt die Auffindesituation wider. Es spricht also alles, bis auf den fehlenden Abschiedsbrief und ein uns bisher nicht bekanntes Motiv, für eine Selbsttötung.«

»Lässt sich der Hergang der Tat schlüssig rekonstruieren?«

»Nach Ansicht des Rechtsmediziners hat sich Doktor Sacharanov quasi selbst eingeschläfert, indem er sich einen Medikamentencocktail angemischt hat, den Veterinäre früher für die Euthanasie von Pferden benutzt haben. Auf die Medikamente hatte er ungehindert Zugriff in der Klinik.«

»Im Krankenhaus gibt's Medikamente, um Pferde einzuschläfern?« Claas Heering klang beinahe fassungslos.

»Genau das habe ich Professor Altmann auch gefragt«, antwortete Corinna, »aber dabei handelt es sich tatsächlich um ein ganz gewöhnliches Medikament, das in hoher Dosierung schnell tödlich wirkt.«

»Nur die Dosis macht das Gift, sagte schon der alte Paracelsus«, wusste Herrmann Kaminski. »Was wissen wir über die junge Frau auf dem Foto?«

»Nichts. Niemand in der Klinik weiß etwas von einer Beziehung unseres Toten. Das Bild stammt von der Internetseite einer russischen Partnervermittlung. Angeblich handelt es sich dabei um ein Original-Kundenfoto. Es könnte also gut sein, dass Herr Sacharanov die junge Dame so kennengelernt hat. Somit käme Liebeskummer als Suizidmotiv auf jeden Fall in Frage. Wir haben das Bild zusammen mit den Daten an Interpol gegeben; von dort werden die weiteren Ermittlungen in Russland angeleiert.«

»Dann ist die Sache für uns zunächst erledigt. Frau Busch, bitte informieren Sie mich, falls die Ermittlungen der russischen Kollegen irgendwelche weiteren Erkenntnisse bringen. Hat noch jemand etwas Neues? Nein? Gut, dann ist die DB hiermit beendet. Ich wünsche Ihnen allen noch einen schönen Tag.«

Auf dem Flur sprach Stefan seinen Chef an: »Herrmann, ich glaube einfach nicht an Selbstmord, an der Sache ist irgendwas faul.«

»Die Faktenlage spricht aber nicht gerade für dein Bauchgefühl, Stefan.«

»Nun, wenn ich mich recht erinnere, hat sie das schon häufiger nicht. Und trotzdem hatte mein Bauch am Ende meistens recht.« Er sah Herrmann auffordernd an.

»Welche Art von ›recht haben‹ meinst du damit? Diese Art, aufgrund derer ich damals das SEK die Wohnung von diesem armen, alten Ehepaar in Karnap habe stürmen lassen? Oder mehr diese Art, die uns beide vor drei Jahren die Beförderung gekostet hat, weil du ja unbedingt diese Villa in Fischlaken in Schutt und Asche legen lassen musstest, um dann eben doch keine einbetonierte Leiche zu finden? Ach, quatsch, nee, du meinst bestimmt …«

Stefan fiel seinem Chef ins Wort. »Ist gut Herrmann! Ich weiß selbst, welchen Scheiß ich wann gebaut habe.«

»Das beruhigt mich zu hören, wird dich aber sicher auch zukünftig nicht davon abhalten uns mithilfe deines Bauches in Schwierigkeiten zu bringen. Und irgendwie steht mir genau danach gerade nicht der Sinn. Also, hast du außer einem komischen Gefühl noch was anderes in Petto? So was wie ne Theorie vielleicht?«

»Nicht wirklich«, gab Stefan zu.

»Lass uns erst mal auf die Ergebnisse aus Russland warten. Ich kann schlecht auf Basis deines Bauchgefühls eine Mordkommission aufstellen.«

Stefan Braun wusste, dass Herrmann Kaminski recht hatte. Nur zufrieden war er damit nicht.

Seine Hände zitterten. Dimitri Oganov hatte Schwierigkeiten die Spritze in den Anschluss des Venenzugangs zu stecken, den er in seinem linken Unterarm fixiert hatte. Er drückte den Stempel der Spritze durch. Die weißliche Flüssigkeit drang in seine Venen ein und er verlor augenblicklich das Bewusstsein.

Das Telefon auf dem Schreibtisch klingelte. Corinna nahm den Hörer ab: »KK 11, Busch.«

»Hier ist die Leitstelle, Schäfer. Der 13/33 hat im Palmbuschweg einen Hänger gefunden. Die warten da auf euch. Die Spusi habe ich auch schon informiert.«

»Ist gut, wir kommen.« Corinna fischte einen Zettel aus ihrer Schreibtischschublade, notierte sich den Einsatzort und eine Handynummer der Kollegen vor Ort, legte den Hörer auf und wandte sich Stefan zu: »Hey, Oberinspektor, haste dein Taschenmesser dabei? Die Kollegen haben einen gefunden, der noch nen Strick am Hals trägt.«

Auf dem Weg zum Wagen reichte sie ihm ihren Notizzettel, damit er wusste, wohin sie die Reise führen würde.

Stefan warf einen Blick auf die Notizen, zog sein Handy aus der Hosentasche und wählte die notierte Nummer: »Hallo, Stefan hier. Bist du bei der Leiche im Palmbuschweg?«

Seine Frage wurde am anderen Ende der Leitung bejaht.

»Ich komme mit Corinna zu euch. Wir fahren sofort los. Hey! Und denk dran«, er versuchte möglichst cool zu klingen, »nix anfassen!«

Corinna konnte das »Blödmann« hören, das die Kollegin in den Hörer rief, während Stefan das Gespräch beendete.

Corinna sah Stefan vorwurfsvoll an: »Meinst du, das war jetzt besonders förderlich, für das Verhältnis zur uniformierten Truppe?«

»Keine Sorge«, antwortete er zuversichtlich, »Sandra versteht das schon richtig.«

»Kennt ihr euch näher?«

»Wir waren vor einer Weile zusammen im Sauerland bei so nem Gewerkschaftsseminar. Is echt ne Nette, die Sandra. Vielleicht n bisschen zu jung, aber sonst …«

»Wie? Aber sonst? Habe ich Grund zur Eifersucht?«, fragte sie schelmisch grinsend.

»Wer weiß?« Stefan lachte. »Ich hatte an dem Abend echt schon schwer einen sitzen. Was sich da alles hätte ergeben können …«

»Spinner!«

»Stattdessen habe ich ihr den halben Abend lang die Ohren vollgeheult, wie schlimm doch mein Leben sei.«

»Und? Hat sie dir zugehört?«

»Ich glaube schon.«

»Glauben heißt aber nicht wissen.«

»Als wenn wir Männer bei euch Frauen jemals irgendwas wüssten …«

Lachend stiegen beide in ihren Dienstwagen.

Eine Viertelstunde später kamen sie an der genannten Adresse an. Der silber-blaue Passat stand nur bedingt verkehrsgünstig an der Straßenecke.

»Ist dir eigentlich schon mal aufgefallen, dass die im Fernsehkrimi immer einen Parkplatz direkt vor dem Haus bekommen? Komisch, dass das in der Realität nie funktioniert.« Stefan suchte verzweifelt nach einer Möglichkeit den blauen Astra so abzustellen, dass er den Verkehr nicht behinderte.

»Da vorne ist doch ein Getränkemarkt im Hinterhof. Lass es uns da versuchen«, schlug Corinna vor.

»Na toll! Und dann bei dem Scheißwetter den ganzen Weg zurück. Im Fernsehen regnets auch nie.«

»Augen auf, bei der Berufswahl, Herr Oberkommissar. Hättest eben Schauspieler werden müssen«, stichelte seine Kollegin.

Sie hasteten durch den Regen zur offen stehenden Haustür, vorbei an einer Gruppe Männer, die unter dem Vordach des Getränkehändlers Schutz vor dem Wetter gesucht hatten, um dort Bier und Wodka zu trinken. Stefan fühlte sich beobachtet und drehte sich kurz um.

Einer der Männer sah in seine Richtung; mit kalten, fast ausdruckslosen Augen, deren Blick einfach durch ihn hindurchging, als wäre Stefan Braun gar nicht anwesend.

Wie es sich für einen Selbstmörder gehört, der sich mittels Strick das Leben nehmen will, hatte das Ganze auf dem Dachboden des viergeschossigen Hauses stattgefunden. Die Leiche lag am Boden, den Strick, der vom Rettungsdienst durchtrennt worden war und dessen oberes Ende von einem Giebelbalken herabbaumelte, noch am Hals. Der alte Barhocker, der neben einem halb gefüllten Wäschekorb auf dem Linoleum lag, schien ihm als Absprungstelle gedient zu haben. Sandra begrüßte Stefan mit einem Augenzwinkern, um dann ganz dienstlich zu werden: »Der Tote heißt Jiri Gaiger; seine Wohnung ist im ersten OG.« Ihre in Einweghandschuhe gehüllten Hände reichten ihm einen russischen Pass und einen aus einem Notizbuch ausgerissenen Zettel, auf dem sich handschriftlich die Worte »Es geht nicht mehr« fanden.

»Und wir haben natürlich nichts angefasst. Ganz so, wie der Herr Oberinspektor es befohlen hat«, ergänzte sie und zog das Augenlid mit dem rechten Zeigefinger herunter.

»Wer hat den Toten gefunden?«, fragte Stefan betont sachlich.

»Frau Stoschek, eine Nachbarin aus dem Erdgeschoss. Sie wollte hier oben Wäsche zum Trocknen aufhängen. Sie stand schwer unter Schock, deshalb hat der Notarzt sie mit ins Vincenz-Hospital genommen.«

»Wart ihr schon in der Wohnung?«, wollte Corinna Busch wissen.

»Wir warten noch auf den Schlüsseldienst. So wie's aussieht hatte er ja wohl nicht wirklich vor, wieder in seine Wohnung zurückzukehren. Da hat er den Schlüssel vorsichtshalber mal nicht mitgenommen.«

Die Spurensicherung begann mit der Untersuchung des Dachbodens, so dass sich die beiden Ermittler um die Wohnung kümmern konnten. Die Tür war nur zugezogen und stellte damit für den Mann vom Schlüsseldienst keine echte Herausforderung dar. Er benötigte nur wenige Sekunden für die Öffnung.

Der Schlüssel hing ordentlich am Schlüsselbrett in der Diele. Die Wohnung machte einen aufgeräumten Eindruck; in den verglasten Vitrinen des weißen Hochglanzwohnzimmerschranks standen schwere Gläser aus Bleikristall, an den Wänden hingen Fotografien von winterlichen Landschaften. In den Kommoden im Schlafzimmer lagen die Socken jeweils in einzelnen Fächern; T-Shirts und Poloshirts waren akkurat auf DIN-A4-Format gefaltet.

»Das kann doch jetzt kein Zufall mehr sein!« Stefan hielt seiner Kollegin den Krankenhaus-Mitarbeiterausweis des Toten hin, den er neben dem Telefon gefunden hatte. »Der zweite russische Arzt, der sich innerhalb von 48 Stunden hier in Essen das Leben nimmt? Ich hab da ein ganz mieses Gefühl im Bauch.«

»Aber zumindest haben wir hier so etwas wie einen Abschiedsbrief.«

»Lass uns mal mit den Nachbarn sprechen, ob irgendjemand was weiß oder gesehen hat.«

»OK. Ich fang unten an und du gehst nach oben.«

»Jawoll, Frau Hauptkommissar!«, antwortete Stefan militärisch stramm, mit einem Lächeln, salutierte und schlug die Hacken zusammen.

»Kommissarin! Hauptkommissarin! So viel Zeit muss sein, Herr Kollege.«

Er arbeitete gerne mit Corinna Busch zusammen; sie hatten einen ähnlichen Humor.

Als sie sich am Wagen wiedertrafen wurde der Leichnam gerade abtransportiert.

Die Befragung der Nachbarn hatte keine bedeutsamen Erkenntnisse gebracht: Freundlicher Mensch, zurückhaltend, kaum Kontakt zur Nachbarschaft; niemand hatte etwas gehört oder gesehen.

»Schlage vor, du fährst zum Vincenz-Hospital und befragst diese Frau Stoschek und ich lasse mich von den beiden netten Kollegen der Schutzpolizei zum Arbeitsplatz unseres toten Doktors bringen«, bot Stefan an.

»Ach«, spielte Sandra Weber die Entrüstete, »und wie kommt der Oberinspektor Derrick darauf, dass die Schupos das überhaupt machen?«

»Na, ich bezahl doch auch dafür – mit Naturalien.«

»Männer!«, stimmten die beiden Frauen einen Chor an und schüttelten die Köpfe.

Dann fuhren alle wie von Stefan vorgeschlagen davon.

Vor dem Haupteingang des Krankenhauses hielt der Streifenwagen an. Sandra Weber stieg aus, um Stefan die hintere Tür zu öffnen, was bei Polizeifahrzeugen grundsätzlich nur von außen ging. Stefan hatte den Eingang schon fast erreicht, als Sandra ihm hinterherlief.

»Ey, Derrick! Warte mal!«, rief sie. Stefan blieb stehen und drehte sich um. Ein warmes Lächeln lag auf ihrem jungen Gesicht. »Was das mit der Bezahlung angeht ... Ich meine das mit den Naturalien ...«

»Jaaaa...« Stefan wirkte etwas verwirrt.

»Ich meine, wir könnten doch vielleicht nachher noch ’n Bier trinken gehen, falls du Zeit hast.«

»Klar. Gerne.«

»Um acht? Im Turock? Du magst es doch rockig?«

»Ja. Gute Idee.«

»Ich freu mich.« Sandra Weber hob die Zehen an, machte eine Drehung auf den Fersen und ging in einer Art beschwingtem Watschelgang zurück zum Streifenwagen. Es sah etwas albern aus. Und Stefan merkte, dass ihm das gefiel.

»Läuft da was zwischen euch?« Oberkommissar Harald Graupner drehte sich zu seiner Kollegin auf dem Beifahrersitz um und sah sie skeptisch an: »Ist der nicht ’n bisschen alt für dich?«

»Ach Hardy!« Sandra atmete schwer aus. »Alter ist doch nur ne Zahl. Der Derrick ist einfach total sympathisch und einfühlsam. Außerdem ist das einer von denen, die sich nicht mehr ständig beweisen müssen. Das finde ich sehr angenehm.«

Harald sah Sandra vorwurfsvoll an: »Aber der ist doch mit ner Kollegin verheiratet?!«

»Verheiratet schon. Aber nicht glücklich.«

Auf dem Display erschien eine Handynummer. Der rechte Zeigefinger von Jörg Schäfer traf das rot blinkende Feld mit der Aufschrift *Notruf annehmen* auf seinem Touchscreen.

»Notruf der Polizei Essen, guten Tag«, meldete er sich, aber er erhielt keine Antwort.

»Hallo, hier ist die Polizei, bitte sprechen Sie mit mir«, forderte er den Anrufer auf, der ihm diesen Gefallen jedoch nicht tat.

Jörg stellte seinen Kopfhörer lauter, da er Geräusche aus dem Hintergrund wahrnahm. Nun hörte er Stimmen. Worte konnte er jedoch nicht verstehen. Er versuchte es erneut, indem er laut in sein Mikrofon rief: »Hallo, hier ist der Notruf der Polizei Essen! Brauchen Sie Hilfe?« Scheinbar konnte man ihn am anderen Ende nicht hören.

Ein klirrendes Geräusch ließ ihn vermuten, dass etwas zu Bruch gegangen sein musste. Er konzentrierte sich noch stärker auf die Stimmen, eine sprach sehr tief und ruhig, die andere klang aufgeregt. Und diese Aufgeregtheit schien sich gerade in Panik zu steigern. Jörg war sich sicher. Hier war jemand in Gefahr. Er tippte das Feld *Handy-Ortung* an und eröffnete einen Einsatz unter dem Stichwort *Bedrohung*. Wenige Augenblicke später zeigte ihm der Computer den Standort des Anrufers an. Über Funk forderte er bei der zuständigen Wache Streifenwagen an.

Jörg musste in der Telefonleitung bleiben, falls sich vor Ort etwas verändern sollte. Er versuchte es erneut mit einer Aufforderung: »Hallo! Polizei! Brauchen Sie Hilfe?«

Jetzt waren die Stimmen verstummt. Die Geräusche hatten sich geändert. Nun klang es, als würde jemand Möbel rücken. Dann hörte er Schritte und das Geräusch einer sich schließenden Tür. Stille.

Ein ohrenbetäubender Knall ließ Jörg sich den Kopfhörer, der immer noch auf volle Lautstärke gestellt war, vom Kopf reißen. Er drückte mit schmerzverzerrtem Gesicht die Zeigefinger in seine Ohren, bis der Pfeifton etwas nachließ.

Die Leitung war tot.

Stefan lehnte an der Mauer vor dem Krankenhaus, als Corinna Busch ihn abholte. Ihre Ermittlungen brachten keine wirklich neuen Erkenntnisse über den Toten aus dem Palmbuschweg. Das bereits von den Nachbarn gezeichnete Bild eines scheuen Menschen mit wenig Kontakten in seinem Umfeld und einem ausgeprägten Sinn für Ordnung wurde auch von den Kollegen bestätigt. Da der Chefarzt von Jiri Gaiger zurzeit auf einem Kongress war, musste dessen Befragung in den nächsten Tagen nachgeholt werden.

Auch Frau Stoschek konnte, soweit ihr Zustand dies zuließ, keine anderen Informationen liefern.

Stefan schloss die Beifahrertür des Astra und begann zu grübeln. »Lass uns noch mal in der Klarastraße vorbeifahren. Ich will mir den Tatort noch einmal ansehen. Ich habe das Gefühl, wir haben etwas übersehen.«

Mit der Spitze des Autoschlüssels durchschnitt Corinna Busch das Siegel an der Wohnungstür. Eine fast gespenstische Stille herrschte in den Räumen. Gerade so, als sollte es ein Zeichen dafür sein, dass hier etwas Ungeheuerliches stattgefunden hatte. Stefan hockte im Türrahmen zum Wohnzimmer und ließ seinen Blick durch den Raum wandern, den er im Kopf in Quadranten aufgeteilt hatte, um keine Stelle zu übersehen. Alles im Raum war übersät mit durch Talkumpulver sichtbar gemachten Fingerabdrücken und Markierungen aus Ölkreide.

»Sollen wir mal versuchen es nachzuspielen?«, fragte Corinna, die nun hinter ihm stand.

»Ja. Das ist eine gute Idee. Irgendwie fehlt mir noch der Zugang zu dieser Geschichte.«

»Ich mach das mal so, wie ich Professor Altmann verstanden habe«, bot Corinna sich für die Rolle des Opfers an. »Die Isomatte liegt ja schon hier. Entweder, weil sie sowieso da lag, oder weil ich sie mir extra für diesen Zweck mitgebracht habe.«

»Ich glaube die Matte können wir vernachlässigen. Was machst du mit den Medikamenten?« Stefan legte die Tatortfotos der vorgefundenen Spritzen und aufgebrochenen Ampullen so ab, wie die Gegenstände vorgefunden wurden.

»Zunächst muss ich dieses Kaliumzeugs in die Infusionen spritzen und die Flaschen an der Leiter aufhängen.«

Corinna führte die Bewegungen aus, die ihrer Meinung nach dafür notwendig waren. »Die Schläuche haben solche Klemmrädchen. Damit kann man die zumachen, sodass nichts rausläuft.«

Stefan sah der pantomimischen Vorstellung aufmerksam zu.

»Dann muss ich eine weitere Spritze aufziehen mit den beiden Narkosemitteln.«

»Propofol und Dormicum«, ergänzte Stefan.

»Genau.« Corinna deutete an, wie sie die gefüllte Spritze zur Seite legte. »Jetzt muss ich mir noch diese Nadel«, sie zögerte einen Moment und blätterte in der Akte, »Braunüle heißt so was, in den linken Arm stechen. Professor Altmann sagt, das sei nicht besonders schwer.«

Stefan sah seine Kollegin mit großen Augen an: »Na, ich weiß nicht, ob ich das so leicht finden würde, mich selber mit so einer Nadel zu stechen.«

»Weichei!« Corinna lachte. »Das machen Junkies doch auch ständig. Also kann es ja wirklich nicht soo kompliziert sein. Diese Braunüle hat zwei Anschlüsse. An den einen kommt der Schlauch von der Infusion.« Wieder simulierte sie den Vorgang mit ihren Händen. »Dann kommt der schwierigere Teil. Ich muss jetzt den Schlauch zusammenklemmen, mit der linken Hand festhalten, den Verschluss öffnen und mich hinlegen. Dabei darf aber noch nichts in meine Adern fließen.« Etwas umständlich legte Corinna sich auf die Isomatte.

»Das scheint mir ganz schön umständlich«, erwiderte Stefan.

»Aber durchaus nachvollziehbar. Als Letztes stecke ich nun die Spritze mit dem Narkosemittel auf den zweiten Anschluss und drücke ab.«

»Und sobald die Narkose wirkt, lässt deine linke Hand den Infusionsschlauch los und der Giftcocktail läuft in deine Adern.«

»Tja, dann bin ich jetzt wohl tot.«

»Und was habe ich in der ganzen Zeit gemacht?«, fragte sich Stefan Braun, der nun die Rolle des vermeintlichen Täters einnehmen wollte.

»Es reicht doch, dass du im Türrahmen stehst und mich mit der Waffe bedrohst.«

Stefan streckte ihr den rechten Zeigefinger entgegen: »Das klingt alles so einfach.«

»Ja, aber das scheint es auch zu sein.«

»Was ist denn mit dem ganzen medizinischen Krempel? Die Medikamente? Die Spritzen? Die Infusionen? Wie kam das hier hin?«

»Das waren alles Standardartikel. Die können aus irgendeinem Krankenhaus geklaut oder sogar ganz legal in der Apotheke erworben worden sein. Also bis auf die Medikamente. Die hätte er nicht kaufen können.«

»Vielleicht hat unser Opfer sie sogar selbst besorgt. Wer weiß in welchem Verhältnis die beiden zueinander standen?«

»Wenn es nur *ein* Täter war. Es können genauso gut auch mehrere gewesen sein. Oder eben gar keiner, falls es doch ein Suizid war.«

In der Dienststelle angekommen, führte sie ihr Weg direkt ins Büro ihres Chefs Herrmann Kaminski.

»Willst du mir immer noch sagen, das sei nur mein Bauchgefühl?«, ging Stefan Braun direkt in die Offensive. »Zwei tote, russische Ärzte innerhalb von 48 Stunden!«

»Gibt es irgendeine erkennbare Verbindung zwischen den beiden?«

»Soweit wir das bis jetzt überblicken können, nein.«

»Danke Frau Busch. Merkst du was, Stefan? Ich stimme dir zwar zu, dass das alles einen schalen Beigeschmack hat, aber wenn ich damit beim Staatsanwalt auflaufe, verbrenn ich mir die Finger.«

»Soll das heißen, wir lassen die Sache auf sich beruhen?«

»Nein, das nun auch wieder nicht. Ich will, dass ihr an der Sache dranbleibt. Liefert mir irgendwas Handfestes und wir fahren das volle Programm. In der Sache Sacharanov haben wir übrigens schon eine Rückmeldung von Interpol.« Er reichte Stefan ein Telefax. »So wie es aussieht, gibt es keine lebenden Verwandten.«

Im Büro baute Stefan eine Pinnwand auf und begann kleine Notizen dort anzuheften.

»Die einzigen sichtbaren Verbindungen«, er malte Anführungszeichen in die Luft, »sind die gemeinsame Herkunft aus Russland und die Tatsache, dass sie hier in

Essen als Ärzte gearbeitet haben. Aber ich bin mir absolut sicher, dass es da noch mehr geben muss. Wo ist eigentlich der Neue?«

»Am Telefon.« Corinna hielt ihr Handy hoch, das soeben mit »Someone Like You« von Adele einen Anruf signalisierte. Im Display stand »Heering Handy«. »Hallo, Herr Heering, wo stecken Sie? – Wie bitte? Ist das Ihr Ernst? Derrick und ich kommen sofort. Bis gleich.«

Stefan blickte sie mit fragenden Augen an.

»Der Neue ist in Mülheim-Dümpten. Dort gab es heute Mittag eine Explosion in einer Wohnung, bei der eine Person ums Leben gekommen ist. Wenn es sich dabei um den Wohnungsinhaber handelt, haben wir den dritten toten, russischen Mediziner in unserem Zuständigkeitsbereich.«

Der Schildberg glich einer Ausstellung für Einsatzfahrzeuge. Stefan parkte den Astra in einer Seitenstraße, direkt hinter dem Wagen des, an solchen Einsatzstellen obligatorischen, Kamerateams des lokalen Blaulichtreporters.

Vor dem Haus trafen sie auf Claas Heering, der dort mit einem Kollegen der Schutzpolizei und einem Feuerwehrmann, auf dessen gelber Weste groß das Wort »Einsatzleiter« prangte, sprach.

»Moin zusammen. Stefan Braun, KK 11«, stellte er sich den Anwesenden vor. Mit der Hand auf Corinna deutend: »Hauptkommissarin Busch.«

»Thomas Wischnewski«, nannte der Uniformierte, dessen Schulterklappen ihn als Polizeihauptkommissar auswiesen, obwohl er höchstens Mitte dreißig war, Hände schüttelnd seinen Namen. »Ich bin der Dienstgruppenleiter der Wache Mülheim. Das hier ist Brandamtmann Bornemann, der Einsatzleiter der Feuerwehr.«

Ach was!, dachte Stefan, der junge Herr Hauptkommissar wird's nicht für möglich halten, aber bei der Kripo ist Lesen können Einstellungsvoraussetzung. Er behielt diesen Gedanken aber lieber für sich und ordnete den jungen Kollegen mal eben in seine Schublade für Karriereschnösel ein.

Der Feuerwehrmann schüttelte den beiden Neuangekommenen ebenfalls die Hände und erläuterte seine Feststellungen: »Offensichtlich ist es in der Wohnung zu einer Verpuffung gekommen, die unmittelbar am Auffindeort der Leiche stattgefunden haben muss. Die Hitzeentwicklung war enorm. Dementsprechend groß ist der Grad der Zerstörung in der Wohnung. Da werden die Brandursachenermittler einiges zu tun haben.«

»Ist die Identität des Toten geklärt?«

»Nein, Frau Busch. Das wird wohl nur durch die Rechtsmedizin möglich sein. Das Feuer hat der Leiche erheblich zugesetzt.«

»Der Wohnungsinhaber soll ein Arzt aus Russland sein«, stellte Stefan fest.

»Sein Name ist Valeri Voltin. Er arbeitet im Evangelischen Krankenhaus Oberhausen. Wir haben die Oberhausener Kollegen bereits dort vorbeigeschickt. Doktor Voltin hat zurzeit Urlaub. Sein Oberarzt weiß nicht, wo und wie er den verbringt.«

»Was zu der Verpuffung geführt hat, oder wie es dazu kommen konnte, nehme ich an, ist so noch nicht zu sagen?«, fragte Corinna weiter. »Hat er vielleicht mit Chemikalien hantiert?«

»Das ist durchaus möglich, ist aber alles reine Spekulation.«

»Vor allem ist interessant«, brachte sich Claas Heering nun in das Gespräch ein, »dass die Kollegen von der Schupo aufgrund eines Notrufs aus der Wohnung hierhin unterwegs waren, noch bevor es zu dem Feuer kam.«

Hauptkommissar Wischnewski berichtete kurz wie es zu dem Einsatz kam: »Als unser erstes Fahrzeug hier eintraf schossen die Flammen aus dem Fenster. Die Kollegen haben noch versucht zu dem Opfer in die Wohnung zu gelangen, aber aufgrund der enormen Hitze mussten sie auf das Eintreffen der Feuerwehr warten.«

»Konntet ihr irgendwelche Feststellungen zu dem möglichen Bedroher machen?«

»Hier herrschte sofort völliges Chaos. Durch die Wucht der Detonation sind natürlich alle Anwohner aufgeschreckt worden und auf die Straße gelaufen. Ideal für einen Täter, um in der Menge unterzutauchen.«

Corinna verteilte die Aufgaben. Stefan und sie würden den Tatort in Augenschein nehmen, der bereits von der Spurensicherung bearbeitet wurde, während Claas Heering gemeinsam mit den Kollegen der Schutzpolizei nach möglichen Zeugen Ausschau halten sollte.

Im Hausflur bemühten sich Stefan und Corinna, weder über die Feuerwehrschläuche zu stolpern, noch auf den, vom herablaufenden Löschwasser feuchten Marmorstufen, auszurutschen.

»Hier könnte aber auch ruhig mal wieder gewischt werden«, spottete Stefan beim Anblick der trüben Brühe, die sich den Weg die Treppe hinunter bis in den Keller bahnte und damit die offensichtlichen Mühen der fleißigen Hausfrauen ruinierte.

Es war eines jener Mietshäuser, bei denen man bereits ein schlechtes Gewissen bekam, wenn man sie mit nur mäßig gereinigten Schuhen betrat. Die Wände des Flurs waren mit strahlend weißem Rauputz versehen und mit kleinen Bildern naiver Landschaftsmaler verziert.

Im ersten Stock änderte sich das Bild schlagartig: Ein schwarzer Kranz aus Ruß säumte den Bereich des Wohnungseingangs; die hölzerne Tür war vollständig verkohlt; so wie die dicken Äste, die nach einem Lagerfeuer übrig bleiben, weil sie den Flammen lange genug Widerstand leisten konnten. Das Türschloss war ausgebrochen; sicher, weil die Feuerwehr sich gewaltsam hatte Zutritt zur Wohnung verschaffen müssen. Die verrußten Wände dampften noch immer und alle Gegenstände aus Kunststoff waren zu unförmigen, klobigen Haufen geschmolzen. Die Hitze musste unvorstellbar groß gewesen sein.

Der Leichnam, der hinter den kläglichen Überresten eines Sofas am Boden lag war tiefschwarz verbrannt und nur mit reichlich Fantasie noch als Mensch zu erkennen. Viel gab es hier für Stefan und Corinna nicht mehr zu entdecken. Sie ließen die in ihre weißen Kunststoffoveralls verhüllten Kollegen der Spurensicherung ungehindert ihre Arbeit machen und warteten lieber auf deren Bericht.

⚒

RTL brachte es gerade in den Fernsehnachrichten.

Über den Bildschirm flackerten die Bilder, die das von der Explosion stark beschädigte Gebäude zeigten. Der Einsatzleiter der Feuerwehr berichtete, dass es »aus noch unbekannter Ursache eine Verpuffung in einer Wohnung gegeben habe, bei der eine noch nicht identifizierte Person zu Tode gekommen sei«. Angebliche Augenzeugen wurden befragt und wussten alle möglichen Details zu berichten. Ein älterer, grauhaariger Mann nestelte die ganze Zeit an seiner beigen Cordjacke, während er in die Kamera sprach: »Bei dem hab ich schon immer ein ganz komisches Gefühl gehabt. Da gingen doch ständig so düstere Gestalten ein und aus. War doch klar, dass da mal was passieren musste.«

Er griff zu seinem Handy und wählte. »Ich denke, das war etwas zu viel Aufhebens. Zu viel Aufmerksamkeit. Es ist noch nicht zu Ende.«

Stefan stellte seine rote BMW R 100 RS in der Garage ab. Er hatte einen wirklich langen Tag hinter sich und offenbar hatte sein Bauch den Ernst der Lage mal wieder frühzeitig erkannt. Herrmann Kaminski würde direkt morgen früh mit der Staatsanwaltschaft sprechen und eine Mordkommission einrichten.

Jetzt musste er sich beeilen. Schnell sprang er unter die Dusche, zog sich frische Klamotten an und rannte zur Haltestelle, um zu sehen, dass ihm die Bahn vor seiner Nase davonfuhr.

»Shit!« Er griff zum Handy und schrieb Sandra eine SMS. »Bahn verpasst! Komme ein paar Minuten später.«

Es dauerte nur Sekunden, bis die Antwort kam: »Kein Problem. Ich warte am Eingang.«

Als er am Rheinischen Platz aus der Linie 109 ausstieg, bemerkte Stefan, dass er richtig nervös war. Er traf sich mit einer Kollegin auf ein Bier und war nervös?! Das konnte er nicht glauben.

Sandra lehnte lässig an der Hauswand. Sie trug eine abgewetzte Jeans und ein Tour-T-Shirt der Band Korn. Sie nippte an einer Flasche Bier. Noch bevor Stefan sich schlüssig wurde, welche Form der Begrüßung wohl angemessen sei, umarmte sie ihn und küsste ihn auf die Wange.

»Hier«, sie reichte ihm eine weitere Flasche Bier, »ich hab uns mal zwei Stauder mitgebracht. Zum Vorglühen. Der Laden ist zwar super, aber da drin gibt's halt nur Bier aus 'm Sauerland. Und wie das bei dir wirkt, weiß ich ja schon.« Sie lachte und stieß mit ihrer Flasche an seine.

»Ich denke das war dann doch eher eine Frage der Menge

als eine der Marke.« Stefan nahm einen großen Schluck vom Gerstensaft und spürte, wie es ihm guttat.

»Trink mal 'n bisschen schneller, alter Mann.« Sandra, die ihre Flasche bereits leer hatte, entdeckte einen Leergutsammler. Sie zog Stefan die Flasche vom Mund weg, sprintete über den Platz und gab sie dem schlecht angezogenen Mann, der mit müdem Blick in den Abfallbehältern stocherte.

Sie packte Stefan am Ellenbogen und zog ihn zum Eingang.

»Ich schätze mal, Geduld gehört jetzt nicht zu deinen herausragenden Stärken?«, fragte Stefan, noch immer etwas irritiert.

»Nein. Aber wenn du erstmal meine echten Stärken kennengelernt hast, wird dich das ganz sicher nicht mehr stören.« Ein seltsam warmes Gefühl machte sich in Stefans Bauch breit.

Stefan konnte sich nicht erinnern, wann er sich das letzte Mal so wohl gefühlt hatte wie an diesem Abend. Sie lachten viel gemeinsam, vor allem über Anekdoten aus dem Polizeialltag. Stefan, der selbst nicht gerade ein begnadeter Tänzer war, erwischte sich dabei, wie er Sandras laszive Hüftbewegung auf sich wirken ließ und sich insgeheim fragte, ob sie sich im Bett ebenso gut bewegen konnte. Er verspürte eine unfassbare Lust darauf, mit dieser Frau zu schlafen. Immerhin war es mittlerweile fast ein Jahr her, dass er das letzte Mal Sex gehabt hatte. Aber seine Wertvorstellungen verboten es ihm, diesen Gedanken in die Tat umzusetzen.

»Das war echt ein schöner Abend.« Sandra umarmte Stefan stürmisch und drückte ihm einen dicken Kuss auf die Wange, als sie wieder auf der Straße vor dem Turock standen. Stefan wurde rot.

»Ja, das finde ich auch. Können wir gerne mal wiederholen.«

»Klar. Gerne. Meine Nummer hast du ja.«

»Wie kommst du jetzt nach Hause?«

»Bin schon da.«

»Häh?« Stefan machte einen reichlich verwirrten Gesichtsausdruck.

Sandra deutete auf die Haustür zwischen Turock und der Sparkasse. »Möchtest du vielleicht noch mit raufkommen?«

»Solche Angebote darf man aber verheirateten Männern nicht machen«, gab sich Stefan entsetzt.

»Nur solchen, die in ihrer Ehe sehr unglücklich sind.«

Stefan senkte den Blick und ließ für einen kurzen Moment den Gedanken an ihre kreisenden Hüften zurück in sein Bewusstsein. Dann schüttelte er den Kopf, küsste Sandras Wange und verabschiedete sich: »Vielleicht ein anderes Mal. Schlaf gut.«

Sandra sah ihm noch einen Moment hinterher, als er zur Haltestelle lief. Wie sie es erwartet hatte, drehte er sich nach ein paar Metern kurz um, um zu ihr zurückzusehen.

»Ich liebe es, wenn Männer treu sind«, sagte sie still zu sich selbst, »aber es wird nicht mehr lange dauern, bis du doch mit raufkommst.«

Die letzte 109 kam pünktlich, so dass Stefan schon nach fünfzehn Minuten die Haustür aufschloss. Langsam aber beschwingt stieg er die Stufen hinauf und betrat die leere Wohnung. Mit einem gezielten Wurf beförderte er seine Lederjacke an die Garderobe, ließ sich aufs Bett fallen und hing seinen Gedanken nach. Es fühlte sich an, als würden zwei Filme parallel in seinem Kopf ablaufen. Einerseits war da die heitere Lovestory, in der er scheinbar irgendwie die Hauptrolle spielte und gleichzeitig war da dieser Krimi, der ihm so viele Fragen stellte.

»Bitte lass es nicht wahr sein!«

Mühsam kämpfte sich der Streifenwagen durch die Blechlawine. Es ging um Leben und Tod. Und es ging um Sekunden. Der Schweiß strömte aus jeder Pore seines Körpers. Jetzt konnte er es sehen: »Da sitzt einer auf der Brüstung. Er hat ein Kind im Arm. Mein Gott das Kind!«

Er hatte fast gar nicht geschlafen. Immer wieder dieser grauenhafte Traum.

Unter der Dusche hatte Stefan Braun das Gefühl gehabt, er würde unter dem Schwall warmen Wassers im Stehen wieder einschlafen. Es hatte ihn gewundert, dass seine

Augenlider nicht einfach der Schwerkraft folgten und wieder zufielen.

Genau genommen konnte er sich nicht wirklich erinnern, wie er den Weg zu seiner Dienststelle hinter sich gebracht hatte. Er hatte die Fahrt wie in Trance absolviert. Scheinbar waren dafür keine besonderen, intellektuellen Fähigkeiten von Nöten; sonst wäre er heute Morgen an dieser Aufgabe kläglich gescheitert. Auf jeden Fall würde er im Büro erst mal einen starken Kaffee brauchen, um richtig wach zu werden.

Stefan stieg die Stufen zum Haupteingang des Präsidiums hinauf, als sich die ältere Dame ihm mit energischen Schritten von hinten näherte. Bei jedem Schritt drückte sie die Spitze ihres Regenschirms mit Wucht in den Boden, als wolle sie sich damit vorwärtskatapultieren.

Stefan hielt ihr die schwere Eingangstür auf. Ohne ihn zur Kenntnis zu nehmen, stapfte sie an ihm vorbei, direkt auf den Wachhabenden zu, der hinter der dicken Scheibe am

Eingang saß. Mit dem Griff ihres Schirms klopfte sie wild an das Panzerglas, als wolle sie die Barriere damit beseitigen.

»Herr Wachtmeister, ich muss dringend zur Mordkommission!« Die ältere Dame schien außer sich zu sein. »Ich muss einen Mord melden!«

Stefan sah die Frau ein wenig mitleidig an. So begannen meistens Geschichten, die von der Einsamkeit älterer, verwirrter Menschen in der Anonymität der Großstadt erzählten.

»Was ist denn vorgefallen, junge Frau?« Der Wachhabende sah über die aufgebrachte Besucherin hinweg zu Stefan und verzog das Gesicht. Er dachte wohl dasselbe.

»Der Gregori ist vergiftet worden, Herr Wachtmeister! Und ich weiß auch von wem!«

Stefan Braun, der gerade durch die zweite Tür ins Innere des Gebäudes gehen wollte, machte auf der Stelle kehrt.

»Was haben Sie da eben gesagt?« Offensichtlich ging es hier wohl doch um mehr, als die Hirngespinste einer senilen Seniorin.

»Gregori ist vergiftet worden und ich kenne den Mörder«, wiederholte sie.

»Ich denke, dann sind Sie bei mir genau richtig. Mein Name ist Braun und ich ermittle in dieser Sache. Kommen Sie, wir gehen in mein Büro.«

Zufrieden lächelte sie den Kommissar an.

»Darf ich Ihnen einen Kaffee anbieten?« Stefan hatte ihr den Stuhl vor seinen Schreibtisch gerückt, damit sie sich setzen konnte.

»Nein, junger Mann. Ich will nur, dass Sie Gregoris Mörder verhaften.«

»Nun, das will ich natürlich auch.« Stefan drückte auf

den Startknopf der Kaffeemaschine, lauschte kurz dem kratzenden Geräusch des Mahlwerks und wandte sich wieder seiner Besucherin zu, während die heiße Flüssigkeit in die Tasse lief.

»Dann erzählen Sie doch mal Frau …« Er zögerte einen Moment, griff nach der Tasse und setzte sich auf seinen Drehstuhl. »Entschuldigung, ich habe Sie ja noch gar nicht nach Ihrem Namen gefragt.«

»Mein Name ist Klara Kopp.« Stefan musste kurz schmunzeln.

»Ich weiß schon, was sie jetzt denken, junger Mann. Unter diesem Namen habe ich mein ganzes Leben gelitten.«

»Aber um Gottes willen, liebe Frau Kopp. Nichts liegt mir ferner, als schlecht über Ihren Namen zu denken. Immerhin hat die Stadt Essen eine Straße nach Ihnen benannt.«

»Nun ja, nicht wirklich nach mir, aber in der Tat hat mich das ein wenig mit meinem Namen versöhnt.«

»Dann erzählen Sie mir doch bitte, was Sie über die Tat wissen«, forderte Stefan Braun sie mit sanfter Stimme auf.

»Es war der Berti Schwalczyk, von nebenan. Der konnte den Gregori noch nie leiden. Schon seit er zu uns gekommen ist, hat der Berti ihn gehasst.«

»Was meinen Sie mit gehasst?«

»Na, er hat immer gedroht, ihn umzubringen; ihn aus dem Fenster zu werfen; ihn tot zu schlagen oder zu vergiften.«

»Haben Sie das denn niemals bei der Polizei angezeigt?«

»Ich hab doch immer gedacht, der sagt das nur so. Das macht doch jeder mal.«

»Ja, da haben Sie wohl recht. Wir haben sicher alle schon mal jemandem so etwas angedroht, ohne es so zu meinen. Aber der Herr Schwalczyk hat nun leider Ernst gemacht?«

»Ja …« Klara Kopp begann zu weinen. Stefan reichte ihr ein Taschentuch.

»Vielen Dank«, schluchzte sie.

»Gerne. In welcher Beziehung standen Sie zum Opfer?«

»Ich bin seine Mama.« Nun weinte sie hemmungslos.

Stefan sprang von seinem Stuhl auf und nahm sie tröstend in den Arm.

»Sie sind seine leibliche Mutter?« Stefan wirkte deutlich überrascht.

»Natürlich nicht!« Klara Kopp schob ihn ein Stück von sich weg und sah ihn verständnislos an.

»Ich fühle halt wie eine Mutter für ihn, seit ich ihn bei mir aufgenommen habe.«

»Ach so. Bitte entschuldigen Sie meine ungeschickte Frage. Der Herr Sacharanov hat also bei Ihnen gewohnt?«

»Der Herr wer?« Wieder setzte sie diesen völlig verständnislosen Blick auf.

»Der Herr Sacharanov. Das Opfer.«

»Wie kommen Sie denn darauf, dass der Gregori einen Nachnamen haben sollte?«

Jetzt hatte die Verwunderung ihren Platz in Stefans Gesicht gefunden.

»Warum sollte er denn keinen Nachnamen haben?«

Klara Kopp wirkte, als würde sie nun Stefan Braun für völlig verwirrt halten.

»Vielleicht ist das ja bei denen üblich, die hier bei der Polizei ihren Dienst tun, aber da wo der Gregori herkommt nicht.«

»Ich möchte nicht unhöflich wirken, Frau Kopp, aber meines Wissens ist es auch in Russland durchaus üblich, einen Nachnamen zu haben.«

»Wieso denn jetzt Russland?« Sie schien der Verzweiflung nahe. »Der Gregori ist doch nicht aus Russland. Der ist aus Rumänien.«

Langsam dämmerte Stefan, dass Frau Kopp nicht wegen des toten Arztes zur Polizei gekommen war. Es gab noch einen weiteren Fall.

»Ist denn der Tatort schon von der Polizei untersucht worden?«

»Nein. Wäre das denn erforderlich gewesen?«

»Aber sicher, gute Frau. Wir müssen doch die Leiche untersuchen.«

»Das ist jetzt aber blöd. Wir haben ihn doch schon beerdigt.«

»Aber Frau Kopp das geht doch nicht!« Stefan setzte sich wieder vor seinen Computer. »Können Sie mir denn irgendwelche Angaben zum Opfer machen? Wenn Sie den Nachnamen nicht wissen, dann vielleicht das Geburtsdatum?«

»Das weiß man ja nicht so genau. Aber er war etwa vier.«

»Wie? Vier?«

»Ja. Vielleicht auch schon ein wenig älter. So genau wussten die das im Tierheim auch nicht.«

Stefan brach innerlich kurz zusammen. Dann nahm er die Anzeige über die Vergiftung eines Hundes auf. Eigentlich hätte er sie damit zu seinen Kollegen der Kriminalwache schicken müssen. Aber weder wollte er der alten Frau Kopp das Gefühl vermitteln, er würde sie nicht ernst nehmen, noch sich selbst dem Risiko aussetzen, dass die Kollegen Wind von seinem anfänglichen Irrtum bekämen. Diesen Spott wollte er sich für heute lieber ersparen.

Die Beamten des KK 11 trafen sich zur Frühbesprechung im Büro von Kriminaldirektor Herrmann Kaminski. Er hatte bereits mit Staatsanwalt Finken telefoniert und diesen grob ins Bild gesetzt. Stefan und Claas erhielten den Auftrag in der Rechtsmedizin den Obduktionen der beiden Toten vom Vortag beizuwohnen, während Corinna Busch einen Termin mit Jiri Gaigers Chefarzt hatte. Für 17 Uhr war die erste gemeinsame Besprechung der Mordkommission angesetzt.

»Was sagen wir den Medien?«, fragte Susanne Groß, die Pressesprecherin.

»Im Moment nichts«, Herrmann Kaminski steckte seine Unterlagen in einen Pultordner und stieß ihn mit dem Boden auf seinen Schreibtisch, um die Blätter darin zu ordnen, »was nicht sowieso im Polizeibericht steht.«

»Ich fürchte, das wird denen aber nicht reichen.«

»Dann vertrösten Sie sie auf später. Ich denke Staatsanwalt Finken wird eh morgen früh eine Pressekonferenz abhalten. Der hat sein Gesicht schon zu lange nicht mehr im Fernsehen gesehen.«

Stefan Braun und Claas Heering betraten die Räume des Instituts für Rechtsmedizin der Uniklinik.

»Moin, Professor. Fall schon gelöst?«

Über die Jahre hinweg hatte sich zwischen Stefan und Professor Altberg eine fast freundschaftliche Beziehung entwickelt. Mit kleinen Neckereien verdrängten sie die Gedanken an die vielen Schicksale, deren Zeugen sie gemeinsam geworden waren.

»Ah, der Herr Oberinspektor. Schafft mir hier 'n ganzes Rudel russischer Selbstmörder rein und erwartet nun, dass ich ihm einen hochspektakulären Kriminalfall zur Profilierung seiner Karriere verschaffe. Tss tss tss, diese Beamten.«

»Dass wir gewisse Zweifel an den Selbsttötungen haben, ist Ihnen ja schon bekannt, Herr Professor; außerdem ist das bei dem Brandtoten sogar noch unwahrscheinlicher.«

»Bei dem Fall von vorgestern«, begann der Rechtsmediziner zu dozieren, »sprechen Auffindungssituation und Autopsie eine deutliche Sprache – der Tod wurde vom Opfer selbst herbeigeführt. Mal sehen, was uns die beiden heutigen Kandidaten so verraten. Wir beginnen mit der Leiche des Herrn Gaiger.«

Es begann das übliche Procedere: Der Leichnam wurde gewogen, vermessen, aus allen erdenklichen Blickwinkeln begutachtet und jeder einzelne Schritt dokumentiert.

Anschließend erfolgte die chirurgische Eröffnung des Körpers mit Untersuchung der inneren Organe. Sämtliche Körperflüssigkeiten wurden zur Laboranalyse gegeben. Abgesehen von der toxikologischen Untersuchung, die etwa 48 Stunden Zeit in Anspruch nahm, war das Ergebnis der Untersuchung nach etwa 3 Stunden relativ eindeutig und für Stefan ernüchternd: Es gab keinen Anhalt für ein Tötungsdelikt.

Für den Beginn der zweiten Obduktion legte Prof. Altberg 14 Uhr fest, so dass für alle genügend Zeit für eine ausgiebige Mittagspause blieb.

Viele seiner jüngeren Kollegen konnten nach einer Obduktion meist für Stunden nichts essen, aber Stefan war in dieser Beziehung über all die Jahre abgestumpft; solange es nicht gerade Gulasch oder Bolognese sein musste. Die Kantine des Klinikums hatte heute Jägerschnitzel mit Salzkartoffeln im Angebot. Claas Heering bediente sich – wie immer – am Salatbuffet.

»Sagen Sie mal, Heering, essen Sie eigentlich auch mal was Anständiges?«

»Wann Essen *anständig* ist, ist sicher Ansichtssache, Herr Braun.« Claas Heering war sichtlich pikiert. »Ich für meinen Teil lege großen Wert darauf zu wissen, *was* ich esse.«

»Na das tue ich doch auch.«

»Ich glaube nicht, dass Sie alle Zutaten kennen, die die Küche in Ihrem Essen verarbeitet hat. Konservierungsstoffe, Geschmacksverstärker …«

»So hab ich das ja auch nicht gemeint.«

»Aber ich habe das so gemeint.«

Das Klingeln seines Handys beendete die peinliche Situation. Claas stand auf und entschuldigte sich: »Da muss ich eben drangehen.«

Er entfernte sich vom Tisch in Richtung Fenster. An seiner Haltung erkannte Stefan, dass es kein angenehmes Gespräch war.

»Ärger?«, fragte er den Neuen, als dieser sich wieder setzte.

»Krankheitsfall in der Familie.«

»Ich hoffe nichts Ernstes?«

»Meine bessere Hälfte muss ins Krankenhaus. Nichts Großes, aber für ein schlechtes Gefühl reicht es trotzdem.«

»Ich wusste gar nicht, dass Sie ne Freundin haben.«

Claas schwieg.

Pünktlich um 14 Uhr trafen die beiden wieder im Sektionssaal ein. Der Assistent von Prof. Altberg hatte die verkohlte Leiche bereits auf den Präparationstisch gelegt.

Es lag ein unangenehmer Geruch in der Luft. Nicht, dass es in diesen Räumen sonst nach Rosen geduftet hätte, aber dieser Geruch war wirklich bösartig. Claas Heering nahm sein Fläschchen mit China-Öl aus der Tasche, beträufelte sein Taschentuch damit und bot Stefan ebenfalls davon an, was dieser dankend annahm.

Professor Altberg betrat den Saal: »So meine Herren, bis jetzt hätten wir also drei aus Russland stammende Ärzte, die innerhalb der letzten 48 Stunden durch Suizid aus dem Leben geschieden sind, woran unsere Kriminalpolizei, in Person von Oberkommissar Braun, jedoch gewisse Zweifel hegt.«

»Ich hätte es nicht schöner ausdrücken können, Herr Professor.«

»Na, dann wollen wir mal sehen, wie es um Ihre Zweifel steht, wenn ich Ihnen berichte, was ich gerade erfahren habe.«

Stefan neigte den Kopf zur Seite und sah den Mediziner mit prüfendem Blick an.

»Während Sie beide beim Essen waren, habe ich mit meinem guten Freund und Kollegen, Professor Schröter von der Münsteraner Gerichtsmedizin telefoniert und ihm beiläufig von unseren Obduktionen erzählt. Und nun raten Sie mal, was der Kollege Schröter gerade auf seinem Seziertisch liegen hat? Richtig geraten! Einen toten, russischen Arzt – Suizid, begangen durch die Nutzung von Dormicum, Propofol und Kaliumchlorid.«

Stefan war sprachlos.

»Na, was sagen Sie nun, Derrick? Darf ich annehmen, dass diese Information nicht dazu geeignet ist Ihre Zweifel auszuräumen?«

»Allerdings! Ich nehme an, der Fall in Münster ist glatt als Suizid durchgegangen?«

»Nun, die Situation vor Ort stellt sich exakt so dar wie unser Fall von vorgestern. Kein Anhalt auf ein Tötungsdelikt.«

»Professor, was täte ich bloß ohne Ihre Genialität?!«

Stefan griff zum Handy und wählte die Nummer seines Chefs. »Herrmann, da ist was Größeres im Gange. Die Kollegen in Münster haben auch einen vermeintlichen Suizid eines russischen Arztes.«

Corinna betrat das Vorzimmer von Professor Holtz. Seine Sekretärin, eine unscheinbare Mittvierzigerin mit kurzen, blond gefärbten Haaren, die auf die Verwendung von Make-up zu verzichten schien, führte sie in das Büro des Chefarztes, bat sie am Besuchertisch Platz zu nehmen und bot ihr einen Kaffee an, den Corinna gerne annahm. Der Professor sei noch in der Visite, würde aber sicher innerhalb der nächsten fünfzehn Minuten zurück sein. Corinna Busch tat Milch und Zucker in ihren Kaffee, als die Sekretärin die Bürotür hinter sich zuzog. Das Büro war modern eingerichtet, mit hellen Holzmöbeln, deren Türen aus satiniertem Glas von hinten beleuchtet waren; an den Wänden hingen moderne Bilder mit kräftigen, fröhlich leuchtenden Farben.

Eigentlich hatte Corinna Busch sich das Büro eines Chefarztes ganz anders vorgestellt: englische Clubmöbel, Schränke aus edlen, dunklen Hölzern und an der Wand vielleicht den röhrenden Hirsch.

Als die Tür aufging, war Corinna schnell klar, dass sie ihre Klischees über Chefärzte gründlich würde überdenken müssen. »Damian Holtz«, stellte sich der Professor vor. Er reichte ihr die rechte Hand, »und Sie müssen Frau Busch sein. Es freut mich, Sie, wenn auch in unerfreulicher Angelegenheit, kennenzulernen. Wie ich sehe, hat Frau Gabler Sie bereits mit Kaffee versorgt.« Als wäre es ihr Stichwort gewesen, betrat seine Sekretärin das Büro, stellte ihrem Chef ebenfalls eine Tasse Kaffee auf den Tisch und reichte ihm eine Akte.

Corinna war fasziniert und für einen kurzen Moment sprachlos. Sie schätze Damian Holtz auf Anfang fünfzig. Seine Haut hatte diesen angenehmen, bräunlichen Ton der Sonne des Südens, nach einem guten Urlaub. Seine Augen strahlten sie mit einer umwerfenden Freundlichkeit durch die Gläser seiner modernen, auffälligen Designerbrille an.

Fast hätte sie den Grund ihres Besuches vergessen, aber Prof. Holtz kam direkt auf den Punkt:

»Ich habe mir die Akte des verstorbenen Kollegen Gaiger bringen lassen.« Er deutete auf die Mappe, die vor ihnen auf dem Tisch lag. »Sie sagten ja bereits am Telefon, dass Sie Zweifel daran haben, dass Herr Gaiger freiwillig aus dem Leben geschieden ist.«

»Nun, Herr Professor Holtz, wir müssen zunächst in jedem Fall ermitteln, ob ein Suizid in Anbetracht der Lebenssituation des Opfers plausibel ist.«

»Aus unserer Sicht, und da habe ich mich sowohl mit den ärztlichen Kollegen, als auch mit den Pflegekräften der Intensivstation ausgetauscht, gibt es keinerlei Anhaltspunkte, die auf eine Suizidabsicht von Herrn Gaiger hingewiesen hätten. Er war zwar vom Typ her eher ein strebsamer Einzelgänger, mit wenigen sozialen Kontakten zur Belegschaft, aber das ist bei Mitarbeitern mit fremden Wurzeln, aufgrund kultureller Unterschiede, nicht ganz selten. Jedenfalls hat sich niemand im Haus Sorgen um ihn gemacht, da er weder irgendwelche Andeutungen gemacht hat, noch sein Verhalten in irgendeiner Form auffällig gewesen wäre.«

»Gab es im Arbeitsbereich von Doktor Gaiger Auffälligkeiten? Vielleicht eine unerwartet erhöhte Sterberate?«

»Komisch, dass Sie das fragen, Frau Busch. Wir haben in der Tat zurzeit eine Zunahme der Mortalität auf unserer Intensivstation, die wir uns bis dato nicht erklären können. Wie kommen Sie zu diesem Ansatz?« Die Freundlichkeit seiner Stimme war einer tiefen Besorgnis gewichen.

»Betrifft das vor allem Patienten, die von Doktor Gaiger betreut wurden?«

»Das lässt sich so nicht ohne Weiteres differenzieren, weil unsere Patienten nicht einzelnen Ärzten zugeordnet werden. Wir verstehen uns hier als Team und das leben wir auch in der Arbeit. Aber es würde mich wirklich brennend interessieren, was Sie zu dieser Vermutung bringt?«

Lad mich heute Abend zum Essen ein und ich erzähl dir noch ganz andere Sachen, die dich mehr als brennend interessieren. Corinna erschrak über ihre Gedanken. »Wir, ähm…«, die Kommissarin musste sich innerlich ordnen. »Wir sehen mögliche Parallelen zu einem weiteren Fall, bei dem es sich ebenfalls um den Suizid eines Arztes handelt. Mehr kann ich Ihnen hierzu leider nicht sagen.«

»Frau Busch, ich bitte Sie! Falls die erhöhte Mortalitätsrate mit Handlungen, die Herr Gaiger getan oder unterlassen haben könnte, in Kausalität stehen und Sie hierzu Informationen haben, dann müssen Sie mir diese weitergeben. Es geht um das Leben von Patienten.«

»Herr Professor, ich kann Ihre Erregung durchaus verstehen«, kaum hatte Corinna das Wort »Erregung« ausgesprochen fingen ihre Gedanken erneut an abzuschweifen und sie hoffte inständig, dass ihr Gegenüber ihre Verwirrung nicht bemerkte, »aber falls die Todesfälle auf Ihrer Station mit Doktor Gaiger im Zusammenhang gestanden haben sollten, wäre durch dessen Ableben jede Gefahr gebannt.« Am liebsten hätte sie sich für den letzten Satz auf die Zunge gebissen.

Herrgott, wie zynisch musste das auf ihn gewirkt haben?

»Vermutlich haben Sie recht.« Er klang resigniert. »Sie müssen verstehen, dass so etwas, neben der persönlichen Tragödie für den einzelnen Patienten und dessen Angehörige, natürlich auch dramatisch schlecht für unser Haus ist. Bedenken Sie nur die Auswirkungen, wenn so etwas an die Öffentlichkeit dringt.«

»Da kann ich Sie, zumindest was die Polizei betrifft, beruhigen. Wir werden uns hierzu öffentlich nicht äußern.«

»Kann ich sonst noch irgendetwas für Sie tun, Frau Busch?«

Los, Corinna, das ist deine Chance. Sie versuchte es mit dem Standardsatz des Fernsehbullen: »Hier ist meine Karte. Sie können mich jederzeit anrufen, falls Ihnen noch etwas einfällt, dass Sie mir gerne mitteilen möchten.«

Das Lächeln kehrte unvermittelt in sein Gesicht zurück, als seine warme Hand die ihre berührte. »Das mache ich gerne, Frau Busch. Ich würde mich sehr freuen Sie wiederzusehen. Vielleicht unter angenehmeren Vorzeichen als denen, die Sie zu mir geführt haben.«

Corinna fürchtete, ihr Herz würde auf der Stelle aufhören zu schlagen. Hatte der Professor etwa gerade mit ihr geflirtet? Wie als würde sie von außen ferngesteuert, hörte sie sich sagen: »Die Freude wäre ganz auf meiner Seite.«

Den giftigen Blick, den Frau Gabler ihr im Hinausgehen zuwarf, nahm Corinna nicht zur Kenntnis. Vor der Tür musste sie erst mal tief durchatmen. Eigentlich hätte sie jetzt ein großes Bier gebraucht, oder doch besser einen Schnaps, was sich aber beides verbot, da sie im Dienst war. Sie konnte nicht glauben, was ihr gerade widerfahren war.

Mit einem heiter beschwingten Gefühl stieg sie in den schäbigen, alten Opel Vectra, dessen einst grüne Türen reichlich lieblos mit weißer Farbe übertüncht waren und fuhr zurück zum Polizeipräsidium.

Im großen Besprechungsraum saßen die Beamten des KK 11 zusammen und warteten auf Staatsanwalt Finken, der Pünktlichkeit nicht wirklich als seine größte Stärke würde vermarkten können.

Corinna hatte ihren berühmten Kaffee gekocht und verteilte gerade die Tassen, als Horst Finken zur Tür hereinkam.

»Guten Abend die Herrschaften, bitte lassen Sie uns ohne Umschweife beginnen, ich habe noch Karten fürs Theater.«

Herrmann Kaminski eröffnete die erste offizielle Besprechung der Mordkommission, die, da es sich bei allen Opfern um Ärzte russischer Herkunft handelte, nun sehr kreativ »MK Schiwago« hieß.

Er erklärte, dass Hauptkommissarin Busch die Leitung der MK übertragen wurde und erteilte ihr das Wort.

Corinna Busch erläuterte allen Anwesenden den aktuellen Stand der Ermittlungen. Fred Bartels von der KTU ergänzte die neuesten Laborergebnisse. »Wir haben die Spuren der Einmalhandschuhe, die wir an dem Abschiedsbrief im Fall Sacharanov gefunden haben, analysiert. Es handelt sich dabei um ein Produkt aus Polen, das in Deutschland offiziell nicht verkauft wird; wobei wir natürlich nicht ausschließen können, dass die Dinger über Umwege auch hier im Umlauf sind. Sicher ist jedenfalls, dass weder die Essener Krankenhäuser, noch eine der am Rettungsdienst beteiligten Organisationen oder wir als Polizei diese Handschuhe verwenden. Dieselben Anhaftungen haben wir auch an dem Seil gefunden, mit dem sich unser zweites Opfer erhängt hat.«

»Somit«, führte Corinna das Gespräch fort, »haben wir also scheinbar den unbekannten Dritten, der zumindest diesen ominösen Zettel und das Seil beigesteuert hat. Was haben die Kollegen in Münster zu bieten?«

»Der Tote dort heißt Dimitri Oganov, stammt aus Krasnodar an der russischen Schwarzmeerküste und hat als Intensivmediziner gearbeitet. Soweit ich das aufs Erste überblicken kann, haben wir dort ein identisches Vorgehen wie bei unserem ersten Opfer; außer, dass der Tote in seinem Bett aufgefunden wurde. Auch hier fand sich ein identischer Zettel mit den Angaben zur Zusammensetzung des Todescocktails. Die Kollegen haben aber die Anhaftungen der Gummihandschuhe nicht weiter untersucht. Das wird jetzt natürlich nachgeholt. Ergebnisse bekommen wir wohl morgen früh. Dann wissen wir auch, ob beide Schreiben aus demselben Drucker stammen.«

»Was ist mit den Handys der Opfer?«, wollte Herrmann Kaminski wissen.

»Wir haben, außer dem geschmolzenen Klumpen am Schildberg, bei keinem der Toten eines gefunden«, gab Claas Heering Auskunft. »Wie wir durch unsere Ermittlungen an den Arbeitsplätzen wissen, hat aber jeder eines besessen. Wir haben die Nummern, die uns die Arbeitskollegen gegeben haben, überprüft. Bei allen dreien meldet sich direkt die Mailbox. Die Telefone sind offensichtlich nicht eingeschaltet, so dass sie auch nicht geortet werden können.«

»Die Kollegen aus Münster haben uns dasselbe für ihren Fall berichtet«, ergänzte Corinna Busch.

»Die Karte in dem Handy aus der Brandwohnung stimmt übrigens nicht mit der Nummer überein, die Doktor Voltin in der Klinik angegeben hatte, wobei wir ja immer noch nicht sicher wissen, ob das überhaupt unser Opfer ist«, wusste Fred Bartels zu ergänzen. »In diesem Fall handelt es sich um eine Prepaidkarte, die von Vodafone im August vor zwei Jahren an einen Shop in Berlin geliefert wurde, der vor 11 Monaten in Konkurs gegangen ist. Wohin die Karte dann gegangen ist, ist nicht bekannt. Laut der Verbindungsübersicht ist, bis auf den gestrigen Notruf, von diesem Telefon in den letzten sechs Wochen niemand angerufen worden. Es gibt in diesem Zeitraum nur eingehende Gespräche, die alle von einer einzigen Nummer stammen. Ebenfalls eine Prepaidkarte aus dem Bestand des Berliner Shops. Peilversuche sind bislang negativ, weil das Telefon nicht eingeschaltet ist.«

»Hat jemand ne gewagte Theorie zur Hand?« Corinnas Blick schweifte durch die Runde.

»Vielleicht wurden sie zu den Selbstmorden gezwungen«, schlug Dennis Terboven, der junge Computerspezialist, vor, »entweder, weil jemand etwas gegen sie in der Hand hatte, womit er sie zur vollständigen Verzweiflung treiben konnte, oder mit Gewalt.«

»Was meinst du mit Gewalt?«, wollte Stefan wissen.

»Stell dir vor, dir hält einer ne Kanone an den Kopf und sagt du sollst dir so ne Nadel in den Arm schieben und dich selbst betäuben.«

»Dann müsste er mich vermutlich erschießen, weil ich das gar nicht könnte«, kalauerte Stefan Braun, »aber ich bin ja auch kein Arzt. Die Theorie ist gewagt, aber genau darum hat uns Frau Busch ja auch gebeten.«

»Oder doch die Russenmafia«, ergänzte Claas den Reigen der Thesen, »oder einfach bloß ’n ganz normaler Serienkiller, der es auf russische Ärzte abgesehen hat.«

»Wie sieht es mit Verbindungen der Opfer untereinander aus?«, brachte sich Staatsanwalt Finken betont sachlich ein.

»Es gibt einige Gemeinsamkeiten, aber scheinbar keine direkten Verbindungen, außer, dass sie laut Angaben in ihren Personalakten alle ihre ärztliche Ausbildung beim russischen Militär gemacht haben, jedoch zu völlig anderen Zeiten, an unterschiedlichen Orten. Ob sie jemals gemeinsam Dienst versehen haben, versuchen wir gerade mit einer entsprechenden Anfrage in Russland zu klären.«

»Alle vier waren als Ärzte auf Intensivstationen tätig«, nahm Stefan Corinnas Einleitung auf, »und hatten scheinbar weder in ihrer Heimat noch hier Familie oder Freunde.«

Corinna übernahm wieder: »Nachbarn und Kollegen beschreiben in allen Fällen höfliche, zurückhaltende Menschen, die außerhalb der Arbeit quasi keinen Kontakt zu ihrem Umfeld hatten.«

»Also echte Einzelgänger, die außer ihrem Arbeitgeber niemand vermisst, wenn sie von der Bildfläche verschwinden«, warf Horst Finken ein. »Das sind doch gern genommene Kandidaten für gewisse kriminelle Kreise. Der Vorschlag von Herrn Heering an die Russenmafia zu denken ist da gar nicht so abwegig? Wieso ist von OK niemand in dieser Mordkommission?«

»Weil wir bislang noch keinen Ansatz hatten, in diese Richtung zu ermitteln, Herr Staatsanwalt. Das werden wir aber morgen ändern.« Herrmann Kaminski bemerkte, dass Susanne Groß noch auf Anweisungen zum Umgang mit den Medien wartete. »Wie wollen wir uns in dieser Sache den Medien gegenüber verhalten?« Er sah Staatsanwalt Finken an: »Wollen Sie ne Pressekonferenz abhalten?«

Stefan und Corinna sahen sich an und schüttelten beide die Köpfe, was Horst Finken zur Kenntnis nahm.

»Was denken Sie als leitende Ermittlerin, Frau Busch?«

»Ich denke wir müssten zu oft ›darüber haben wir noch keine Erkenntnisse‹ sagen. Wer mehr wissen will, als im täglichen Polizeibericht steht, wird doch eh gezielt nachfragen oder recherchieren. Aus meiner Sicht sollten wir dabei bleiben, dass es sich beim Fall Voltin um einen Unfall beim Umgang mit Chemikalien handelt und wir in den beiden anderen Fällen ganz klar von Suizid ausgehen.«

»Und den Fall in Münster?«

»Den würde ich gar nicht erwähnen. Ist schließlich nicht unser Zuständigkeitsbereich.«

»Je weniger Futter wir denen jetzt an die Hand geben«, brachte Stefan sich ein, »desto weniger weiß der Täter, wie weit wir in der Sache sind. Denn er wird das in den Medien verfolgen. So viel ist mal sicher.«

»Guck mal, Derrick.« Corinna hielt Stefan eine bunte Ansichtskarte entgegen. »Icke hat uns ne Karte aus der Reha geschickt.« Hauptkommissar Klaus Löhrmann erholte sich von seinen schweren Verletzungen, die er bei einem Einsatz erlitten hatte, als er vom flüchtenden Tatverdächtigen mit dem Auto überfahren wurde.

»Er macht gute Fortschritte und freut sich darauf, uns bald mal wieder zu sehen.«

»Der hat bestimmt schon 'n Lagerkoller. Der is jetzt schon vier Monate da. Wir sollten ihn mal besuchen.«

»Keine schlechte Idee, aber warum mussten die ihn denn ausgerechnet nach Bayern schicken. Als wenn es hier in der Nähe keine geeigneten Kliniken gäbe.«

Ihre Handys klingelten gleichzeitig. Corinna schien die Nummer des Anrufers nicht zu kennen und meldete sich förmlich, während Stefan sich sofort umdrehte, als wäre ihm der Anruf unangenehm.

»Hallo, Sandra«, flüsterte er in sein Telefon.

»Hi, Derrick. Ich hätte Lust heute Abend im Biergarten zu sitzen und ein Grillhähnchen zu essen. Das Wetter scheint sich ja zu halten.«

»Gute Idee«, sagte er, obwohl er sich nicht sicher war, ob dem wirklich so war. Wohlbehagen und das schlechte Gewissen kämpften in ihm gegeneinander. »Willst du ins Wolperding?«

»Ja, daran habe ich gedacht. Ich könnte um sieben da sein.«

Stefan sah kurz auf seine Uhr: »Sieben ist gut.«

»Ich freu mich.«

Stefan drückte auf die Taste mit dem roten Hörer und sah hinüber zu Corinna, die ihr Gespräch ebenfalls beendet hatte und aussah, als hätte sie ein Gespenst gesehen.

»Alles okay mit dir?«

Es dauerte einen Augenblick, bis Corinna Busch registrierte, dass Stefan sie angesprochen hatte.

»Äh… Ja … Alles in Ordnung«, stammelte sie.

»Du wirkst aber nicht so.«

»Doch, doch. Es ist ganz bestimmt alles in Ordnung. Es ist nur so, dass ich mit diesem Anruf nicht wirklich gerechnet habe.«

»So schlimm?« Stefan war besorgt.

»Nein.« Corinna lachte. »Ganz im Gegenteil, mein Lieber. Ich habe gerade eine Einladung zum Essen bekommen. Und du? Du wirkst auch, als wäre dein Gespräch unerwartet gewesen.«

»Scheinbar teilen wir gerade ein Schicksal.«

»Hey, du bist ja auch mit dem Mopped da.« Stefan war freudig überrascht, als Sandra Weber mit Helm am Arm auf ihn zugeschlendert kam.

»Nicht ganz«, sagte sie, legte ihren Helm neben seinen auf den Tisch und küsste ihn zur Begrüßung auf die Wange. »Wartest du schon lange?«

»Nein. Ich bin auch gerade erst gekommen. Was meinst du mit *nicht ganz*?«

»Ich dachte du bringst mich bestimmt nachher nach Hause und da habe ich vorsichtshalber mal den harten Hut mitgenommen.« Sie grinste Stefan breit an.

»Sicher tue ich das«, antwortete dieser sichtbar irritiert, »aber woher wusstest du, dass ich mit dem Motorrad herkomme?«

Sandra lehnte sich zufrieden zurück: »Weibliche Intuition.«

»Nee!« Stefan schenkte ihr wenig Glauben. »Wen hast du gefragt?«

»Da kommst du nie drauf.«

»Kann ja nur Corinna Busch gewesen sein.«

»Ich sag ja, du kommst nicht drauf.«

»Nu sag schon.«

»Schon am Ende mit Ihren Ermittlungsmethoden, Oberinspektor Derrick?« Sandra lachte schallend.

»Scheinbar schon. Aber mein Magen ist ja auch noch leer. Da denkt es sich bekanntlich nicht gut.«

Sie holten sich Grillhähnchen mit Krautsalat und Hefeweizen.

»Nu verrat mir aber wirklich mal, was die Sache mit dem Helm auf sich hat.«

Sandra biss ein großes Stück aus der Hähnchenbrust heraus und musste mit den Fingern nachstopfen, um es nicht zu verlieren. Sie hatte Schwierigkeiten, gleichzeitig zu kauen und zu lachen.

»Ich merke schon, deinem hartnäckigen Verhör ist halt keiner gewachsen. Ich werde also gestehen. Ich habe meine Suzi heute vor dem Dienst zur Werkstatt gebracht und Hardy, mein Streifenpartner hat mich gefahren.«

»Aha!«

»Aber ich habe tatsächlich darauf gesetzt, dass ich ne

Chance habe, dass du mich nachher nach Hause bringst. Auch wenn ich eigentlich davon ausgegangen bin, dass du mit dem Auto hier sein würdest.« Beide lachten herzlich.

»Was für eine Suzi fährst du?«

»Eine GSX-R 750 von 2001. Und welchen heißen Ofen nennst du dein Eigen?«

»Ne R 100 RS.«

»Oha! Die gute Gummikuh dürfte ja älter sein als ich.« Scheinbar entlockte diese Tatsache der jungen Frau so etwas wie Bewunderung.

»Kann gut sein. Sie ist aber nicht minder rassig.«

»Sprücheklopfer!« Sandra prustete in ihr Bier. »Macht so ne alte Lady nicht ne Menge Arbeit? Bist du so ’n Schraubertyp?«

»Ich? Überhaupt nicht. Ohne meinen Kumpel Hansi würde die Mühle heute keinen einzigen Meter mehr machen. Leider habe ich zum Schrauben überhaupt kein Talent. Aber sie ist auch gar nicht so schwierig, wie man vielleicht glauben könnte. Ist halt sehr robuste Technik.«

Es begann urplötzlich heftig zu regnen. Sie rückten ihre Stühle weiter unter den großen Schirm, der über ihnen eigentlich die Sonne abhalten sollte. Ihre nackten Arme berührten sich, aber beide empfanden nicht das Bedürfnis diesen Zustand zu ändern.

»So viel zur heutigen Wettervorhersage«, stöhnte Stefan.

»Wir können ja demnächst mal ne schöne Tour zusammen machen«, forderte Sandra mit Begeisterung.

»Ich weiß nicht, ob du da so richtig Spaß dran hättest«, gab sich Stefan beinahe resignierend, »ich bin mehr so der Typ *Blümchenpflücker*. Immer voll auf Sicherheit. So mit abbremsen vor der Kurve und so.«

»Ach und du glaubst ich sei so eine Karachobraut?«

»Zumindest würde ich bei der Maschine eine eher forsche Fahrweise erwarten.«

»Zugegeben, ab und zu brauche ich das, um den Kopf frei zu kriegen. Aber ich kenne mein Limit. Ich will ja auch in Zukunft noch mit dir Hähnchen essen.« Genussvoll knabberte sie den Bollen ab und Stefan Braun hatte das Gefühl, sich gerade hilflos zu verlieben. »Außerdem heize ich niemals, wenn ich mit anderen unterwegs bin. So was führt zu nix Gutem.«

»Da bin ich ja beruhigt, dass dir das Hähnchen so wichtig ist.«

»Genau. Das Hähnchen.« Wieder lachte sie aus ganzem Herzen. »Sag mal, hast du eigentlich kein WhatsApp?«

»Du meinst dieses neumodische Zeugs, wofür man so 'n Streichelhandy braucht?«

»Jetzt sag mir bitte nicht, du hast nicht mal 'n Smartphone!«

»Ich glaube«, Stefan fingerte sein Nokia 6310 aus der Innentasche seiner Lederjacke, »hierauf funktioniert WhatsApp nicht besonders gut.«

Sandra lachte laut: »Du bist ja so dermaßen oldschool.«

»Schlimm, ne?« Stefan zuckte mit den Schultern.

»Eigentlich nicht. Eher das Gegenteil ist der Fall. Es macht dich sehr sympathisch, dass du nicht jeden Trend mitmachst.«

Der Himmel schickte einen krachenden Donner und beide erschreckten sich, wodurch sie noch weiter aneinanderrückten. Sosehr Stefan ihre Nähe gefiel, sosehr hatte er Angst die Kontrolle über die Situation zu verlieren.

Sandra Weber wechselte das Thema: »Seid ihr eigentlich schon weiter in der Sache mit den toten Ärzten?«

»Nicht richtig. Außer, dass wir uns sicher sind, dass es keine Suizide waren.«

»Ist da jetzt 'n Irrer unterwegs? Oder ist das organisierte Kriminalität?«

»Darüber sind wir uns auch nicht im Klaren. Die Sache mit dem Psychopathen kann ich mir irgendwie nicht vorstellen. Ich hab auch schon an irgendwelche Agentengeschichten gedacht. Aber mir will einfach nicht einleuchten, wofür man Ärzte als Spione einsetzen sollte.«

»Also doch Mafia?«

»Und in welchem Geschäftsbereich? Drogen? Prostitution? Menschenhandel?«

»Ersatzteile!«

»Was meinst du mit ›Ersatzteile‹? Organhandel?«

»Das würde mir zumindest zu diesem Thema einfallen. Aber wenn es dafür Anhaltspunkte gäbe, wäre euch das doch aufgefallen.«

»Das Einzige«, Stefans Stimme wurde bedeutungsvoll leise, obwohl die wenigen, verbliebenen Gäste weit genug von ihnen weg saßen um durch das Prasseln des Regens nichts mehr von ihrem Gespräch mitzubekommen, »das uns bis dato aufgefallen ist, und das muss jetzt unter allen Umständen unter uns bleiben, ist, dass es zumindest bei den beiden Ersten eine signifikant erhöhte Sterberate bei den Patienten gegeben hat.«

»Denkst du an Menschenversuche?«

»So was in der Art zumindest. Aber dein Ansatz ist auch nicht schlecht.«

»Nur würde das mit der Entnahme der Organe bestimmt nicht heimlich gehen. Dafür braucht es doch eine unglaubliche Logistik. Mit Operation und allem Drum und Dran.«

»Stimmt.« Stefan klang anerkennend. »Wäre eigentlich die Kripo nicht was für dich?«

»Darüber habe ich in der Tat schon mal nachgedacht. Was mich aber davon abhält, abgesehen davon, dass ich erst mal den Lehrgang schaffen müsste, ist die lange Zeit, die ihr euch teilweise mit den Fällen beschäftigen müsst. Für uns Schupos ist fast jeder Fall erledigt, wenn der Bericht geschrieben ist.«

»Da ist was dran. Aber dafür kann es auch sehr befriedigend sein, wenn du einen Täter hinter Schloss und Riegel bringst.«

»Und was ist mit denen, bei denen du das nicht schaffst?«

»Wie immer im Leben. Man kann nicht ständig gewinnen. Aber bei den Tötungsdelikten ist die Erfolgschance ja sehr hoch. Da kriegen wir sie eigentlich alle irgendwann.«

Der Regen hatte mittlerweile alle anderen Gäste vertrieben und das Personal begann mit den Aufräumarbeiten.

»Wir sollten auch mal langsam los«, forderte Sandra zum Gehen auf.

»Das Wetter wird wohl eh nicht mehr besser. Soll ich dich wirklich bei dem Regen auf der Karre mitnehmen?«

»Klar! Ich bin doch nicht aus Zucker.«

Das gefiel Stefan.

Da die Straßen menschenleer waren, fuhr Stefan Braun mit dem Motorrad durch die Fußgängerzone, direkt bis vor ihre Haustür. Sie nahm ihren Helm ab. Der Regen lief an ihr herab, als würde sie unter der Dusche stehen, doch das störte Sandra Weber nicht. Stefan klappte sein Kinnteil hoch: »Geh rein! Du wirst doch ganz nass.«

»Bin ich doch schon.«

Sie machte einen Schritt auf ihn zu und küsste Stefan flüchtig auf den Mund.

»Woanders komme ich ja nicht dran.«
Tanzend verschwand sie im Hausflur.

Das Garagentor im Hinterhof der Morsehofstraße 24 öffnete sich mit einem Ruck. Da es bereits hell genug war, verzichtete Stefan Braun darauf das Licht einzuschalten. Er schob das Motorrad heraus, schloss das Tor hinter sich, streifte den Helm über und zog den Reißverschluss seiner Lederjacke hoch. Sein rechter Daumen drückte den Startknopf, aber statt des vertrauten, trockenen Röhrens des Zweizylinder Boxermotors erklang nur ein jämmerliches Kratzgeräusch. Er wusste, er hätte längst eine neue Batterie einbauen müssen, aber dieses Wissen nutze ihm in diesem Augenblick wenig. Er stellte die RS zurück in die Garage und rief Corinna an.

Fünfzehn Minuten später hielt der rote Polo vor dem Back-Treff auf der Steeler Straße an, in dem Stefan Braun eine ganze Tüte voll Croissants gekauft hatte, und eine überaus gut gelaunte Corinna Busch öffnete Stefan von innen die Tür. Entgegen ihrer sonstigen Gewohnheit war sie eher überdurchschnittlich gestylt.

»Croissant?« Stefan hielt ihr die offene Tüte hin.

»Nein, danke.«

Er griff beherzt nach einem Hörnchen und biss mit großer Lust hinein. Das Gebäck war noch warm und schmeckte herrlich frisch.

»Krümel mir ja nicht mein Auto voll!«, ermahnte ihn seine Kollegin zur Vorsicht.

»Ich krümel in die Tüte.« Peinlich berührt sammelte er die abgesplitterten Teigstücke mit spitzen Fingern vom Sitz auf.

Nachdem sie einige Minuten schweigend nebeneinandersaßen, wollte Stefan es wissen: »Möchtest du mir vielleicht irgendetwas erzählen?«

»Was meinst du?«

»Nun ich bemerke eine gewisse Veränderung, die Frauen in der Regel dann ausstrahlen, wenn sich ihr Beziehungsstatus geändert hat. Ich muss aber zugeben«, er wischte mit dem Zeigefinger über das Display seines alten Nokia-Handys, als wäre es ein Smartphone, »dass ich heute Morgen noch nicht bei Facebook reingeschaut habe.«

Corinna lachte. »Da hättest du auch sicher keine nennenswerten Informationen gefunden. Ich weiß, man sieht es mir nicht an, aber ich bin keine achtzehn mehr und pflege mein Leben nicht unmittelbar der virtuellen Öffentlichkeit mitzuteilen.«

»Aber meine grundlegende Vermutung streitest du nicht ab. Kommen wir also zur entscheidenden Frage: Wo waren Sie gestern in der Zeit von – na sagen wir – 21.00 bis 23.00 Uhr?«

»Oh, Mist, ein Verhör! Darf ich meinen Anwalt anrufen?«

»Ich denke, angesichts der Umstände sollten wir darauf verzichten.«

»Das ist aber eine Beschneidung meiner Rechte!«, spielte Corinna die Entrüstete.

»Papperlapapp! Nu rücken Sie schon raus mit der Sprache!«

»Ich war im fraglichen Zeitraum im Restaurant Acquario.«

»Oh, sehr gute Wahl! Gibt es dafür Zeugen?«

Corinna verfiel in lautes Lachen.

»Ja, dafür gibt es – abgesehen vom Personal des Restaurants – einen *Zeugen.*«

Sie hatte das Wort Zeuge so deutlich betont, dass es Stefans Neugier weckte, was er ihr durch einen Blick über den Rand seiner Brille verriet.

»Nun ich habe sozusagen die Zeugenbefragung von gestern Vormittag fortgesetzt.«

»Zeugenbefragung vom Vormittag?« Stefan guckte einen Moment irritiert. »Moment mal. Du warst doch bei diesem Chefarzt. Du hast dir doch nicht wirklich den Chefarzt geangelt?«

Der Polo bog auf den Hof des Präsidiums ein.

»Geangelt würde ich das jetzt nicht gerade nennen, schließlich hat er mich ja im Nachgang zu meiner Befragung angerufen, weil er es für geboten hielt unserem Gespräch einen positiveren Rahmen zu geben, als dies am Vormittag der Fall war.«

Stefan Braun stieg aus dem Wagen, schloss die Tür und sah Corinna über das rote Dach hinweg an. »Na ob die in dem Teil des Gesprächs gewonnenen Informationen für unsere Ermittlungen relevant waren, wage ich aber stark zu bezweifeln. Aber Hauptsache es war schön.«

»Das war es, Derrick«, Corinna blickte verträumt in Richtung Himmel, »das war es.«

Sie betraten das Präsidium durch den Hintereingang.

»Aber wenn ich mich recht erinnere hattest du gestern auch eine Verabredung?«

»Ja. Ich war mit der Kollegin Weber im Biergarten.«

»Wer ist Kollegin Weber?«

»Sandra Weber. Die kleine Rothaarige aus der PI Nord, die auch im Palmbuschweg dabei war.«

»Ach, Sandra … Soll ich mir doch langsam Gedanken machen?«

Stefan schloss die Bürotür auf.

»Gedanken? Worüber?«

»Es geht mich ja nicht wirklich etwas an, aber immerhin bist du verheiratet.«

»Ey«, Stefan gab sich entrüstet, »ich war mit ner Kollegin was trinken. Wir haben über Motorradfahren und die Arbeit gesprochen. Sonst nix.«

»Deine Worte in Gottes Ohr.«

»Schon gesehen?« Claas Heering betrat das Büro und warf Stefan eine zusammengerollte Zeitung entgegen.

»Halbgötterdämmerung im Ruhrgebiet«, las Stefan Braun die fettgedruckte Überschrift vor, »na das schreit ja förmlich nach Pulitzer-Preis.«

Er legte die Füße auf den Schreibtisch, ließ die Rückenlehne seines Bürostuhls zurückkippen und nahm einen großen Schluck Kaffee, bevor er weiter vorlas: »Russische Terrorzelle. Bla, bla, bla. Durch Selbstmord der Verhaftung zuvorgekommen. Bla, bla, bla. Alle drei zur Tarnung als Ärzte gearbeitet.«

Corinna nippte zufrieden an ihrer Kaffeetasse: »Ist doch super. Ich möchte zwar jetzt nicht in Susannes Haut stecken, aber ich glaube was Besseres hätte uns doch gar nicht passieren können.«

Die Mitglieder der MK Schiwago versammelten sich im Besprechungsraum 3. Der gesamte Raum roch nach frischem Kaffee. Die Kollegen führten angeregte Gespräche. Einige sprachen bereits über den Fall, die meisten aber eher über private Dinge.

Die Gespräche endeten abrupt, als Staatsanwalt Finken, gefolgt von Herrmann Kaminski und einem Unbekannten den Raum betrat und die Zeitung mit den großen Buchstaben wutentbrannt auf den Tisch knallte.

»Von wem haben die Schmierfinken den Scheiß?«

»Jedenfalls nicht von mir«, verteidigte sich Susanne Groß.

»Außerdem ist das doch für unsere Ermittlungen eher von Vorteil, wenn die Presse eine derartige Fährte legt«, sprang Corinna der Pressesprecherin zur Seite.

»Sie haben leicht reden, Frau Busch.« Finken setzte sich. »Wollen Sie die Pressekonferenz für mich machen? Denn daran kommen wir jetzt wohl kaum vorbei, da die Öffentlichkeit nun von einer Terrorzelle bei uns Kenntnis erlangt hat. Und die Kollegen vom Staatsschutz durfte ich heute Morgen auch schon beruhigen.«

Herrmann Kaminski versuchte die Wogen etwas zu glätten: »Ich glaube, wir alle wissen, über welchen umfangreichen Schatz an Fantasie die Damen und Herren der Boulevardpresse verfügen, um sich aus den bekannten Fakten eine reißerische Geschichte auszudenken.«

»Mann ging durch Fleischwolf, der Ruhr-Kurier sprach zuerst mit der Frikadelle.«

Alle lachten.

»Danke, Stefan. Schöner hätte ich das auch nicht abschließen können.« Herrmann Kaminski nutzte die Situation, um die Sitzung nun endlich offiziell zu eröffnen: »Liebe Kolleginnen und Kollegen. Das hier ist Hauptkommissar Eberts aus Münster, der uns als Erstes berichten wird, welche Erkenntnisse es dort gibt.«

Günther Eberts erklärte, dass die diversen, am Tatort sichergestellten Dinge großenteils Anhaftungen derselben Sorte Einmalhandschuhe aufwiesen, wie dies am Tatort Klarastraße der Fall war. Auch das Papier mit der Angabe des Todescocktails sowie die darauf befindliche Druckertinte stimmten überein. »Auch Herr Oganov hat weder in Deutschland noch in seiner russischen Heimat Angehörige. Das Profil gleicht dem des Opfers Sacharanov.«

»Haben Sie einen Computer oder ein Handy sicherstellen können?«, fragte Corinna.

»Nein. Nichts dergleichen, obwohl wir wissen, dass er ein Handy hatte, über das er von seinen Kollegen erreichbar war. Das Telefon ist jedoch abgeschaltet und nicht auffindbar.«

»Also deckt sich auch das mit den Feststellungen, die wir hier gemacht haben.« Herrmann Kaminski bedankte sich für Eberts' Ausführungen. »Herr Heering, Sie haben Neuigkeiten für uns im Fall aus Mülheim.«

»Wir waren gestern Nachmittag im Krankenhaus in Oberhausen, um DNA-Spuren von Doktor Voltin sicherzustellen und diese mit unserer Leiche abzugleichen. Dazu wollten wir seinen persönlichen Schrank öffnen lassen, mussten dann aber feststellen, dass wir scheinbar nicht die

Ersten waren, die diese Idee hatten. Der Schrank wies Einbruchspuren auf. Ob etwas fehlt, war jedoch nicht festzustellen, da niemand über den üblichen Inhalt Auskunft geben konnte. Für unsere Zwecke konnten wir in jedem Fall hinreichend Material sicherstellen. Wir sollten im Laufe des Tages das Ergebnis des DNA-Abgleichs bekommen.«

»Danke, Herr Heering. Fred.« Herrmann Kaminski wandte sich Fred Bartels zu, der von Udo Bäcker, einem Spezialisten für Tonmaterialauswertung begleitet wurde. »Ihr habt die Auswertung der Notrufaufzeichnung dabei. Welche Erkenntnisse können wir daraus gewinnen?«

»Ich schlage vor, wir hören uns die gesamte Aufzeichnung noch einmal gemeinsam an und der Kollege Bäcker wird uns dann erläutern, was es dort alles zu hören gibt.« Der Mitschnitt des Notrufs wurde abgespielt und unmittelbar vor der Explosion gestoppt. »Jetzt folgt nur noch die Detonation«, erläuterte Fred Bartels, »die haben wir aus Gründen der Lautstärke hier weggelassen. Udo, wenn du uns dann mal bitte die Details erklärst.« Udo Bäcker war es ganz offensichtlich nicht gewohnt frei vor einer Gruppe zu sprechen. Er wirkte nervös, nestelte ständig an seinem Hemd herum und blinzelte mit einer Frequenz, die den aufmerksamen Beobachter durchaus in Unruhe versetzen konnte. Seine gesamte Erscheinung war die des typischen Nerds, der sich am wohlsten in seinem stillen Kämmerlein, umgeben von seinen technischen Apparaturen, fühlte.

»Ich werde Ihnen die Aufzeichnung nun noch einmal Stück für Stück vorspielen und im Einzelnen erläutern was vor Ort zu hören ist. Es sind zwei Personen im Raum, die russisch sprechen. Nach der Annahme des Notrufs«, er spielte die ersten Sekunden ab, in denen die Stimme von Jörg Schäfer zu hören war, »befinden sich beide Personen, der Aggressor und das Opfer, bereits im Gespräch. Der Aggressor scheint vom Notruf des Opfers nichts bemerkt zu haben.« Er spielte die nächsten Sekunden vor. »Wir haben den Ton jetzt situativ angepasst und die Stimme des Leitstellendisponenten herausgefiltert, so dass wir jetzt nur noch den Ton aus der Wohnung haben. Die Übersetzung des Gehörten lautet ›Valeri, was soll das, wo willst du hin. Bleib einfach stehen und sag mir endlich wo es hin ist‹. Der Übersetzer ist sich ziemlich sicher, dass der Sprecher Deutscher ist. Vermutlich aus Sachsen. Sein Russisch sei aber so gut, dass er es längere Zeit intensiv gesprochen haben muss.« Als Nächstes war die Stimme des Opfers zu hören. Seine Angst war förmlich zu spüren. »Er sagt: ›Wieso? Was soll das, Siegfried? Ich habe doch alles so gemacht, wie ihr es von mir verlangt habt.‹ Und nun wieder der Aggressor: ›Valeri, sei vernünftig und gib es mir, du machst alles nur noch schlimmer.‹ Das Opfer ruft dann recht hektisch ›nein, nein, nein‹ und der Täter schließlich ›Valeri, leg sofort das scheiß Messer weg!‹« Es folgen einige dumpfe Geräusche und ein Aufstöhnen.

»Wir sind uns sehr sicher, dass der Täter das Opfer niedergeschlagen hat. Im Weiteren wurde der Körper des Opfers näher an das Telefon herangebracht.« Vom Band waren nur noch diverse Geräusche zu hören, die sich sicher gut für Ratespiele im Radio geeignet hätten.

»Das war das Geräusch eines Schraubverschlusses an einem Plastikgefäß und das Aufreißen eines Plastikbeutels. Nun wird ein Pulver in Flüssigkeit gegossen, das Gefäß wieder verschlossen und abgestellt. Dann Schritte, die sich entfernen und das Öffnen und Schließen der Wohnungstür. Dieses Zischgeräusch, das Sie gerade in 150-facher Lautstärke hören, stammt mit an Sicherheit grenzender Wahrscheinlichkeit von der chemischen Reaktion des Pulvers und der Flüssigkeit.«

Ein dumpfer Knall ist zu hören. »Das war die eigentliche Detonation, mit einem Zehntel der tatsächlichen Lautstärke.«

Im Raum machte sich eine beeindruckte Stille breit.

»Danke Udo«, nahm Fred Bartels das Gespräch wieder auf. »Wir wissen also jetzt, dass sich unser Täter Siegfried nennt, vermutlich Sachse ist, perfekt Russisch spricht und bei seinem Opfer etwas gesucht hat. Aber die Wohnung hat er nicht durchsucht, sondern sofort die Explosion herbeigeführt. Wieso?«

»Vielleicht war er sich sicher, dass das Opfer die gesuchte Sache nicht in der Wohnung aufbewahrte«, warf Stefan ein.

»Sondern in seinem Schrank im Krankenhaus, den er deshalb aufgebrochen hat«, wusste Claas Heering zu ergänzen.

»Oder es kam ihm nicht darauf an diese Sache zu bekommen, sondern nur dafür zu sorgen, dass sie nicht in falsche Hände gerät, weshalb er dann die ganze Bude in Schutt und Asche gelegt hat«, brachte sich Corinna Busch ein.

»Ich schlage vor, in dieser Sache geht jeder noch mal in sich. In der nächsten Besprechung möchte ich jede noch so abwegige Theorie, die Ihnen bis dahin eingefallen ist, hören. Wissen wir schon Näheres über die Chemikalien?«

»Nein, Herrmann. Das gestaltet sich schwieriger als angenommen, aber das Labor arbeitet mit Hochdruck daran.«

»Danke, Fred. Herr Terboven, was gibt es Neues zum Thema Handy?«

»Wir konnten weiterhin keines der Telefone orten. Sie sind allesamt ausgeschaltet. Zu dem Anschluss, von dem die Anrufe auf das Handy aus der Brandwohnung kamen, haben wir mittlerweile die Verbindungsdaten analysiert. Es gab keine Anrufe an diese Nummer, sondern nur abgehende Gespräche und zwar zu insgesamt acht Nummern, bei denen es sich allesamt um Prepaidkarten aus dem genannten Shop in Berlin handelt. Vom Muster her scheint es sich hier um eine Art Kontaktmann zu handeln, der seine Leute auf diese Weise dirigiert hat, ohne selbst in Erscheinung zu treten.«

»Das klingt aber jetzt schon ein bisschen nach Agentenfilm«, warf Stefan Braun ein.

»Aus diesem Grund haben wir auch den Verfassungsschutz über unsere Erkenntnisse informiert und um Amtshilfe gebeten. Nach deren Aussage besteht aber kein Anhalt für die Annahme, dass es sich hier um Spionage handeln könnte.«

»Ja nee, Herrmann, is klar. Und die Erde ist eine Scheibe. Als wenn die uns jemals irgendwelche Informationen gegeben hätten. Wenn dann kam das immer erst im Nachhinein und hinten rum, wenn wir's sowieso schon raus hatten. Von den Schlapphüten brauchen wir wohl keine Hilfe zu erwarten.«

»Natürlich hätte ich Lust, aber ich bin mir nicht sicher, wie ich das meiner Frau verkaufen soll. Immerhin haben wir uns über drei Wochen nicht mehr gesehen.«

Sandra Weber hatte Stefan Braun angerufen und ihm

eine gemeinsame Motorradtour zum Café Hubraum vorgeschlagen.

»Glaubst du wirklich, dass sie beim BKA so viel zu tun hat, dass sie drei Wochenenden hintereinander nicht nach Hause kommen kann?«

»Ich kann mir jedenfalls nicht vorstellen, dass sie mich belügt. Und letztes Wochenende war sie ja nicht dienstlich unterwegs, sondern zum Sport.«

»Ich will für dich hoffen, dass du recht hast, Stefan. Aber meist fängt es so an. Die Beziehung ist in der Krise, die Partner unternehmen nur noch getrennte Aktivitäten und der, der naiv genug ist dem anderen alles zu glauben, ist am Ende der Dumme.«

»Klingt, als würdest du aus Erfahrung sprechen.«

»Worauf du dich verlassen kannst. Und überhaupt. Wenn sie das Wochenende wegbleibt, um Sport zu machen, dann ist ja wohl dein gutes Recht was für dich zu tun.«

»Grundsätzlich hast du schon recht. In der Beziehung bin ich meist der, der zurücksteckt. Auch, wenn sie es nicht einsieht.«

»Das ist genau was ich meine. Mensch Stefan. Verkauf doch nicht deine Seele.«

Stefan schwieg.

»Ich will dich nicht bedrängen, weil ich mir vorstellen kann, wie schwer das für dich ist. Lass es uns einfach so machen: Ich fahre morgen um zehn los. Wenn du mitkommen willst, ruf mich einfach kurz vorher an. Wenn nicht, ist es auch okay und ich fahre alleine.« Stefan willigte in den Vorschlag ein. Sein Bauch sagte ihm, dass Sandra recht hatte. Aber sein Kopf bestimmte die Regeln.

»Mensch, Icke, was machst du denn hier?« Stefan Braun war sichtlich überrascht seinen Kollegen Klaus Löhrmann im Büro anzutreffen. »Ich denke du bist in der Reha?«

»Heimaturlaub«, antwortete er kurz.

»Erzähl. Wie geht es dir? Kaffee? Warte, ich hole Corinna.«

Löhrmann bot einen grausigen Anblick: Fahl, eingefallen und gebrechlich hockte er vor ihnen, seine Krücken, als unübersehbares Zeichen seiner Behinderung, hatte er an den Schreibtisch gelehnt, während er mühsam versuchte aufrecht auf seinem alten Bürostuhl zu sitzen.

»Hallo Klaus, schön dich zu sehen«, Corinna umarmte ihn zur Begrüßung. »Wie kommt's, dass sie dich rausgelassen haben?«

»Ich hab 'n paar Sachen zu erledigen, die sich hier aufgehäuft haben. Macht ja keiner, solange ich weg bin.« Seine Stimme klang kraftlos und traurig.

»Du weißt aber schon, dass wir beide jederzeit für dich da sind, wenn du Hilfe brauchst.« Stefan deutete dabei auf Corinna. »Du musst einfach nur was sagen.«

»Danke. Das weiß ich doch. Aber es gibt tatsächlich noch Dinge, für die der alte Icke persönlich gebraucht wird.«

»Ach Gott«, Stefan sprang von seinem Stuhl auf, »jetzt hab ich den Kaffee ganz vergessen.« Er ging zum Sideboard, stellte eine Tasse unter den Auslass und betätigte den Startknopf des Vollautomaten.

»Ui. Kaum bin ich ein paar Tage nicht da, gibt's hier ne neue Kaffeemaschine. Und wenn ich es richtig sehe, ist mein Schreibtisch auch neu bewohnt. Habt ihr mich schon abgeschrieben?« Es lag Verbitterung in seiner Stimme.

»Quatsch!« Stefans Antwort ließ keinen Platz für Spekulationen. »Du weißt genau, dass wir noch eine offene Planstelle für einen Anfänger hatten.«

»Und? Wie stellt sich der Neue an?«

»Schlägt sich ganz tapfer«, erklärte Corinna, »bringt natürlich viele neue Aspekte mit ein. Bloß mit Derrick reibt er sich noch ein bisschen. Der typische Generationenkonflikt.«

»Generationenkonflikt! Wie sich das schon anhört. Du tust ja gerade so, als wenn ich sein Vater sein könnte.«

Corinna lachte laut auf: »Natürlich könntest du sein Vater sein. Er ist fast dreißig Jahre jünger als du.«

Stefans Blick ließ erahnen, dass er sich diesen Umstand bislang nicht bewusst gemacht hatte. »Ja, so gesehen.«

»Tja, Derrick, wir beide sind halt deutlich näher an der Pension als an der Ausbildung. Da kannze nüscht dran ändern. Wie isset? Kommt ihr beiden heute Abend mit in den Löwen? Der alte Icke lädt euch ein.«

»Gerne.« Corinna war ohne zu zögern dabei, während Stefan noch rumdruckste.

»Wat is mit dir, Derrick?«

»Katja kommt heute Abend nach Hause. Wir haben uns drei Wochen nicht gesehen und …« Stefan war unentschlossen. »Ach scheiß drauf. Ich bin dabei.«

»Ich nehme mal an, dass Sie die Presse auch verfolgt haben?«

»Ja. Und ich muss zugeben, ich bin recht zufrieden damit.«

»Manchmal ist so eine schöne Explosion gar nicht so übel. Vor allem in Zeiten, wie diesen, wo doch hinter jeder Ecke ein Terrorist sitzt.«

»Aber übertreiben Sie es nicht, Siegfried. Leichtsinn können wir uns nicht leisten.«

»Das ist jetzt nicht dein Ernst!« Katja Braun hatte den Zettel gefunden, den ihr Mann ihr auf dem Küchentisch hinterlassen hatte. »Ich war drei Wochen nicht zu Hause und du hast nichts Besseres vor, als mit deinen Arbeitskollegen einen trinken zu gehen?«

Stefan hielt das Telefon weiter weg von seinem Ohr, die Erregung seiner Frau war deutlich zu hören.

»Hast du ihn auch richtig gelesen?« Stefan versuchte ruhig zu bleiben, um die Situation nicht weiter aufzuheizen.

»Was soll ich daran mal wieder nicht verstanden haben?«, giftete Katja in den Hörer.

»Der Icke ist jetzt seit über vier Monaten in der Reha und hat nur dieses Wochenende Heimaturlaub. Da will der auch mal 'n paar bekannte Gesichter sehen. Wir sind ja quasi seine Familie.«

»Na mach nur weiter so. Dann weißt du ja, wo demnächst deine Familie ist.« Katja legte auf.

»Uff!« Eigentlich hatte er mit genau dieser Reaktion gerechnet und doch überraschte ihn die Heftigkeit.

»Noch drei! Komm, los! Nur noch zwei! Gib alles, Schatz! Ja!«

Claas Heering war froh, dass Kim Preußler sein Interesse am Krafttraining teilte. Es machte in der Beziehung vieles leichter, wenn man gemeinsamen Hobbys nachgehen konnte.

Claas drückte die schwere Langhantel schnaubend zurück in die Halterung und setzte sich auf.

»Und? Meinst du, es ist eine gute Idee mit deinen knorrigen Kollegen den Abend verbringen zu wollen und mich dafür einsam auf der Couch zurückzulassen?«

»Ich weiß es ehrlich gesagt noch nicht. Aber ich muss mich einfach etwas mehr in die Truppe integrieren, wenn ich nicht auf Dauer *der Neue* bleiben will.«

»Und ausgerechnet im Löwen. Was willst du denn da essen? Vielleicht eine *leckere Schweinshaxe*?«

»Komm, sei nicht so zynisch. Der Kollege hat eingeladen. Da kann ich wohl keine Ansprüche stellen, was das Lokal angeht. Und Pommes gehen immer.«

»Und für morgen koche ich uns was Feines, mit viel frischem Gemüse.«

»Ich bin so froh, dass du wieder gesund bist.« Claas Heering war glücklich.

Stefan stand noch auf dem Kopstadtplatz und wartete auf Claas Heering, der in diesem Moment um die Ecke kam.

»Komm Heering, die anderen sind schon drin.«

»Aha. Dat is also der Kerl, der jetzt meinen Schreibtisch bewohnt.« Löhrmann reichte Claas die Hand. »Klaus Löhrmann. Die Kollegen nennen mich Icke.«

»Angenehm. Claas Heering. Mich nennen die Kollegen *den Neuen*.«

»Haha! Dich mag ich, Neuer. Komm setz dich. Ich bestell jetzt erstmal ne Runde Hefeweizen für uns alle.«

»Danke. Aber für mich bitte nur ein Wasser.«

»Hab ich gerade gesagt, ich würd dich mögen? Wasser kann man doch nicht trinken. Da vögeln die Fische drin.«

»Ich würde trotzdem eins nehmen.«

»Und zum Essen bestellst du dir gleich nur 'n Salatblatt, weil die Schweine für die Haxen nicht totgestreichelt wurden oder was?« Löhrmann lachte künstlich laut auf.

»So in der Art. Wobei mich nicht die Art stört, wie die Tiere getötet werden, sondern *dass* sie für unser Essen sterben müssen.«

Die Stimmung ebbte etwas ab.

»Soll ich dann jetzt etwa ein schlechtes Gewissen haben, wenn ich mir meine Schweinshaxe bestelle, was ich ganz sicher gleich tun werde?«

»Das überlasse ich Ihnen ganz allein, was sie mit Ihrem

Gewissen machen. Nur, weil ich für mich beschlossen habe vegan zu leben, werde ich sicher nicht hingehen und versuchen andere zu bekehren oder den Schulmeister heraushängen zu lassen.«

»Das klingt wie ein Friedensangebot.«

»Sehr gut«, ging Stefan dazwischen, »und weil wir uns jetzt alle wieder lieb haben, schlage ich vor, Icke erzählt uns erstmal die besten Geschichten über seine ganzen Kurschatten.«

»Den einzigen Schatten, den ich in dieser beschissenen Reha habe, ist der, den ich selber werfe, wenn ich im richtigen Winkel vor ner Lampe stehe.«

»Spaß klingt aber irgendwie anders«, warf Corinna ein.

»Das sag ich dir, mein Mädchen. Da macht gar nix Spaß. Irgendwann werden einem selbst die netten Schicksen aus der Physiotherapie langweilig. Ganz zu schweigen von dem pappigen Essen, das sich alle drei Wochen wiederholt. Ihr habt ja keine Ahnung, wie sehr ich mich jetzt auf diese unfassbar fettige und völlig ungesunde Haxe freue.«

Stefan Braun fuhr mit der letzten Straßenbahn nach Hause. Im Wohnzimmer brannte noch Licht. Katja war vor dem Fernseher eingeschlafen.

Er schickte Sandra eine SMS: »Ich komme morgen nicht mit. Erkläre ich dir später.«

Die Antwort brauchte keine 30 Sekunden: »Du brauchst mir nichts zu erklären. Alles deine Entscheidung.«

Natürlich war es seine Entscheidung, aber er fühlte sich beiden Frauen gegenüber irgendwie schuldig und nachdem er Katja schon heute Abend versetzt hatte, wollte er wenigstens am restlichen Wochenende für sie da sein, obwohl es sich einfach nicht mehr gut anfühlte, wenn sie Zeit miteinander verbrachten. Es war eher ein Gefühl von Verpflichtung. Früher wollte er jede Sekunde mit ihr verbringen, konnte ihr stundenlang zuhören, wenn sie ihm von ihren Erfolgen berichtete, von denen sie einige vorzuweisen hatte, denn in allem, was sie tat, war sie meist die Beste. Damals war Stefan voller Bewunderung für diese Vorzeigefrau, die sich ausgerechnet so einen Hallodri wie ihn ausgesucht hatte. Ja, sie hatte ihn ausgewählt. Und genau das ließ sie ihn in der letzten Zeit immer deutlicher spüren. Sie spielte ihre Überlegenheit aus, wann immer sich eine Gelegenheit dafür bot. Und irgendwie war Stefan es leid, immer zu ihr aufsehen zu müssen. Oft wünschte er sich, sie hätte sich in der Beziehung genau so viel Mühe gegeben, wie auf der Karriereleiter. Vieles wäre wohl anders gewesen.

Sandra Weber blickte ein letztes Mal auf das Display ihres Handys.

»Schade!«

Sie hatte gehofft, dass Stefan es sich noch einmal anders überlegen würde. Enttäuscht klappte sie das Visier ihres Helmes zu, drückte den Startknopf und gab der Suzi die Sporen.

Er nahm das Handy zur Hand, schaltete es ein und wählte. Es klingelte dreimal, bevor sich am anderen Ende die erwartete Stimme meldete.

»Wie weit sind Sie vorangekommen?«

»Die dritte Charge ist komplett verabreicht. Aber die Ergebnisse sind genauso katastrophal, wie bei den beiden ersten.«

»Hoffen wir, dass Charge vier unsere Erwartungen besser erfüllt.«

»Ich würde die Versuche gerne vorzeitig beenden. Ich habe kein gutes Gefühl dabei.«

»Ich verstehe Ihre Bedenken, Doktor Sokolow, aber Sie wissen auch über die enorme Wichtigkeit dieses Projekts. Bitte denken Sie immer daran, welchen Anteil Sie im Falle eines Durchbruchs daran haben und wie sehr sich das positiv auf Ihre Karriere als Arzt auswirken wird. Und Sie wissen nur zu gut, dass wir große Stücke auf Sie setzen; sonst hätten wir nicht ausgerechnet Sie für unser Vorhaben ausgewählt.«

»Glauben Sie mir, ich habe wirklich lange darüber nachgedacht, aber ich kann es mit meinem ärztlichen Ethos nicht vereinbaren. Mein Entschluss steht fest: Ich höre auf.«

»Das bedaure ich sehr, Doktor Sokolow. Aber ich werde Ihre Entscheidung selbstverständlich respektieren. Siegfried wird Sie kontaktieren und Ihr Material an sich nehmen. Und bitte denken Sie daran, ihm wirklich alles auszuhändigen, so, wie wir es vereinbart haben. Keine Kopien! Leben Sie wohl, Doktor Sokolow.«

Er schaltete das Telefon aus, um das Gespräch zu beenden, und wählte eine gespeicherte Nummer in seinem zweiten Handy aus.

»Siegfried, unser Mann an der Nordsee hat gerade gekündigt. Kümmern Sie sich darum.«

»Uwe, pass auf, da kommen sie wieder angeschnattert.« Sven Behrends deutete in Richtung »Haus des Gastes«, von wo die Gruppe älterer Damen sich, wie jeden Morgen, dem Deich näherte, an dem die beiden Männer des Bauhofs seit einigen Tagen die Grünflächen pflegten.

Laut quasselnd und kichernd zog der Tross, die Walking-Stöcke im Stakkato-Rhythmus schwingend, an ihnen vorbei, in Richtung Hundestrand. Die beiden Arbeiter äfften die Frauen nach, indem sie mit ausladenden Schritten über den Deich stolzierten und Schnattergeräusche machten.

Ein schriller Schrei holte sie zurück in die Realität.

Die Walkinggruppe stand am Ende des Strandes und starrte hinaus ins Watt. Sven Behrends und Uwe Kramer war sofort klar, dass etwas passiert sein musste. Während Behrends sofort loslief, holte Kramer den Bulli. Er war längst nicht so gut zu Fuß wie sein junger Kollege.

Irgendetwas lag dort im Watt. Gut fünfzig bis siebzig Meter vom Ufer entfernt. Etwas Längliches. Uwe Kramer war sich sicher, dass dort ein menschlicher Körper lag.

Er genoss das intensive Knackgeräusch, das der Kluntje verursachte, wenn er den heißen Ostfriesentee darüber goss. Drei Wochen ermittelte die MK Schiwago nun schon. Zwar waren mittlerweile die Identitäten der Opfer und die Umstände ihres Todes zweifelsfrei geklärt, aber eine ernsthafte, heiße Spur gab es noch immer nicht. Es waren Stefans erste freie Tage, seit die Mordserie an russischen Ärzten begonnen hatte. Katja hatte darauf bestanden, zu einem

Wellnesswochende an die Nordsee zu fahren und Stefan hatte sich dem gefügt, obwohl er seine Zeit lieber mit Sandra verbringen würde.

Nun saßen sie im Frühstücksraum des Hotel Reichshof in Norden und genossen die Ruhe. Stefan ließ mit einer langsamen, kreisförmigen Bewegung gegen den Uhrzeigersinn Sahne in seinen Tee fließen und beobachtete wie sich die weißen Wölkchen mit der braunen Flüssigkeit vermengten, während seine Frau den Ostfriesischen Kurier studierte.

»Hör dir das an!« Katja nahm die Zeitung ein Stück herunter, sah ihren Mann kurz an, um sich seiner Aufmerksamkeit sicher zu sein und begann vorzulesen: »Selbstmord im Watt. Jogger entdeckten gestern gegen 7.30 Uhr am Norddeicher Hundestrand eine männliche Leiche, die offenbar mit der morgendlichen Flut angeschwemmt worden war. Nach Erkenntnissen der Auricher Kriminalpolizei handelt es sich bei dem Toten um den 34-jährigen Anästhesisten Evgeny S. Alle Anzeichen sprechen dafür, dass S. den Freitod gesucht habe und bei auflaufendem Wasser ins Watt gegangen sei.« Katja ließ die Zeitung sinken und blickte in Stefans ungläubiges Gesicht. Er riss ihr das Papier aus der Hand und suchte den Artikel, als wenn er ihren Worten keinen Glauben schenken konnte. Die Zeitung in seiner linken, das Handy in der rechten Hand stürmte er aus dem Raum.

Katja Braun wandte sich ihrer Teetasse zu. »Dann darf ich wohl davon ausgehen, dass unser kuscheliges Wochenende soeben ein abruptes Ende gefunden hat.« Die Enttäuschung, die in ihrer Stimme lag, war nicht zu überhören.

»In zwei Stunden sollen wir in Aurich in der Polizeiinspektion sein.« Stefan war wieder an seinen Platz zurückgekehrt.

»Wir? Soweit ich mich erinnern kann, ist das bislang kein Fall für das BKA. Und das ist auch gut so.« Katja biss in ihr Lachsbrötchen. »Wenn du meinst, du musst jetzt hier den Superbullen spielen – bitte sehr. Aber ganz bestimmt ohne mich.«

»Bitte, Katja. Das kann für den Fall sehr wichtig sein.«

»Aurich? Arbeitet da nicht diese Kollegin, von der du nach dem Profiling-Seminar so geschwärmt hast. Wie hieß sie gleich?«

»Ann Kathrin Klaasen. Ja, die war wirklich beeindruckend.«

»Und diese ach so beeindruckende Kollegin schafft das nicht ohne deine Hilfe?«

»Du weißt genau, dass es manchmal eben diese Zufälle sind, die entscheidende Wendungen in solchen Fällen bringen. Außerdem ist Frau Klaasen im Urlaub.«

»So so. Frau Klaasen ist also im Urlaub?«

»Ja. In Gelsenkirchen.« Er sprach den Ortsnamen mit einem beinahe fassungslosen Zögern aus, gerade so, als sei es unvorstellbar, dass jemand freiwillig dorthin fuhr.

»Ich fahr da jetzt jedenfalls hin.«

»Wie dem auch sei«, Katja machte keinen Hehl daraus, dass ihr das Vorgehen ihres Mannes missfiel, »falls du irgendwann zurückzukommen gedenkst, findest du mich im Wellnessbereich. Falls dich das überhaupt interessiert.«

Stefan drehte sich wortlos um und verließ den Raum. Was immer er jetzt auch gesagt hätte, es hätte die Situation sowieso nicht entspannt.

Stefan parkte den Mondeo auf dem Parkplatz des Kreishauses im Auricher Fischteichweg, direkt gegenüber der Polizeiinspektion. Er war enttäuscht von der Reaktion seiner Frau, schließlich war sie genauso Kriminalbeamtin wie er. Brannte sie nicht mehr für den Beruf? Oder war es nur die Entfremdung zwischen ihnen beiden?

»Wie Sandra wohl reagiert hätte?«

»Kriminaloberkommissar Braun, Kripo Essen«, stellte er sich dem Wachhabenden am Eingang vor und hielt ihm seinen Dienstausweis hin, »ich bin verabredet mit dem Kollegen Rupert.«

»Moin, Kollege, das ist Zimmer 206«, antwortete dieser in breitem, friesischem Akzent. »Hinter der Tür rechts, Treppe oder Fahrstuhl in den zweiten Stock und dann das Büro ganz hinten rechts. Und Obacht! Hat mal wieder nicht die beste Laune heute, der Herr Hauptkommissar.«

Die Warnung des Wachhabenden sollte sich als durchaus begründet herausstellen. Rupert war dermaßen mies gelaunt, dass sich Stefan lieber mit Claas Heering auf ein Mineralwasser verabredet hätte, als länger als unbedingt nötig mit diesem Zeitgenossen in einem Raum zu verbringen.

Rupert wartete kurz mit den vorliegenden Fakten auf: Der Leichnam sei zweifelsfrei als Evgeny Sokolow identifiziert worden, der laut seiner Personalakte aus einem kleinen Ort in Weißrussland stammte, seine ärztliche Ausbildung beim Militär absolviert hatte und scheinbar über keine Angehörigen verfügte. Es läge ein Abschiedsbrief vor und seine Kollegen im Krankenhaus hätten bestätigt, dass er in letzter Zeit sehr niedergeschlagen und einsilbig gewirkt habe, wenngleich niemand mit einem Suizid gerechnet hätte. Ein Fremdverschulden sei mit absoluter Sicherheit auszuschließen. Rupert machte auch keinen Hehl daraus, dass es ihn ziemlich nervte, dass ein fremder Großstadtbulle bei einer solchen Lappalie anfange nachzufragen, zumal überhaupt kein Anhalt dafür bestünde, dass der Tote Verbindungen ins Ruhrgebiet gehabt habe.

Stefan bedankte sich für die Informationen, verließ das Büro und winkte beim Herausgehen dem Wachhabenden zu: »Wenn das *nicht die beste Laune* war, dann möchte ich nicht wissen, wie der drauf ist, wenn er mal richtig schlecht gelaunt ist.« Der Kollege hinter der Scheibe quittierte mit einem wissenden Grinsen.

»Sie müssen der Kommissar aus Essen sein.«

Stefan schreckte aus seinen Tagträumen hoch. Er saß auf einer Bank am Norddeicher Hundestrand und blickte in Gedanken versunken auf das Meer hinaus. Vor ihm stand Kapitän Seebär. Zumindest hätte Stefan diesen Mann in einem Laientheaterstück hierfür als Idealbesetzung angesehen. Der bärtige Hüne mit der sonoren Stimme trug lediglich die falsche Uniform. Nämlich die eines Polizisten.

»Ja, richtig.« Stefan streckte seine rechte Hand zur Begrüßung aus. »Stefan Braun. Oder für Kollegen einfach Derrick.«

»Derrick is gut.« Der Hüne lachte laut auf und schlug ein. »Moin. Thore Harmsen, ich bin hier sozusagen der Dorfsheriff. Die Kripo sagte, Sie interessieren sich für unseren Selbstmörder von gestern.«

»Super, dass das so schnell geklappt hat. Ihre Kollegen sagten mir, dass Sie als Erster vor Ort waren, als die Leiche gefunden wurde. Können Sie mir die genaue Stelle zeigen?«

»Sicher kann ich das, aber was interessiert sie eigentlich so sehr an diesem Fall? Die Kripo hat den Aktendeckel doch längst zugeklappt.

»Es besteht – ganz vage – die Möglichkeit, dass es einen bislang nicht erkannten Zusammenhang zu einigen Todesfällen in unserem Beritt gibt. Aber wie gesagt, es ist nur ein vager Verdacht.«

Harmsen führte Stefan an die Stelle, an der Leichnam angespült worden war.

»Entdeckt hat ihn der Stockentenclub von meiner Frau.«

»Stock was?«

»Enten«, wiederholte Thore Harmsen.

»Mein Platt ist etwas eingerostet«, witzelte Stefan, »aber was um alles in der Welt ist ein Stockentenclub?«

»Nordic Walking. Laufen mit ihren Stöcken übern Strand und schnattern dabei wie die Enten. Aber gestern Morgen ist denen das Schnattern fix vergangen.«

Stefan musste grinsen. »Stockenten muss ich mir merken.«

»Der Uwe Kramer und sein Kollege vom Bauhof waren auch vor Ort und haben den Toten aus dem Watt gezogen. Haben die beiden ja nur gut gemeint, aber der Brummige von der Kripo hat sie vor allen zur Sau gemacht, weil sie angeblich Spuren vernichtet hätten.«

»Spuren? Im Wasser?«

»Ich seh schon, Derrick, wir beide verstehen uns.«

»Ich glaub, den Brummigen hab ich heute auch kennengelernt. Gibt es hier am Strand eigentlich Videokameras?«

»Bei uns am Strand? Nee! Da hinten am ›Haus des Gastes‹ gibt's ne Webcam, damit du im Internet sehn kannst wo das Wasser ist. Aber richtig erkennen kannst du auf den Bildern eh nix.«

»Und wie steht's mit dem Hafen?«

»Da gibt's bestimmt was. Da müssen Sie am besten den Hafenmeister fragen. Soll ich Sie hinbringen?«

Stefan nahm das Angebot dankend an.

Im Büro des Hafenmeisters gab es diverse Monitore, die das Treiben im Hafen zeigten. Ein Bild vom Strand gab es jedoch nicht. Seiner Bitte, ihm Aufzeichnungen der Kameras der letzten 24 Stunden vor dem Auffinden der Leiche zu überlassen, wollte der Hafenmeister jedoch nicht zustimmen, würde diese aber sicher der örtlichen Kripo zukommen lassen, sofern er eine offizielle Anfrage bekäme.

Stefan Braun und Thore Harmsen gingen zurück zum Streifenwagen.

»Warten Sie mal eben; ich bin sofort zurück.« Thore Harmsen drehte sich um und verschwand wieder im Gebäude der Hafenmeisterei. Keine zehn Minuten später kam er zurück, stieg in den Wagen und kutschierte Stefan zum Parkplatz hinterm Deich, wo der blaue Mondeo geparkt war.

»So, Inspektor Derrick, kann ich noch was für Sie tun?«

Stefan lachte. »Nein, vielen Dank.« Er ging um den Wagen herum und reichte Harmsen die Hand zum Abschied durch das geöffnete Fahrerfenster des weißblauen Tourans.

»Zum Abschied noch ein Geschenk von meinem Schwager.«

Thore Harmsen reichte Stefan eine CD.

»Schwager?!«

»Ja, der Hafenmeister. So ist das bei uns in Ostfriesland. Machen Sie's gut.«

Mit einem Lächeln um die bärtigen Lippen fuhr Kapitän Seebär davon.

Damian Holtz half Corinna Busch aus der Jacke und rückte ihr den Stuhl zurecht. Corinna gefiel das. Schon auf der Fahrt zum Restaurant Schote war es ihr sehr angenehm aufgefallen, dass er ihr die Tür aufgehalten hatte. Eine stilvolle Art von Benehmen, die heutzutage nicht mehr allgegenwärtig war.

»Wir haben noch gar nicht wirklich über Sie gesprochen, meine liebe Frau Busch«, er schüttete für beide Mineralwasser ein, »was machen Sie denn, wenn Sie keine Chefärzte verhören?« Er schob seine Brille etwas höher.

»Mit ihnen essen gehen.« Corinna lachte.

»Wenn das alles ist, dann schränkt das aber Ihre Sozialkontakte ganz schön ein.«

»Könnte schlimmer sein«, antwortete die Kommissarin schelmisch.

»Auch eine Art von Kompliment«, tat der Chefarzt brüskiert.

Der Sommelier kam mit der Weinkarte.

»Darf ich uns einen Wein aussuchen? Oder haben Sie besondere Wünsche, Frau Busch?«

»Bitte suchen Sie gerne aus.«

Er bestellte einen 2012er Château du Roc und knüpfte umgehend wieder an das Gespräch an, was Corinna als Zeichen echten Interesses wertete.

»Ich konkretisiere meine Frage noch einmal: Was tun Sie also, wenn Sie keine Chefärzte verhören oder mit diesen zum Essen ausgehen?«

»Also«, begann Corinna, als wenn eine längere Abhandlung folgen würde, »mein lieber Herr Professor.«

»Bitte nennen Sie mich doch Damian. Bitte nicht so förmlich.«

»Gerne, Damian. Wenn ich also ausnahmsweise keine Chefärzte verhöre oder mit ihnen essen gehe, dann treibe ich relativ viel Sport.«

»Das dachte ich mir schon. Man sieht es Ihnen an.«

Corinna nahm das Kompliment gerne zur Kenntnis, ging aber darüber hinweg: »Und die restlichen paar Minuten, die mir zwischen Sport und Dienst bleiben, stehe ich entweder in der Küche oder putze meine Wohnung.«

»Dann machen Sie entweder sehr viel Sport oder müssen zu viel arbeiten.«

»Ich würde sagen beides trifft zu.«

Stefan und Katja saßen in einer Ecke der Zille-Stube, dem kleinen Restaurantraum des Reichshofs, an dessen Wänden Bilder des Berliner Vulgärmalers hingen und dem Raum damit seinen Namen gaben.

Der Hauptgang ihres Vier-Gänge-Candlelight-Dinners stand vor Ihnen auf dem Tisch. Der Duft der Majorankartoffeln stieg Stefan in die Nase und entschädigte ihn dafür, dass die Stimmung, die zwischen ihm und seiner Frau herrschte, alles andere war, als der richtige Rahmen für dieses Essen. Er schloss für einen Moment die Augen und genoss die Wirkung, die die Kräuter in seinem Rachen auslöste, bevor er seine Gabel in den in Gewürzmilch gegarten Schweinerücken stach. Er schnitt ein kleines Stück des zarten Fleisches ab, fügte noch einige Linsen auf seine Gabel und schloss erneut die Augen, als er den Bissen auf seiner Zunge spürte.

Stefan berichtete kurz von den eher spärlichen Erkenntnissen, die er heute hatte gewinnen können, spürte aber deutlich Katjas Desinteresse.

»Aber du wirst jetzt nicht die ganze Nacht damit verbringen diese Videos zu sichten?«, fragte Katja mit entsetztem Tonfall.

»Im Leben nicht. Wir haben ab Montag nen Praktikanten im Kommissariat. Ich glaube, ich habe da schon eine sehr schöne Aufgabe für ihn.«

»Und willst du hier jetzt noch irgendwas ermitteln?« Ihre Stimme klang gelangweilt.

»Das dürfte wohl zwecklos sein. Ich werde ganz offiziell eine Abschrift der Ermittlungsakte anfordern und dann wird sich zeigen, ob wir da irgendeinen Zusammenhang finden. Und jetzt ist wirklich Wochenende.«

»Das will ich aber auch hoffen.«

Damian Holtz öffnete die Tür seines Porsche Carrera für Corinna und hielt den Regenschirm auf, um sie vor dem einsetzenden Regen zu schützen.

»Es war ein wunderschöner Abend. Ich hoffe wir können das bald wiederholen«, sagte er zum Abschied.

»Das hoffe ich auch.« Corinna nahm allen Mut zusammen, hauchte ihm einen Kuss auf die Wange und verschwand in der Haustür.

Dennis Terboven wartete mit neuen Erkenntnissen für die Frühbesprechung der MK Schiwago auf:

»Das Handy des Kontaktmannes hat mit einem der sieben fraglichen Handys Kontakt gehabt und zwar am Mittwoch gegen 14.20 Uhr. Der Kontaktmann befand sich dabei hier in Essen, im Umfeld der Grugahalle. Eine genaue Ortung war nicht möglich, weil das Telefon die ganze Zeit in Bewegung war. Das Gespräch wurde mit einem Teilnehmer in Norden/Norddeich geführt …«

Stefan Braun rutschte die Kaffeetasse aus der Hand. »Wo am Freitagmorgen die Leiche eines russischen Arztes angeschwemmt wurde.«

Alle Augen richteten sich gleichzeitig auf ihn und er ließ die Kollegen teilhaben an seinem etwas außerplanmäßig verlaufenen, freien Wochenende.

»Das ist übrigens Torben Haberich, unser neuer Praktikant.« Corinna deutete auf den sportlichen, jungen Mann, der dem Team des KK 11 aus dem Besprechungsraum ins Büro gefolgt war. »Leider bin ich nicht dazu gekommen euch vor der Besprechung miteinander bekannt zu machen.« Claas schüttelte dem Praktikanten die Hand und nannte seinen Namen.

»Ich bin Stefan Braun. Und ich hab hier direkt 'n tofften Job für Sie.« Stefan reichte ihm die CD mit dem Überwachungsvideo des Norddeicher Hafens, erklärte kurz die Zusammenhänge und wünschte viel Spaß beim zu erwartenden, cineastischen Genuss.

»Warten Sie mal kurz, Torben«, hielt Corinna ihn zurück, »das KK 12 hat doch ne Kommilitonin von Ihnen als Praktikantin.« Corinna griff zum Telefon. »Ich ruf mal eben dort an und frag, ob sie uns die ausleihen. Dann könnt ihr's euch zu zweit vor der Glotze bequem machen.«

Die Kollegen vom Rauschgift waren hilfsbereit und schickten ihre Praktikantin direkt auf den Weg.

Stefan ließ sich in seinen Bürostuhl fallen: »Und ich ruf jetzt mal in Aurich an und besorg mir die komplette Ermittlungsakte.«

Ann-Kathrin Klaasen, die Kollegin der Auricher Kripo erinnerte sich sofort an Stefan, als dieser sich mit den Worten »hier ist Derrick von der Kripo Essen« bei ihr meldete. Sie hielten eine Weile Smalltalk, bevor Stefan ihr von der Serie getöteter, russischer Ärzte berichtete. Ann-Kathrin erkannte sofort den möglichen Zusammenhang, obwohl sie selbst in die Ermittlungen gar nicht eingebunden war. Sie versprach Stefan, die Akte sofort persönlich zu kopieren und sie ihm zuzuschicken.

Das Telefon auf Corinnas Schreibtisch klingelte. Stefan blickte auf seine Uhr und scherzte: »Das ist das Signal für

Feierabend!« Corinna hob den Hörer ab: »KK 11, Busch. Mmhh. Das ist gut. Wir kommen sofort.« Stefan blickte Corinna erwartungsvoll an, die ihm jetzt mit einer Tüte Chips, die sie aus ihrem Schreibtisch hervorgeholt hatte, zuwinkte. »Unser Praktikant scheint fündig geworden zu sein. Komm, wir gehen Video gucken.«

Stefan und Corinna setzten sich zu den beiden Praktikanten in den Konferenzraum.

»Ich hab uns was zum Knabbern mitgebracht«, Corinna schüttete den Inhalt der Chipstüte in eine Schüssel und stellte sie in die Mitte des Tisches.

»Was haben Sie für uns?«, wollte Stefan von Torben wissen.

»Das hier.« Haberich drückte auf Play.

Auf dem Video waren zwei Personen zu erkennen, die in einiger Entfernung über den Pier in Richtung Wasser gingen.

»Bisken dürftig. Findste nicht?« Stefan war scheinbar nicht besonders beeindruckt. »Da latschen zwei Figuren übern Kai. Das wird da bestimmt häufiger passieren.«

»Das sicher, aber sehen Sie mal, was jetzt kommt.« Der Praktikant zeigte eine Szene, die offensichtlich von einer anderen Kamera stammte, da sie eine gänzlich andere Perspektive zeigte. Im Bild war das Ende der Kaimauer zu sehen und das offene Meer.

»Sehr beruhigend«, alberte Stefan, »deshalb fahr ich ja immer da rauf um mich zu entspannen.«

Dann erschien an der Spitze der Kaimauer ein kleines, mit zwei Personen besetztes Ruderboot, das in die Nordsee hinausfuhr.

Corinna und Stefan blickten auf.

»Und zwanzig Minuten später kommt dasselbe Boot wieder zurück, aber es sitzt nur noch einer drin.«

»Gute Arbeit, Torben.« Corinna war offenbar sehr zufrieden mit der Arbeit der beiden Praktikanten.

Stefan nickte anerkennend: »Das geben wir direkt mal den Spezis beim LKA. Mal sehen, was die aus dem Video so herausholen.«

Er klopfte Torben kameradschaftlich auf die Schulter und griff beherzt in die Schüssel mit den Kartoffelchips mit Currywurstgeschmack.

Corinna und Stefan verließen ihr Büro und gingen hinunter zum Parkplatz.

Sie verabschiedete sich, stieg in ihren Polo und fuhr davon, während Stefan noch einen Moment lang zögerte. Eigentlich hatte er vor, direkt nach Hause zu fahren, aber er wollte noch in Ruhe nachdenken. Er zog seinen Helm über, startete das Boxertriebwerk seiner BMW und fuhr zur Gruga. Am Haupteingang des Parks stellte er die Maschine ab und schlenderte zum Gradierwerk. Eine Gruppe Jogger, deren einheitliche, grüne T-Shirts auf den Lauftreff eines Sportfachgeschäftes hinwiesen, an dem auch Katja früher regelmäßig teilgenommen hatte, kreuzten seinen Weg und zwangen ihn zum Ausweichen, wodurch er beinahe in die Hinterlassenschaft eines Hundes getreten wäre.

Aus der Ferne hörte er die Teilnehmer der Freeletics-Gruppe, die sich gegenseitig anfeuerten und dazu den Marsch der Walküren aus ihrem Ghettoblaster spielten.

Auf der ersten Bank vor der Saline saß ein verliebtes Pärchen und knutschte.

Ich sollte mal mit Sandra herkommen, dachte er sich.

Um etwas Abstand zu halten steuerte er auf eine Sitzgelegenheit in der Mitte des Holzgerüstes zu, setzte sich hin und begann ganz langsam und bewusst die salzige Luft durch die Nase ein und den Mund wieder auszuatmen. An diesem Ort konnte er gut zur Ruhe kommen und nachdenken. Vielleicht lag es daran, dass die Luft hier ähnlich war, wie an der Nordsee; Seeluft, mitten im Kohlenpott.

Er versuchte die Fakten in seinem Kopf zu ordnen: »Fünf tote Ärzte. Fünf Russen. Fünfmal führte die Spur zur russischen Armee, aber scheinbar waren sie sich nie begegnet. Fünf Krankenhäuser mit einer ungeklärten Häufung von Todesfällen. Das Netzwerk mit den Prepaidhandys an dessen Spitze dieser Siegfried sitzen konnte oder jemand, der bislang noch gar nicht in Erscheinung getreten war und diesen Siegfried als Auftragskiller beschäftigte. Wo war der Zusammenhang? Die toten Patienten! Wieso hatten sie das nicht gesehen? Natürlich! Es ging um die Patienten. Mussten die Ärzte sterben, weil irgendetwas mit diesen Patienten schiefgelaufen war? Hätten sie nicht sterben sollen? War es eine Bestrafungsaktion? Oder doch nur die Beseitigung von unliebsamen Zeugen? Was haben die mit den Patienten überhaupt gemacht? Medikamentenversuche? Ließ sich so was im Krankenhaus verheimlichen?«

Stefan brauchte fachmännischen Rat. Er holte sein Handy hervor und rief seinen Schwager Thorsten Held an.

Er würde es so machen wie immer. Schließlich ging es um Ärzte. Da war es doch nur normal, dass sie sich möglichst schmerzfrei selbst das Leben nahmen. Was lag da näher, als die Sache mit den Medikamenten. Die Geschichte mit dem Boot war doch recht aufwändig gewesen. Auch war die Gefahr, dabei entdeckt zu werden, viel zu groß. Es war viel zu öffentlich.

Im Nachhinein würde er sich am liebsten dafür ohrfeigen. Aber es war ja gut gegangen.

Er würde noch etwas warten. Es gab keinen Grund zur Eile. Schließlich waren sie alle völlig ahnungslos.

Doktor Thorsten Held saß schon bei Paolo an dem Vierertisch am Fenster, von dem aus man auf die Gelsenkirchener Straße sehen konnte. Pedro, der große, braune Labrador lag zu seinen Füßen unter dem Tisch und hob nur kurz den Kopf, als Stefan Braun hereinkam und sich zu ihnen setzte.

»Hallo, mein Lieber«, begrüßte Thorsten seinen Schwager, »lange nicht gesehen. Ich soll dich schön von deiner Schwester grüßen. Sie …, nein, *wir* würden uns sehr freuen, wenn Katja und du mal wieder zum Kaffee vorbeikommen würdet.«

»Ja, das müssen wir unbedingt mal wieder machen.«

Sie bestellten zwei Stauder und Vitello Tonnato, bevor Stefan anfing Thorsten in seine Gedanken einzuweihen. »Also, wenn ich mit dieser Vermutung recht habe, dass die Medikamentenversuche an den Patienten machen – und ne bessere Theorie habe ich einfach nicht – dann frage ich mich halt, ob das überhaupt heimlich geht. Kann ein einzelner Arzt das machen, ohne dass es jemand merkt? Oder braucht man dafür Komplizen?«

»Sicher geht das auch heimlich. Da das jeweils auf Intensivstationen stattgefunden hat, können wir wohl sicher davon ausgehen, dass die Medikamente injiziert worden sind. Die Spritze kannst du ja auf ’m Klo oder sonst wo aufziehen und dann in der Kitteltasche verstecken. Am Patienten gibt es genug Zugänge, durch die das Mittel dann in ihn hineingelangen kann. Da käme keiner auf die Idee, das in Frage zu stellen, wenn du das als Arzt machst.«

»Aber warum macht man so was? Wegen der Kohle?«

»Oder wegen der möglichen Anerkennung.«

»Anerkennung? Für was das?«

»Na wenn du auf dem Wege zu revolutionären Ergebnissen kommst, dann wird der Pharmahersteller, der dahintersteht, ganz sicher an dich denken, wenn das Medikament in die offizielle Erprobung kommt. Und dann kannst du wichtige Artikel in den wichtigen Fachzeitschriften schreiben und Vorträge halten. So macht man als Arzt Karriere.«

»Dafür muss man aber schon reichlich skrupellos sein, oder?«

»Das auf jeden Fall. Mit dem ärztlichen Ethos ist das jedenfalls nicht zu vereinbaren.«

Der Wirt servierte die Vorspeise und nahm die Bestellung für den Hauptgang auf, während seine Frau noch zwei frische Stauder auf den Tisch stellte.

Stefan schob eine Kaper beiseite und spießte eine Scheibe Kalbfleisch auf seine Gabel.

»Hast du noch irgend ne Idee, um was es sonst gehen könnte?«, fragte Stefan schmatzend.

»Nicht wirklich. Ich denke der Schlüssel zum Geheimnis liegt bei den Patienten. Habt ihr die Patientenakten eingesehen?«

»Nein, bislang nicht. Ich wüsste auch ernsthaft nicht, nach was ich da suchen sollte.«

»Herr Kommissar«, Thorsten schüttelte den Kopf, »das, wonach ihr immer sucht: Übereinstimmungen. Diagnosen, Therapien, überweisende Ärzte.«

Stefan schob zwei Scheiben gleichzeitig in seinen Mund und nickte.

»Außerdem wäre noch zu überlegen, die Toten zu exhumieren. Bei denen, die noch nicht allzu lange tot sind, findet man vielleicht noch Rückstände der verwendeten Chemikalien.«

»Herr Doktor, was würde ich nur ohne Sie anfangen?«, fragte Stefan feixend, als seine Pizza Diavolo vor ihm abgestellt wurde. »Aber was das immer noch nicht beantwortet, ist die Frage, warum jemand diese Ärzte reihenweise zu ihren verblichenen Patienten befördert.«

»Also«, Thorsten machte eine Pause, »wenn ich hinter dieser Geschichte stecken würde und mehrere Leute damit beschäftige, diese verbotenen Versuche zu machen, hätte ich ein erhöhtes Risiko, dass mindestens einer davon sich mal verquatscht oder mich sogar erpresst. Bei der Menge an krimineller Energie, die hier im Spiel ist, kommt es den Beteiligten doch sicher auf ein oder zwei Leben mehr oder weniger nicht an.«

»Du meinst, der Mohr hat seine Schuldigkeit getan, der Mohr kann gehen?«

»Ja, wieso nicht?« Thorsten machte eine ausholende Geste. »Immerhin scheinen die Versuche, wenn es sie denn gibt, ja nicht besonders erfolgreich zu sein, denn ich unterstelle mal, dass das fragwürdige Medikament irgendetwas heilen soll und nicht für die Sterbehilfe gedacht ist.«

»Du meinst, der Auftraggeber kriegt kalte Füße und trennt sich lieber effektiv von seinen Angestellten, bevor die Antworten auf unangenehme Fragen geben können?«

»Ja, genau.«

Stefans Kopf brummte. Er ließ seinen Schädel in die Hände sinken und versuchte die gesammelten Ideen in einen sinnvollen Zusammenhang zu bringen.

Thorsten kannte diese Situation. Da er selbst ohne Auto

unterwegs war, bestellte er sich noch ein Pils und für Stefan eine Cola und wartete einfach ab, bis sein Schwager sich wieder aus seiner Starre löste.

⚒

Der Geruch von frisch gebrühtem Kaffee weckte Stefan Braun aus seinem unruhigen Schlaf auf.

Nach dem Gespräch mit Thorsten Held hatte er sich noch kurz vor den Fernseher gesetzt und zwei Stauder getrunken, die das Brummen in seinem Kopf besiegen sollten, während er stumpf auf die Mattscheibe blickte. An mehr konnte Stefan sich nicht erinnern. Jetzt lag er auf der Couch und sein Schädel brummte noch schlimmer als gestern Abend. Er erhob sich langsam und schwerfällig.

Der heiße Kaffee tat gut und ließ langsam wieder Leben in seinen Körper gelangen. Hansis Idee mit der Zeitschaltuhr an der Kaffeemaschine war wirklich Gold wert.

Unter der Dusche ordnete er seine Gedanken und ließ die Unterhaltung mit seinem Schwager noch einmal Revue passieren.

»Ich bin mir jetzt sicher, dass es um Versuche an Menschen geht«, erklärte Stefan Braun seinen Kollegen in der Frühbesprechung. »Irgendwas mit Medikamenten. Wir müssen die verstorbenen Patienten unserer Opfer auf Substanzen untersuchen lassen, die da nicht sein dürften.«

Staatsanwalt Finken war überzeugt: »Ich werde eine richterliche Verfügung erwirken, damit Sie die Patientenakten der Verstorbenen beschlagnahmen können. Außerdem werde ich die notwendigen Schritte für die Exhumierung einleiten.«

Stefan Braun wählte die Nummer der Auricher Kripo. Er freute sich, dass er durch diese Zusammenarbeit die Gelegenheit hatte wieder mit Ann-Kathrin Klaasen in Kontakt zu kommen. Er weihte sie kurz in die neuesten Gedanken zum Fall ein und Ann-Kathrin versprach, sich vorab schon mal mit der Klinik in Verbindung zu setzen, da es erfahrungsgemäß einige Tage dauern würde, bis die offizielle Anfrage in Aurich eintraf.

Sein Handy signalisierte eine Nachricht. Enttäuscht musste er feststellen, dass diese nicht wie erhofft von Sandra Weber stammte, sondern von seiner Frau Katja: »Komme am WE nicht. Muss nachdenken. K.«

»Hallo? Jemand zu Hause?« Einer seiner Mitspieler stieß Stefan mit der flachen Hand vor die Stirn. »So 'n Ding muss drin sein! Man, man, man!« Kopfschüttelnd lief er zurück in die eigene Spielfeldhälfte.

»Hey, Derrick, hasse den Kopp im Büro liegen lassen? Wennze Sonntach auch so spiels, ziehn uns die Ückendorfer dat Fell übere Ohrn.« Trainer Günni war sichtlich genervt über Stefans unkonzentrierte Spielweise.

»Günni, vielleicht is besser, wenn ich Sonntag nicht spiele. Ich brauch den Kopf gerade für anderes.«

Der Fall und seine Situation mit Katja und Sandra fingen an, Stefans Kräfte aufzuzehren.

Die Frühbesprechung der MK war kurz ausgefallen. Staatsanwalt Finken hatte die notwendigen Beschlüsse vom Gericht besorgt, mit denen die Patientenakten beschlagnahmt und die Leichname exhumiert werden konnten. Sie hatten Teams in die jeweiligen Krankenhäuser geschickt. Stefan übernahm den Bürodienst.

Er fischte den Ermittlungsbericht der Auricher Kollegen aus der Post und begann damit, ihn zu studieren, als das Klingeln seines Telefons ihn unterbrach.

»Hallo Ann-Kathrin, ich lese gerade euren Bericht. Danke, dass das so schnell geklappt hat.«

Ann-Kathrin Klaasen berichtete, dass sie gestern Nachmittag noch im Krankenhaus war. Dort gab es zwei Patienten, die gerade erst gestorben waren. Einer am Montag, der andere am Wochenende. Der Chefarzt meinte, potenziell könnten beide betroffen sein. Sie hatte die Leichname und die Akten beschlagnahmt und in die Rechtsmedizin gebracht.

»Wie immer bist du uns damit bereits einen Schritt voraus«, scherzte Stefan, »das geht bei euch auf'm Land eben irgendwie leichter als hier bei uns.«

Ann-Kathrin versprach sich umgehend wieder zu melden, sobald die ersten Ergebnisse vorlägen.

Dem LKA war es gelungen Bilder des vermeintlichen Täters aus dem Video vom Norddeicher Hafen zu erstellen; nicht besonders scharf, aber immerhin ein erster Ansatz. Sie hatten die Bilder an die Dienststellen in Münster und Aurich gemailt, um im Umfeld der Toten Ermittlungen durchführen zu lassen.

Die Essener Ermittler hatten sich aufgeteilt: Claas ermittelte in Mülheim und Oberhausen, Stefan zusammen mit dem Praktikanten in der Sache Sacharanov und Corinna ließ es sich nicht nehmen bei Prof. Holtz vorstellig zu werden.

Die Ergebnisse der Befragungen blieben allesamt negativ.

»Jetzt warten wir nur noch auf eine Antwort aus Ostfriesland.« Stefan hatte den Satz noch nicht ganz beendet, als das Telefon klingelte; an der Nummer im Display erkannte er, dass der Anruf aus Aurich kam.

»Hallo Ann-Kathrin. Was? Oh, Moment, ich schalte dich auf Lautsprecher, damit die anderen dich auch hören können.«

Stefan legte den Hörer auf die Tischplatte und drückte auf die Freisprechtaste.

Ann-Kathrin begrüßte die Anwesenden aus dem Lautsprecher. Sie erklärte, dass es sich bei dem Mann auf dem Video um den Krankenpfleger Wiktorowytsch Gurzhy zu handeln schien. Er befände sich zurzeit in seiner Wohnung in Hage, wo ihre Kollegen Weller und Rupert ihn bereits observierten. Für die Festnahme würden sie auf das SEK warten.

»Ein Krankenpfleger, der durch die Republik zieht, um Ärzte zu ermorden?« Corinnas Skepsis war ihren Worten deutlich zu entnehmen.

Da sich die Mitarbeiter im Krankenhaus einig waren, dass die Person auf den Fotos ihm ähnlich sah, schlug Ann-Kathrin vor, dass die Essener Kollegen nach Aurich kämen, um ihn gemeinsam zu vernehmen.

»Sehr gut. Wir packen nur kurz unsere Zahnbürsten ein und machen uns auf den Weg. Besorgst du uns bitte drei Zimmer?« Stefan deutete auf Torben Haberich; der Praktikant sollte sie begleiten.

Ann-Kathrin Klaasen und ihr Kollege Weller begrüßten die Essener Ermittler mit frischem Kaffee in ihrem Büro. Frank Weller berichtete, dass sich Wiktorowytsch Gurzhy ohne jeglichen Widerstand hatte festnehmen lassen; seine Ehefrau hatten sie ebenfalls zur Vernehmung mitgenommen. Man einigte sich darauf die Vernehmung in gemischten Teams vorzunehmen: Stefan Braun und Frank Weller nahmen sich den Verdächtigen vor, während sich die beiden Frauen um dessen Gattin kümmerten. Torben Haberich entschied sich dafür, sich das Verhör der Männer aus dem Beobachtungsraum anzusehen.

Weller stellte Stefan Braun vor und überließ ihm den Einstieg in das Verhör.

»Herr Gurzhy, kennen Sie Doktor Evgeny Sokolow?«

»Doktor Sokolow? Ja sicher. Ein Anästhesist aus unserer Klinik. Ich habe gehört, er soll ertrunken sein.«

»Das ist zutreffend. Wie gut kannten Sie Doktor Sokolow?«

»Na, wie man sich halt kennt, wenn man im selben Krankenhaus arbeitet. Man sieht sich auf dem Flur oder mal in der Kantine.«

»Und privat haben Sie nie Kontakt zu Doktor Sokolow gehabt?«

»Nein, aber warum fragen Sie das alles überhaupt?«

»Dann erklären Sie mir doch bitte mal, was Sie am 26. Juli mit Doktor Sokolow am Norddeicher Hafen gemacht haben?« Stefan schob ihm die Fotos aus dem Überwachungsvideo zu.

Wiktorowytsch Gurzhy sah die Bilder mit Verwunderung an: »Aber das bin doch nicht ich.« Seine Stimme begann sich zu überschlagen. »Und ich war schon ewig nicht mehr in Norddeich und«, er zögerte einen Moment, »schon gar nicht mit Doktor Sokolow; mit dem war ich noch niemals irgendwo.« Zitternd legte er die Bilder wieder auf den Tisch des Verhörzimmers.

Torben Haberich hielt das Foto, auf dem der Verdächtige am besten zu erkennen war, so an die halbdurchlässige Scheibe, dass er das Gesicht von Wiktorowytsch Gurzhy direkt daneben hatte.

»Das ist der nicht«, war sich der Praktikant sicher.

»Vielleicht«, mischte sich Weller ein, »hilft dieses kleine Video Ihrem Gedächtnis ja auf die Sprünge«. Er drehte den Laptop so, dass Gurzhy den Bildschirm sehen konnte und spielte den Zusammenschnitt ab, auf dem Evgeny Sokolow und die zweite Person den Kai entlanggingen.

»Aber ich habe es Ihnen doch schon gesagt: Ich bin das nicht, da auf dem Video.«

»Dann können Sie uns ja bestimmt sagen, wo Sie am Nachmittag des 26. Juli gewesen sind«, fuhr Stefan fort.

»Am 26.? Wann war das? Den wievielten haben wir heute?«

»Wir haben heute den 6. August und der 26. war vorletzten Donnerstag«, klärte Frank Weller ihn auf.

»Vorletzten Donnerstag? Vorletzten Donnerstag?« Wiktorowytsch Gurzhy musste angestrengt nachdenken. »Vorletzten Donnerstag – da hatte ich Spätdienst; da war ich im Krankenhaus. Ich hab doch gesagt, ich bin das nicht da auf Ihrem Video!« Erleichtert ließ er sich in den Stuhl zurückfallen.

»Nun, das wird sich ja klären lassen. Wenn dem so ist, sollte es dafür ja reichlich Zeugen geben.«

Frank und Stefan entschieden sich dafür das Verhör an dieser Stelle abzubrechen und zunächst das Alibi zu überprüfen.

Auf dem Flur wurden sie bereits von Torben und den beiden Frauen erwartet.

»Laut seiner Ehefrau«, fing Corinna an, »war er zur fraglichen Zeit im Dienst im Krankenhaus.«

»Dasselbe hat er selbst auch ausgesagt. Mal gut, dass das ein leicht zu überprüfendes Alibi ist«, ergänzte Stefan.

»Außerdem ist er nicht der Mann auf dem Video.« Torben hielt die Vergrößerung mit dem Gesicht des Verdächtigen hoch.

»Also, ich finde schon, dass er so aussieht«, beharrte Stefan auf dem bestehenden Verdacht.

»Ja, ähnlich; aber mehr auch nicht; da bin ich absolut sicher.« Torben wirkte sehr überzeugt.

»Wieso sind Sie so sicher?«, wollte Ann-Kathrin wissen.

»Wenn wir jetzt ein Foto von Herrn Gurzhy hätten, um es danebenzulegen, dann könnte ich Ihnen das gerne zeigen. Die biometrischen Merkmale stimmen nicht wirklich überein.«

»Wird Biometrie jetzt schon an der Polizeischule gelehrt?« Corinna stieß Stefan mit dem Ellenbogen in die Rippen, für die Art, wie er die Frage gestellt hatte.

»Ich finde das Thema äußerst spannend«, entgegnete Torben Haberich, »deshalb habe ich mich intensiv damit beschäftigt und fakultative Seminare dazu belegt. Leider werden die aber nicht auf die Ausbildungszeiten angerechnet.«

Anhand des Fotos erläuterte der Azubi seine Erkenntnisse sehr detailliert und die vier Ermittler, die ihm aufmerksam zugehört hatten, blickten ihn mit anerkennendem Respekt an.

»Das würde dann ja auch zu seinem behaupteten Alibi passen, das wir jetzt trotzdem überprüfen«, beendete Hauptkommissarin Klaasen den kleinen Exkurs in spezielle, kriminalistische Methoden.

Schwester Wiebke, die Vorgesetzte von Wiktorowytsch Gurzhy, war offensichtlich erschrocken über den Besuch der Kriminalpolizei auf ihrer Station: »Ich verstehe das nicht. Was soll denn der Wiktor angestellt haben? Der ist so ein herzensguter Mensch.«

Corinna Busch versuchte sie zu beruhigen: »Das denken wir auch. Aber trotzdem müssen wir absolut sicher gehen und überprüfen, ob Herr Gurzhy wirklich hier im Krankenhaus war zur fraglichen Zeit.«

»Aber wieso verdächtigen Sie ihn denn überhaupt?«

»Sehen Sie, Schwester«, brachte Stefan sich ein, »leider lässt es sich manchmal nicht vermeiden, dass wir die Falschen verdächtigen.«

»Aber«, übernahm Corinna wieder die Führung des Gesprächs, »das lässt sich in diesem Fall hier sicher ganz leicht klären. Konkret möchten wir gerne wissen, welchen Dienst Herr Gurzhy am 26. Juli hatte.«

Schwester Wiebke holte den Ordner mit den Dienstplänen aus einem Schrank und breitete das Planungsblatt für den Monat Juli auf dem Tisch aus.

Sie fuhr mit dem Zeigefinger über das Blatt und blieb in der Spalte des 26. stehen: »Er hatte Spätdienst.«

»Laut Plan.« Stefan sah die Krankenschwester fragend an. »Aber das bedeutet ja nicht zwingend, dass er auch hier war.«

Ein Blick tiefer Entrüstung traf Stefan.

»Natürlich heißt es das! Wäre er nicht hier gewesen, dann gäbe es dazu einen Eintrag.«

»Sehen Sie es meinem Kollegen bitte nach«, ging Corinna beschwichtigend dazwischen, »wir werden leider nur allzu oft belogen in unserem Beruf. Gibt es vielleicht irgendeinen weiteren Beleg dafür, dass er tatsächlich anwesend war?«

»Sie können ja die Kollegen fragen, die mit ihm zusammen Dienst hatten. Schwester Bärbel ist heute auch hier.«

Schwester Bärbel konnte bestätigen, dass die Eintragungen im Dienstplan korrekt waren.

»Wäre es denn denkbar, dass er die Station unbemerkt für längere Zeit verlassen hat?«, wollte Stefan wissen.

»Mal eben für einige Minuten sicherlich«, erklärte die Stationsleiterin. »Jeder von uns hat zwischendurch auch mal

Dinge an anderer Stelle im Krankenhaus zu erledigen, wobei wir uns dann meistens bei den Kollegen abmelden. Aber wenn jemand länger als eine halbe Stunde weg wäre, würde es sofort auffallen. Was glauben Sie, wie viel wir hier zu tun haben?«

Auf dem Parkplatz nahm Stefan sein Handy und wählte Ann-Kathrins Nummer: »Alle seine Angaben stimmen. Entweder war er zur Tatzeit im Krankenhaus, oder seine Freizeit hätte nicht ausgereicht, um die Taten zu begehen und den Hin- und Rückweg zu schaffen. Als Täter scheidet er damit aus.«

»Das war dann wohl der berühmte Satz mit X«, fasste Corinna die Ereignisse des Tages zusammen, als sie mit Stefan und Torben ins Auto stieg.

Ann-Kathrin hatte ihnen Zimmer im Hotel Smutje reserviert.

Erschöpft und ein wenig enttäuscht fielen die drei in ihre Betten. Stefan schrieb eine SMS an Sandra: »Na, noch wach?« Nur Sekunden später klingelte sein Handy, während Corinna im Zimmer gegenüber die Nummer von Damian Holtz wählte: »Hallo Frau Kommissarin, haben Sie den Täter dingfest gemacht?«

»Ich fürchte nicht. Der Verdächtige hat ein wasserdichtes Alibi. Die ganze Tour war also ein einziger Reinfall.«

»Aber dafür bist du jetzt im schönen Ostfriesland. Wenn Wochenende wäre, würde ich zu dir kommen und wir könnten zusammen nach Norderney fahren.«

»Dummerweise ist aber gerade nicht Wochenende und ich muss so ganz nebenbei noch einen Mörder fangen.«

»An diesen Umstand werde ich mich wohl noch gewöhnen müssen, dass dein Leben nicht immer so geregelt abläuft.«

Der scharfe Stahl seines Messers durchtrennte das Muskelfleisch wie warme Butter. Er liebte es mit gutem Werkzeug zu arbeiten. Chirurg wäre sicher auch eine berufliche Perspektive für ihn gewesen, aber er hatte sich eben anders entschieden.

Heute war sein Geburtstag; und wie immer, seit er in

Deutschland lebte, hatte er an diesem Tag ein festliches Mahl ganz für sich alleine zubereitet.

Den Tisch hatte er stilvoll gedeckt, den Rehrücken, den Rotkohl und die selbst gemachten Serviettenknödel elegant auf dem Teller arrangiert. Er prostete sich selbst zu und nahm einen großen Schluck vom guten Roten, als es an der Tür klingelte.

Verwundert stand er auf. Eigentlich war er nicht auf Besuch vorbereitet; auf diesen schon gar nicht.

Er lud den unerwarteten Gast an seinen Tisch ein, ohne zu ahnen, dass er gleich seine Henkersmahlzeit zu sich nehmen würde.

Dennis Terboven riss die Tür zum Büro des KK 11 auf und brüllte direkt los, ohne darauf zu warten, ob die Kollegen ihn zur Kenntnis nahmen: »Ihr …, ihr müsst sofort los! Wir haben einen von denen! Schnell, nehmt euer Zeugs!«

»Jetzt beruhig dich erstmal, Dennis«, gab sich Stefan Braun ganz gelassen, »und erklär uns bitte, was überhaupt los ist.«

Dennis ließ sich in einen der Bürostühle fallen und holte tief Luft: »Wir haben wieder eine Ortung. Dasselbe Bild wie beim letzten Mal: Der Kontaktmann kreist hier irgendwo durch Rüttenscheid, aber sein Gegenüber blieb die ganze Zeit an einem Ort. Mitten auf dem Land; in Finnentrop. Und das Schönste daran ist: Da steht im Umkreis von über einem Kilometer nur ein einziges Haus; und in dem wohnt Doktor Maxim Nowikow. Hier ist der Zettel mit seiner Adresse. Die örtlichen Kollegen und das SEK sind alarmiert. Die genauen Angaben erhaltet ihr unterwegs per Telefon.«

Nach dem Essen ging Maxim Nowikow in sein Arbeitszimmer, um die Dinge zu holen, deren Abholung der eigentliche Grund des unerwarteten Besuchs war. Der Besucher räumte in der Zwischenzeit das Geschirr ab. Alle Teile, die er selbst benutzt hatte, stellte er zunächst in die Spüle. Mit einem Stück Küchenkrepp griff er vorsichtig nach dem großen, scharfen Kochmesser und platzierte es in den Besteckkorb der Spülmaschine; seine Klinge ragte wie ein bedrohlicher Pfahl zur Decke.

»Solche Messer gehören nicht in die Spülmaschine«, tadelte Maxim Nowikow den Besucher und beugte sich nach vorn, um das Schneidwerkzeug wieder herauszuholen.

»Ich weiß«, hörte er Siegfried sagen, als er den kleinen Stoß in seinem Rücken spürte, der ausreichte um ihn aus dem Gleichgewicht zu bringen. Maxim Nowikow stürzte vorwärts auf die geöffnete Klappe der Spülmaschine. Sein Kochmesser bohrte sich mit der ganzen Länge der stählernen Klinge in seinen Oberbauch und durchtrennte seine Hauptschlagader. Es dauerte nur einige Sekunden, bis mit dem Blutverlust das Leben aus seinem Körper gewichen war.

Ein kurzes Grinsen huschte über Siegfrieds Gesicht, als er die Tüte mit den tödlichen Medikamenten in seiner Jackentasche spürte, auf deren Gebrauch er nun verzichten konnte.

Er ließ heißes Wasser in das Spülbecken laufen und reinigte alle Teile, die seine Spuren enthalten konnten aufs Genaueste, bevor er sie wieder in den Schrank räumte. Nun sah alles aus, als wenn es diesen unerwarteten Geburtstagsbesuch nie gegeben hätte.

Draußen stieg er in seinen Wagen und fuhr davon.

Eigentlich musste er schon seit über einer halben Stunde dringend pinkeln, was er aber unter keinen Umständen in Nowikows Haus hatte tun können. Also fuhr er von der Hauptstraße ab, als er das Hinweisschild zum Wanderparkplatz sah, den er über einen schmalen Waldweg erreichen konnte.

Nur Sekunden später tauchten zwei Streifenwagen in seinem Rückspiegel auf. Wie konnte das sein? Wie um alles in der Welt konnten Sie auf seine Spur kommen? Er zog seine Waffe aus dem Holster. Die meisten Chancen rechnete er sich aus, wenn er aus dem Wagen springen und sofort das Feuer auf seine Verfolger eröffnen würde. Er wollte gerade eine Vollbremsung hinlegen, als der Parkplatz vor ihm auftauchte. Sein Atem stockte und sein Herz raste wie verrückt. Auf dem Parkplatz standen mindestens zehn oder fünfzehn Polizeifahrzeuge; dazwischen zahlreiche SEK-Beamte in ihrer martialischen, schwarzen Schutzausrüstung. Er war in eine Falle geraten. Gegen diese Übermacht war er chancenlos.

Sofort lief ein Uniformierter auf seinen Wagen zu, der zu Siegfrieds Überraschung keine Waffe in der Hand hielt. Er versteckte die Makarow unter dem Saum seiner Jacke, als der Beamte neben den Wagen trat und ihm bedeutete das Fenster zu öffnen. Siegfried beruhigte seinen Atem und ließ die Scheibe hinunter.

»Es tut mir leid«, begann der junge Polizist, »aber der Parkplatz ist leider wegen eines Polizeieinsatzes gesperrt. Bitte kehren Sie um.«

Siegfried nickte zum Zeichen, dass er die Aufforderung verstanden hatte, schloss das Fenster und wendete seinen Wagen. Schnell fuhr er den holprigen Weg zurück zur Hauptstraße und wäre an der Einmündung beinahe mit dem heranrasenden blauen Opel mit Magnetblaulicht zusammengestoßen.

»Da vorne ist es. Da musst du rechts abbiegen.« Stefan Braun gab Corinna die Anweisungen weiter, die er per Telefon bekommen hatte. Corinna Busch lenkte den Astra schwungvoll in den kleinen Waldweg ein und bremste so hart ab, dass Stefans Brille direkt von seiner Nase bis zur Windschutzscheibe flog.

»Wow! Das war knapp!« Beinahe wären sie mit dem schwarzen SUV zusammengestoßen, der den schmalen Weg gerade verlassen wollte.

»Sorry, Derrick. Alles okay?«

Stefan sammelte seine Brille wieder ein und richtete sie etwas auf seiner Nase: »Ja, alles okay. Aber bitte mach das nicht öfter.«

Die örtlichen Einsatzkräfte und das SEK erwarteten sie bereits auf dem Wanderparkplatz.

Im Fond eines VW-Busses wurden sie anhand einer Karte in die aktuelle Lage eingewiesen: »Ihr Doktor Nowikow wohnt hier in diesem freistehenden, alten Sägewerk.« Der Einsatzleiter deutete auf das einzige Gebäude im ganzen Umkreis. »Da ringsum nur Felder sind, konnten wir das Gebäude bislang nicht vernünftig observieren. Wir lassen zwei Zivilfahrzeuge im Wechsel die Landstraße entlangfahren und haben einen Trupp zu Fuß in den Wald geschickt, um wenigstens mit dem Fernglas beobachten zu können, bis die Drohne hier ist.«

»Eine Drohne?«, fragte Stefan erstaunt.

»Ein Hubschrauber würde sofort auffallen; und da die Straße hier wie ein Damm zwischen den Feldern erhöht ist, kommen wir nicht anders an das Gebäude heran. Wir können von Glück reden, dass dieser Parkplatz hier so günstig gelegen ist.«

»Und wie ist Ihr Plan für das weitere Vorgehen?« fragte Corinna.

»Mit Einbruch der Dämmerung wird sich das SEK an das Gebäude heranpirschen und eindringen.«

»Was zum Teufel hatte das zu bedeuten?« Wie konnte es sein, dass die Bullen auf seine Spur gekommen waren? Hatte er etwa einen Fehler gemacht? Er machte niemals einen Fehler. In seinem Geschäft waren Fehler nicht denkbar.

Erst nachdem er sich sicher war, dass er keinen Verfolger hatte, beruhigte sich Siegfried wieder so weit, dass seine Blase ihn daran erinnerte, dass sie auf Entleerung wartete. Von der Bundestraße aus konnte er das goldene M des McDonalds Restaurants in Werdohl erkennen. Er beschloss, sich dort zu erleichtern und einen Burger zu essen.

Die Kamera des kleinen Elektrohubschraubers mit den vier Rotoren lieferte gestochen scharfe Bilder von Maxim Nowikows Haus und der Umgebung.

Die Polizisten im Einsatzleitwagen starrten schon seit mehr als einer Stunde auf den Bildschirm, aber das Einzige, das sich darauf bewegte, waren die Zweige der Bäume im Wind.

Der Gruppenführer des SEK klopfte an die Scheibe des Bullis: »Es ist jetzt dunkel genug. Es kann losgehen.«

Die vier schwarzen Kleinbusse der Spezialkräfte verließen den Parkplatz und waren wenige Minuten später im Bild der Drohne zu erkennen. In der Nähe des Hauses hielten die Vans kurz an, damit die SEK-Männer herausspringen konnten, und fuhren sofort weiter.

Der Monitor wurde jetzt auf Wärmebild umgestellt, wodurch man die Polizisten, die sich dem Haus geduckt näherten, als weiße Objekte gut erkennen konnte.

Es dauerte gerade einmal knappe zehn Minuten, bis das SEK das Haus durchsucht und gesichert hatte.

Siegfried stieg wieder in seinen Audi Q5 und lenkte den Wagen zurück nach Finnentrop. Er musste wissen, ob die Polizei tatsächlich auf seiner Spur war oder dieser Einsatz durch puren Zufall in der Nähe von Maxims Haus stattgefunden hatte.

»Täter kehren oft an den Tatort zurück.« Siegfried trat auf die Bremse, als ihm dieser Satz ins Gedächtnis kam. Genau deshalb suchten Profis wie er niemals einen Tatort wieder auf, wenn es nicht einen zwingenden Grund dafür gab oder seine Anwesenheit niemandem auffallen würde. Nichts davon traf hier zu. Ganz im Gegenteil. Er wendete den Audi an der nächsten Einmündung und fuhr davon, in der Hoffnung in den nächsten Tagen aus den Medien etwas über den Grund des Polizeieinsatzes zu erfahren.

Vorsichtig wurde der leblose Körper von Maxim Nowikow von der geöffneten Klappe seiner Spülmaschine gehoben und rücklings daneben auf die Terracottafliesen des Küchenbodens gelegt.

Der hölzerne Griff mit den drei blanken Nieten ragte aus seinem Bauch empor und ließ keinen Zweifel daran aufkommen, dass die stählerne Klinge tödliche Arbeit in seinem Körper vollbracht hatte.

»Meine Mutter hat mir immer schon eingebläut, dass solche Messer nicht in die Spülmaschine gehören, weil das schlecht für die Klinge ist«, sagte Corinna, »aber ich glaube, sie meinte das irgendwie anders.«

»Jedenfalls würde unser Doktor hier vermutlich noch leben, wenn er sich an den Rat deiner Mutter gehalten hätte«, warf Stefan Braun ein, »aber Mamutschka hat wohl vergessen, ihm das mit auf den Weg zu geben.«

»Meinst du, das war hier wirklich ein Unfall?« Corinna Busch sah ihren Kollegen mit skeptischer Miene an.

»Auch wenn das schon ein irrwitziger Zufall wäre, sieht hier nichts danach aus, als wenn wir es mit einem Verbrechen zu tun haben. Aber er kann ja auch genauso gut gestoßen worden sein. Da wird uns die Spusi später mit Sicherheit mehr sagen können. Ich denke, wir sehen uns jetzt erst mal hier um. Zunächst würde ich mich mal für das Handy interessieren.« Stefan kramte einen Zettel aus seiner Hosentasche und hielt ihn Corinna hin: »Hier ist die Nummer. Ruf doch bitte mal an, vielleicht finden wir es dann wenn's klingelt.«

»Abgeschaltet.« Corinna steckte ihr Telefon wieder ein.

»Kollegen!« Stefan versicherte sich der Aufmerksamkeit aller Anwesenden: »Wir suchen das Handy des Toten. Falls wir es hier tatsächlich mit einem Unfall zu tun haben, dann muss es hier irgendwo rumliegen.« Die Beamten teilten sich auf und durchsuchten das gesamte Haus.

»Was wir auf jeden Fall hier wieder haben«, Corinna wandte sich an Stefan, »ist diese pedantische Ordnung. Das muss doch irgendeine Bedeutung haben.«

»Ich glaube aber kaum, dass das Mordmotiv ein aufgeräumtes Schlafzimmer ist.«

An seiner Wohnungstür pappte ein Post-it: »Sehr geehrte Familie Braun«, so begannen stets unliebsame Nachrichten von Ursula Bremer, der nörgeligen Nachbarin, die direkt unter ihnen wohnte, »auch Ihnen sollte es doch möglich sein, zu gewöhnlichen Zeiten zu duschen. Andere Bewohner dieses Hauses möchten des Nachts gerne schlafen. Mit freundlichen Grüßen U. Bremer.«

Stefan setzte sich an den Esszimmertisch und schrieb eine Antwort: »Liebe Frau Bremer, vielen Dank für Ihren Hinweis. Ich werde diesen der deutschen Zentralvereinigung für Verbrechen weiterleiten, damit diese ihre Mitglieder dazu anhält, Straftaten zukünftig nur noch in der Zeit von 8 bis 17 Uhr zu verüben, damit Polizeibeamte nicht mehr genötigt werden nachts zu duschen und den Schlaf ihrer Nachbarn zu stören. Schöne Grüße. Braun.«

Er verspürte den Wunsch mit Sandra zu telefonieren und gab diesem Drang nach.

»Hi. Alles klar bei dir?«

»Abgesehen davon, dass ich jetzt lieber im Bett liegen würde, als durch die dunklen Straßen von Essen zu kutschieren; ja.«

»Mir fällt gerade auf, wie einsam es eigentlich hier in meiner Wohnung ist.«

»Aber es ist doch so wie immer. Oder ist plötzlich etwas anders?«

»Nein. Eigentlich nicht. Aber es wird mir gerade so bewusst.«

»Stefan, sorry, ich muss Schluss machen. Wir müssen hier mal einschreiten. Gute Nacht.«

»Gute Nacht. Und pass auf dich auf.«

Noch bevor der Wagen richtig zum Stehen gekommen war, stieß er die Tür auf und sprang heraus. Er hatte so viel Schwung, dass es ihn beinahe von den Füßen riss. Völlig außer Atem stürzte er auf das Geländer zu. Flehend blickte er in die Augen des Mannes. Das Kind stürzte in die Tiefe.

Panisch riss Stefan die Augen auf und starrte an die dunkle Decke. Er blickte nach links. Die roten LED-Ziffern seines Radioweckers zeigten ihm die Uhrzeit: kurz nach halb drei. Mitten in der Nacht.

Er ging ins Bad, zog das vollständig durchgeschwitzte T-Shirt aus, hängte es zum Trocknen über die Wanne und stellte sich vors Waschbecken. Er blickte in den Spiegel. Auch im Halbdunkel waren die Augenringe gut zu erkennen. Würde ihn das denn nie mehr loslassen? Er wusch sich mit kaltem Wasser, holte sich ein neues Shirt aus dem Kleiderschrank und ging wieder ins Bett. Auch sein Laken, die Bettdecke und das Kopfkissen waren nass vom Schweiß. Er wechselte auf die andere Seite des Betts, dorthin, wo sonst Katja lag. Es dauerte lange, bis er wieder einschlief.

»Wenn wir nicht vorher die Handyortung gehabt hätten, wäre dieser Fall niemals als Tötungsdelikt erkannt worden.« Stefan Braun legte den Ermittlungsbericht zum Tod von Maxim Nowikow auf seinen Schreibtisch und heftete dessen Foto an die Pinnwand der MK Schiwago. »Hätte der Dummkopf das Telefon nicht mitgehen lassen, dann wäre das 1A als Haushaltsunfall durchgegangen.«

»Ach Junge, das ist so lieb von dir, dass du meinen Einkauf gemacht hast.« Erna Braun küsste ihren Sohn auf die Wange. »Ich bin doch im Moment so schlecht zu Fuß.«

»Ist doch kein Problem, Mutti. Das mache ich doch gerne.«

Stefan verstaute die mitgebrachten Lebensmittel in der Küche und setzte für seine Mutter und sich einen Ostfriesentee auf.

»Junge du siehst ganz blass aus. Geht's dir nicht gut?« Erna Braun wirkte besorgt.

»Du weißt doch Mutti, die bösen Jungs schlafen nie.« Er goss Tee ein und versuchte das Gespräch weg von seinen Sorgen zu bringen: »Was sagt denn der Doktor zu deinen Knien?«

»Wenn ich ein Rennpferd wäre, müsste man mich jetzt erschießen, hat er gesagt.« Erna lachte. »Aber weil ich ja bei der Knappschaft bin, würde sich die Behandlung wohl noch lohnen. Der kann ma nur froh sein, dass ich nicht mehr so flott bin, sonst hätt ich dem aber die Leviten gelesen.«

»Kommst gut klar mit deinem Doktor?«

»Ja, der hat den Kopp richtig rum drauf. Der weiß, wie man mit alten Mädchen umgehen muss, damit die auch ma wat zum Lachen haben.«

»Und was ist nun wirklich mit den Knien?«, hakte Stefan nach.

»Er meint, das wär 'n Teufelskreis. Ich beweg mich einfach zu wenig. Alter hin oder her. Er meint der Verschleiß müsste nicht sein und ich soll«, sie schüttelte den Kopf, »Seniorensport machen.«

»Das ist doch ne gute Idee.«

»Ach Junge. Kannste dir vorstellen, wie dat aussieht, wenn ich alte Omma da im Turnröckchen auflaufe?«

»Die anderen, die da hingehen, sind auch keine fünfundzwanzig mehr«, widersprach Stefan seiner Mutter, »und ich bin mir sicher, dass das Röckchen nicht Pflicht ist.«

»Ach nee, du. Lass ma. Dat is nix mehr für mich.«

»Vielleicht sollten wir zusammen da hingehen.« Stefan

strich sich über den Bauch: »Mir würde etwas Sport auch nicht schaden.«

»Junge, jetzt machse dich aber lustig über deine alte Mutter.«

»Nein, bestimmt nicht. Denk mal drüber nach. Oder du fragst deine Nachbarin. Du machst doch sonst auch viel gemeinsam mit Frau Haller.«

»Ich denk mal drüber nach. Wie isses denn eigentlich bei euch zu Hause? Ich hör in letzter Zeit so wenig von Katja.«

»Katja ist auch selten da. Sie muss halt sehr viel arbeiten. Und Wiesbaden ist ja auch nicht mal eben um die Ecke.«

Sein Handy klingelte.

»Ja, okay, ich mache mich sofort auf den Weg.«

Er steckte das Telefon wieder ein und nahm seine Mutter in den Arm.

»Mama ich muss jetzt leider los.«

»Na klar, mein Junge. Pass auf dich auf.«

»Mach ich, Mutti«, sagte er im Hinausgehen, »ganz bestimmt.«

»Dein Anruf kam genau zur richtigen Zeit.« Stefan hatte Sandra zurückgerufen, die direkt verstanden hatte, dass er nicht reden konnte. »Meine Mutter war gerade dabei, mich auszuquetschen. Und im Moment möchte ich mit ihr wirklich nicht über meine Ehe sprechen. Warum rufst du an?«

»Ich wollte noch kurz deine Stimme hören, bevor ich zum Dienst gehe.«

»Wir sollten unbedingt mal wieder was zusammen trinken gehen.«

»Klar. Ich denke, dazu haben wir doch auf dem Seminar jede Menge Gelegenheit.«

»Das ist doch noch ewig hin.«

»Stefan!« Er konnte förmlich fühlen, wie Sandra den Kopf schüttelte. »Das ist nächste Woche!«

»Ich glaube, wenn das noch ne Woche so weitergeht, dann kann ich mich irgendwo als Arzt niederlassen«, scherzte Stefan über den Aktenstapel, der sich auf seinem Schreibtisch auftürmte, hinweg in Corinnas Richtung. »Zumindest kann ich jetzt fehlerfrei ›cardiale Dysfunktion‹ und ›Kongestive Kardiomyopathie‹ sagen. Das ist doch auch schon was.«

»Ich glaub ich mach uns erst mal nen Kaffee, was Derrick?«

Stefan nickte zustimmend.

Die letzten zehn Tage hatten die Beamten der MK Schiwago damit verbracht, Berge an Patientenakten und Obduktionsberichten durchzuarbeiten. Aus den Krankenhausunterlagen gingen keinerlei Unregelmäßigkeiten hervor, aber die Laboruntersuchungen hatten in zahlreichen der ehemaligen Patienten Rückstände von chemischen Verbindungen nachgewiesen, deren Herkunft nicht zu erklären waren.

Corinna drückte ein zweites Mal auf den Startknopf des Kaffeevollautomaten. Lautstark versah das Mahlwerk seinen Dienst und unter Zischen und Dampfen ergoss sich die braune, wohlriechende Flüssigkeit in Stefans Tasse.

»Kommt ihr denn die nächsten zwei Tage hier ohne mich klar?«, Stefan war mal wieder zu einem Gewerkschaftsseminar im Sauerland angemeldet. Aber diesmal waren ihm die Gewerkschaftsthemen eigentlich völlig egal. Er freute sich vor allem darauf Sandra zwei Tage in seiner Nähe zu haben.

»Na klar. Jetzt komm«, Corinna hielt ihm seinen Kaffeepott hin und deutete auf die Tür, »die Besprechung ruft.«

Keine der Fachabteilungen hatte wirklich neue Erkenntnisse zu präsentieren. So stand Stefans Bericht zum Stand der Obduktionen im Mittelpunkt des Interesses: »Wir haben bislang 61 Obduktionen von infrage kommenden Leichnamen durchführen lassen. Dabei zeigte sich in 17 Fällen ein Muster mit Besonderheiten. Es handelte sich dabei ausschließlich um Männer im Alter zwischen 58 und 73 Jahren, die aufgrund einer sogenannten Kongestiven Kardiomyopathie mit schwerer Globalinsuffizienz behandelt wurden. Bei diesen 17 Personen wurden Rückstände zweier chemischer Verbindungen mit, wie immer unaussprechlichen Namen …«, er guckte kurz über den Rand seiner Brille in die Runde. »Also wer das genau wissen will, kann sich das nachher hier aus dem Bericht abschreiben. Also diese Chemikalien hätten eigentlich da nicht gefunden werden dürfen. Die Rechtsmediziner sind sich einig: Hier wurden Medikamente verabreicht, die weder dokumentiert wurden, noch überhaupt bekannt sind. Wir können daher mit an Sicherheit grenzender Wahrscheinlichkeit davon ausgehen, dass wir es tatsächlich mit illegalen Medikamentenversuchen zu tun haben.«

Siegfried sah wie sie das Krankenhaus verließ, eingehakt bei diesem jungen Kerl. Beide strahlten sich an, wie Jungverliebte es tun. Vor dem Einsteigen ins Auto küssten sie sich. »Also doch! Diese Hure!« Das konnte Siegfried nicht dulden. Er musste handeln.

»So, ihr zwei Turteltauben.« Josef Stellmann, der Gastwirt des Auenkrug, war an den Tisch herangetreten, an dem Sandra und Stefan saßen und auffällig viel kicherten, »eure Kollegen sind alle schon im Bett. Und ich würde ehrlich jetzt gerne Feierabend machen.«

Stefan sah auf die Uhr und stellte mit großer Verwunderung fest, dass es schon fast halb zwei war.

»Klar. Hast du vielleicht noch zwei Gute-Nacht-Bierchen für uns, Jupp?«

»Flasche?«

Sandra nickte zustimmend: »Flasche ist gut.«

»Und? Gehen wir jetzt zu mir oder zu dir?«, flachste Stefan Braun.

»Erstmal machen wir hier jetzt Station.« Sandra deutete auf die rote Couch im Foyer und ließ sich direkt darauffallen. Stefan setzte sich zu ihr.

»Gute Nacht. Macht nicht mehr so lange. Gleich gibt's schon wieder Frühstück.« Josef Stellmann schaltete das Licht im Schankraum aus und machte sich auf den Weg zu seiner Wohnung.

»Nacht Jupp.«

Sie quatschten weiter über Gott und die Welt und die Traurigkeit unglücklicher Beziehungen. Sandra rückte etwas näher an Stefan heran und legte ihren Kopf auf seine Schulter. Ohne es wirklich zu bemerken, begann er damit ihren Nacken zu kraulen, was ihr augenscheinlich gut gefiel. Sie erwiderte seine Zärtlichkeiten und begann ihn zu küssen. Erst langsam und zögerlich, dann immer stürmischer.

Wie zwei Teenager hockten Sie auf dem Sofa im spärlich beleuchteten Hotelfoyer und knutschten.

Sandra schob sein T-Shirt hoch und streichelte seinen Bauch.

»Jede Menge erotischer Nutzfläche«, alberte Stefan.

»Die habe ich aber auch«, erwiderte Sandra, schob ihre Bluse ein wenig hoch und legte seine Hände an ihre Taille.

Sie küsste ihn immer leidenschaftlicher und begann mit ihrer Hand zwischen seinen Beinen zu reiben.

Stefan stöhnte leise auf.

»Das scheint aber jemandem gut zu gefallen.«

»Worauf Sie sich verlassen können, Frau Kommissarin.«

Stefan wünschte sich, er hätte eine dünnere Hose angezogen, damit er ihre Berührungen intensiver hätte spüren können, als durch den dicken Stoff seiner Jeans. Sein Verlangen wuchs ins Unermessliche. Er ließ sie an diesem Gedanken teilhaben.

»Dieses Problem können wir lösen.« Mit einem Lächeln öffnete sie Stefans Hose ein Stück und fuhr mit der Hand hinein. Nur seine Unterhose trennte ihn jetzt noch von der lustvollen Berührung ihrer Hand. Genussvoll schloss er die Augen.

»Ich spiele gerne.«

»Das merke ich.« Stefan Braun hatte das Gefühl, längst nicht mehr Herr seiner Sinne zu sein und gab sich diesem Spiel gerne hin.

Irgendwo klappte eine Tür und Schritte kamen näher.

»Habt ihr vielleicht meine Brille gesehen?«

Panisch griff Stefan nach seiner Jacke und bedeckte seinen Schoß damit, während Sandra versuchte sich aufzurichten und ihre Hand aus seiner Hose zu ziehen, was ihr jedoch nicht gelang.

Wie aus dem Nichts stand plötzlich Gerd Satrok vor ihnen. Seine Bewegungen verrieten die Wirkung des Alkohols. Mit schwerer Zunge sprach er die beiden an: »Könnt ihr beiden auch nicht schlafen? Ich finde meine Brille nicht.«

Gerd Satrok ging vor den beiden auf die Knie, um unter dem Sofa nach seiner Sehhilfe zu suchen. Sandra nutze die Gelegenheit um ihre Hand aus der misslichen Lage zu befreien.

»Aua!« Satrok war mit dem Kopf gegen die Marmorplatte des kleinen Couchtischs gestoßen. Er kam hoch, setzte sich neben Sandra auf die Couch und fasst sich an die schmerzhafte Stelle an seinem Kopf. Dabei ertasteten seine Finger die Bügel seiner Brille, die er in seine Haare hochgeschoben hatte. »Guck mal!« Stolz wie ein Fünfjähriger, der Mama ein Bauwerk aus Legosteinen präsentiert, fuchtelte er mit seiner Brille vor Sandras Gesicht herum.

»Warum sitzt ihr überhaupt hier rum?«, lallte er. »Wartet ihr auf den Bus?«

Stefan sprach mit ruhiger Stimme: »Gerd, ich glaube, du solltest jetzt einfach mal ins Bett gehen. Sandra und ich haben hier noch was zu besprechen.«

»Ach was! Ich bin doch noch gar nicht müde. Ihr könnt euch ruhig weiter unterhalten. Das stört mich überhaupt nicht.«

Stefan wurde deutlicher: »Gerd! Bitte!«

»Is ja schon gut, Herr Inspektor.« Umständlich kramte Gerd eine verbeulte Zigarettenschachtel aus seiner Hosentasche. »Ich geh noch mal vor die Tür. Eine rauchen.«

»Ja, mach das«, antwortete Sandra.

Als Gerd durch die Tür ging, prusteten Sandra und Stefan los.

»Das war aber knapp. Was für ’n Glück, dass ich meine Jacke dabeihabe.«

»Das kann man wohl sagen!«

Sie schob ihre Hand unter seine Jacke und zog mit einem beherzten Griff sein bestes Stück aus der Hose.

»Damit ich nicht noch mal an deinem Hosenbund hängen bleibe, wenn es drauf ankommt. Wer weiß was heute noch so alles passiert.«

Die Eingangstür schwang auf und wieder stand Gerd

Satrok neben der Couch. »Dat is ja total kalt draußen! Leih mir ma kurz deine Jacke!« Bevor Stefan die Worte seines Kollegen registrieren konnte, hatte dieser die Jacke schon an sich gerissen und verschwand wieder auf die Straße, ohne zu erkennen, welche Szenerie er soeben freigedeckt hatte.

Stefan bemühte sich seine Hose zu schließen.

Sandra reichte ihm die Hand und zog ihn vom Sofa hoch. »Vielleicht sollten wir für die Fortsetzung lieber aufs Zimmer gehen.«

»Gute Idee.« Stefan versuchte weiter Ordnung in seine Kleidung zu bringen.

Sandra packte einen Zipfel seines Hemdes und hinderte ihn daran, diesen in den Hosenbund zu stopfen: »Das lohnt sich nicht. Ich packe das eh gleich alles wieder aus.«

Die Farbe des Badewassers näherte sich langsam einem intensiven Rot.

Siegfried hatte vor ihrer Wohnungstür gestanden. Gerade nachdem Tim gegangen war. Sie hatte noch gedacht ihr

Geliebter sei zurückgekommen, weil er etwas vergessen hätte, oder noch besser, weil er es ohne sie einfach nicht aushalten konnte. Voll freudiger Erwartung hatte sie die Tür geöffnet und direkt in die Mündung der Makarow mit aufgesetztem Schalldämpfer gesehen.

»Oh, Irina, hast du etwa jemand anderen erwartet?«

Er sah direkt auf ihre Brüste, die vom nur locker geschlossenen Bademantel nicht vollständig verdeckt wurden.

Sein Blick brannte ihr wie Feuer auf der Haut. Reflexartig schloss sie den Mantel dicht vor ihrem Körper.

Er drängte sie zurück in die Wohnung, zog die Tür hinter sich ins Schloss und fasste ihr unvermittelt mit seiner, von grünen Einmalhandschuhen geschützten Hand zwischen ihre Beine. Jeder einzelne Muskel in ihrem Körper schien sich zu verkrampfen. Unter höhnischem Grinsen bohrte er seinen Mittelfinger langsam in ihre Vagina, zog ihn wieder heraus und leckte mit weit herausgestreckter Zunge am grünen Gummi entlang. Irina hatte das Gefühl, sie müsse sich augenblicklich übergeben.

»Was wollen Sie von mir, Siegfried? Werden Sie mich vergewaltigen?« Sie traute diesem Kerl einfach alles zu. Er war ihr schon damals unsympathisch, ja richtiggehend unangenehm erschienen, als er sie aufgesucht hatte, um ihr das Angebot zur klinischen Erprobung eines streng geheim in der Heimat entwickelten Medikaments zu machen. Dieser eiskalte, entschlossene Blick aus gefühllos wirkenden, grauen Augen, umrahmt von einem harten, kantigen Gesicht.

»Eigentlich eine sehr gute Idee.« Seine Stimme klang beinahe weich und gütig. »Aber leider würde das zu viele Spuren hinterlassen, du dummes Mädchen. Gib mir einfach die Sachen zurück.«

»Ich habe nur das Telefon hier. Der Rest ist in meinem Schrank im Krankenhaus.« Ihre Stimme zitterte vor Angst. »Ich kann schnell hinfahren und sie holen.«

»Sagte ich etwa, dass du ein dummes Mädchen bist? Ich muss mich korrigieren. Du bist ein sehr dummes Mädchen. Aber ein schönes, dummes Mädchen bist du. Zieh den scheiß Bademantel aus!« Er unterstrich seine Aufforderung mit einer deutlichen Geste seiner Pistole. Irina Tatankova war klar, dass sie keine Wahl hatte, und legte den Bademantel ab. Er schien jeden Zentimeter ihres nackten, fülligen Körpers zu taxieren.

»Wirklich ein Jammer. Und jetzt hol etwas zu schreiben und setz dich da hin.« Seine Hand deutete auf den Esszimmertisch. Er diktierte ihr einen Abschiedsbrief, in dem sie erklären musste, dass sie schon lange keinen Sinn mehr in ihrem Leben sehen würde und auch ihre Affäre das nicht habe ändern können. Während sie schrieb stand er hinter ihr. Den kalten Stahl der Makarow in ihrem Nacken fasste er ihr mit der freien Hand an ihre üppige Brust. Sie begann zu zittern und zu weinen. Tränen tropften auf das Blatt Papier, das ihre Abschiedsworte trug.

»Sehr gut. So sieht es noch echter aus.«

Er ließ sie Badewasser einlassen.

In der Wanne sitzend, die Mündung der Waffe auf ihr Gesicht gerichtet, hatte Irina sich selbst die Pulsadern aufschneiden müssen. Siegfried hatte ihr dafür ein Skalpell mitgebracht. »Damit es mehr nach Arzt aussieht«, hatte er gesagt und höhnisch gelacht.

Doktor Tatankova hatte wirklich geglaubt, dass dieser geheime, medizinische Versuch ihr eine glänzende Karriere als Ärztin hätte bescheren können. Jetzt kam sie sich geradezu töricht naiv vor. Man hatte sie einfach missbraucht. Und sie hatte, blind vor Ehrgeiz, das Leben ihrer Patienten gefährdet und zerstört. Jetzt bezahlte sie dafür mit ihrem eigenen.

Eigentlich fand er es schade Irina einfach so zu töten. Als sie nackt vor ihm stand, hätte er sie gerne noch gefickt. Er hätte sie hart rangenommen, so wie er es immer tat. Meistens ging er zu Nutten, um zu bekommen, was er wollte, da nur selten Frauen sich für ihn interessierten, wenn er sie nicht dafür bezahlte. Wahrscheinlich spürten sie es, dass er sie tief in seinem Herzen abgrundtief hasste; in seinen Augen waren sie alle Huren, so wie seine Mutter, die sich jedem Kerl im Dorf an den Hals geworfen hatte, wenn sie genug getrunken hatte und sein Vater nicht da war; und beides war quasi jeden Tag der Fall gewesen.

Siegfried wusste nicht, wen von beiden er mehr hasste: seine rumhurende Mutter oder seinen Vater, der als Soldat fast nie zu Hause gewesen war. Und wenn er da war, war er betrunken und verprügelte seine Frau und seine Kinder.

Er kippte das Wasserglas voll Wodka herunter und schüttete direkt nach. Wenn er genug Alkohol getrunken hatte, half ihm das, sein beschissenes Leben erträglich zu finden.

Wieder dachte er an die nackte Irina und wieder machte es ihn unerträglich geil. Er trank sein viertes Glas Wodka in einem Zug aus, nahm seine Jacke und machte sich auf den Weg in den nächsten Puff.

⚒

Das monotone Brummen des Föhns weckte Stefan Braun auf. Langsam öffnete er seine verschlafenen Augen. Durch die ein Stück geöffnete Tür des Badezimmers konnte er sehen, dass Sandra nackt vor dem Waschbecken stand und ihre Haare trocknete.

Er konnte es nicht fassen, dass er es tatsächlich getan hatte; er hatte sich auf Sex mit Sandra eingelassen, hatte seine Ehefrau betrogen. Klar hatte er gestern Abend einige Bierchen getrunken, die es ihm leicht gemacht hatten, Sandras Reizen zu erliegen, aber es wäre nicht fair, den Alkohol als Vorwand zu nutzen; nein, diese Entscheidung hätte er auch völlig nüchtern so getroffen. Eigentlich müsste er jetzt ein unglaublich schlechtes Gewissen haben, aber dieses Gefühl stellte sich nicht ein. Er hatte das Richtige getan.

Er stand auf und stellte sich hinter sie. Zärtlich küsste er ihren Nacken und streifte mit seinen Händen vom Po an über ihre Seite, bis sie auf Sandras Brüsten lagen. Er spürte die Wärme ihrer Haut und den kalten Stahl des Piercings, das in ihrer rechten Brustwarze steckte, die sich unter seiner Berührung aufstellte.

»Das heute Nacht war definitiv der heißeste und beste Sex, den ich in meinem ganzen Leben jemals hatte«, hauchte Stefan in ihr Ohr.

»Oh, ja. Das war wirklich unglaublich heiß.«

Das, was in dieser Nacht zwischen ihnen geschehen war, war so anders als die Erfahrungen, die Stefan bislang in seinem Leben gemacht hatte. Wenn es denn tatsächlich mit seiner Frau mal zum Äußersten kam, dann hatte Stefan eher das Gefühl, als müsse Katja eine Pflichtübung absolvieren, für die sie nicht viel Zeit opfern wollte. »Erfüllung ehelicher Pflichten«, schoss es ihm durch den Kopf. Er war sich nicht mal sicher, ob Katja ihn damit nicht einfach in Sicherheit wiegen wollte, damit er nicht auf die Idee kam, sie hätte womöglich ein Verhältnis.

Das, was in dieser Nacht geschehen war, war so unfassbar lustvoll, dass Stefan sich gewünscht hätte, es würde niemals enden.

Sandra lehnte ihren Kopf an seine Schulter und schloss die Augen, während Stefan seine Hand über ihren Bauch abwärts gleiten ließ.

Zwischen ihren Beinen spürte er das zweite Stück metallenen Schmucks an ihrem Körper. Er berührte es nur sanft und mit großem Respekt. Der silberne Ring mit der roten

Kugel, der in ihrer Schamlippe steckte, löste noch immer eine gewisse Unsicherheit bei ihm aus.

Sandras Atem wurde schwer unter seiner Berührung. Dann atmete sie einmal tief ein und aus, blickte ihn durch den Spiegel an und blies ihm mit dem Föhn ins Gesicht. Lachend drehte sie sich zu ihm um und küsste ihn. »Da kann wohl einer nicht genug bekommen?«

Sie griff nach seinem steifen Penis und zog Stefan hinter sich her zum Bett.

»Aber nur noch zehn Minuten. Wir sind schließlich nicht zu unserem Vergnügen hier, Herr Oberinspektor.«

Klaus Schubert eilte zum Haupteingang. Die Mitarbeiterin der Pforte hatte ihn informiert, dass die Polizei im Haus sei und dringend seine Hilfe benötigt wurde.

Er fand, dass der Mann mit den kurz geschorenen Haaren und der schwarzen Lederjacke aussah wie ein Polizist.

»Sind Sie von der Polizei?«

Sein Gegenüber drehte sich betont langsam zu ihm um

und musterte Klaus Schubert ausführlich, mit einem Blick, dessen Kälte der Hausmeister förmlich zu spüren schien.

»Richtig.«

Seine rechte Hand schob den Saum der Jacke zurück, so dass Klaus Schubert die Pistole an seinem Gürtel sehen konnte. Mit Daumen und Zeigefinger griff er nach der dünnen Kette, zog damit die ovale, messingfarbene Marke aus seiner Hosentasche und hielt sie Schubert entgegen.

»Freund. Kriminalpolizei.«

»Was kann ich für Sie tun, Herr Kommissar?«

»Es geht um Frau Doktor Tatankova. Kennen Sie sie?«

»Ja sicher. Hat sie etwa etwas verbrochen? Das kann ich mir gar nicht vorstellen. Das ist so eine sympathische, junge Frau. Oder ist ihr etwa etwas zugestoßen?«

»Ich müsste bitte den Spind von Frau Doktor Tatankova sehen. Und es wäre gut, wenn das Ganze etwas unauffälliger vonstattengeht.«

Klaus Schubert führte den Kommissar in den Keller des Krankenhauses.

»Hier ist es. Spind 167.«

»Machen Sie ihn bitte auf.«

»Aber darf ich das denn so einfach? Brauchen Sie dafür nicht einen Durchsuchungsbefehl?«

»Natürlich dürfen Sie das. Sie müssen sogar.«

»Wenn ich den jetzt aufmache kann man ihn aber nur mit dem Originalschlüssel von Frau Doktor wieder verschließen.«

»Das ist schon in Ordnung. Bitte machen Sie jetzt auf.«

Während sich der Kommissar Gummihandschuhe anzog, klingelte Schuberts Telefon: »Nein. Ich kann jetzt nicht kommen. Ich muss der Polizei helfen.«

»Gehen Sie ruhig«, erwiderte der Kommissar, »ich komme alleine klar.«

»Sind Sie sicher?«

»Ganz sicher.«

»Gut. Ich bin in zehn Minuten wieder zurück.«

»Das passt. Ich warte hier auf Sie.«

Claas Heering stellte das Martinshorn ab, damit Stefan Braun ihn am Telefon besser verstehen konnte. Sie fuhren auf der A2 Richtung Osten. Die Kripo Bielefeld hatte eine tote Ärztin in ihrer Badewanne gefunden. Nach ersten Erkenntnissen sah alles nach einem Selbstmord aus. Da die Frau russischer Abstammung war und obendrein Ärztin auf einer Intensivstation, entsprach sie dem von der MK Schiwago im kriminalpolizeilichen Informationsdienst eingestellten Profil, weshalb die Bielefelder Kollegen diesen Fall nach Essen meldeten. Stefan bekam nun die ersten Details von Hauptkommissar Rottmann, der die Ermittlungen vor Ort leitete. Demnach passte auch an diesem Fall alles in das Schema der bisherigen Taten von Siegfried. Nur die Art zu Tode zu kommen war neu.

Da die Leiche bereits abtransportiert war, vereinbarten Stefan und KHK Rottmann sich am Krankenhaus zu treffen, um die Ermittlungen dort gemeinsam durchzuführen.

Reiner Rottmann empfing die Kollegen aus Essen in der Eingangshalle des Krankenhauses. Sie waren bereits beim Chefarzt von Doktor Tatankova angemeldet und wurden auch sofort empfangen. Professor Meierling war sichtlich schockiert, als er erfuhr, dass seine Mitarbeiterin nicht mehr unter den Lebenden weilte. Einen möglichen Freitod aufgrund einer Depression hielt er für völlig ausgeschlossen; zumal sie erst seit knapp zwei Wochen mit Tim Backes, einem Mitarbeiter aus dem Labor, liiert gewesen sei. Die berufliche Situation von Irina Tatankova deckte sich exakt mit der aller bisherigen Opfer: medizinische Ausbildung beim russischen Militär, absolute Strebsamkeit und eine bislang ungeklärte, erhöhte Sterblichkeit von Patienten auf der Intensivstation. Obendrein schien auch sie keine Angehörigen zu haben.

»Wir würden gerne den Schreibtisch und den persönlichen Schrank von Frau Doktor Tatankova untersuchen.«

»Unsere Assistenzärzte teilen sich ein gemeinsames Büro. Daher hat keiner von ihnen einen eigenen Schreibtisch. Alle Dinge, die nicht für den allgemeinen Dienstbetrieb gedacht sind, werden daher in der Regel im persönlichen Schrank aufbewahrt oder mit nach Hause genommen.«

»Dann beginnen wir direkt mit dem Schrank«, forderte Stefan Braun. Professor Meierling griff zum Telefon und gab seiner Sekretärin die Anweisung den Hausmeister zum Umkleideraum im Keller zu bestellen, während er die Beamten persönlich dorthin begleitete. Sie trafen Klaus Schubert auf dem Flur.

»Grüß Gott, Herr Professor. Was ist denn heute hier los, dass alle Welt mich zum Umkleideraum bestellt?«

»Diese Herren hier sind von der Polizei und möchten gerne einen Blick in den persönlichen Schrank von Frau Tatankova werfen.«

»Ja hat Ihr Kollege heute früh nicht gründlich genug nachgesehen?«

Die fragenden Blicke von Stefan und Claas trafen zunächst ihren Bielefelder Kollegen, der achselzuckend vor ihnen stand und dann wieder den Hausmeister.

»Es war schon jemand von der Polizei hier, um den Schrank von Frau Doktor Tatankova zu sehen?«, wollte Reiner Rottmann wissen.

»Ja, ganz in der Früh; so um fünf nach sieben. Ja weiß denn in eurem Verein die Linke nicht, was die Rechte tut?«

»Und Sie sind sich sicher, dass es ein Polizist war?«

»Der hat mir doch seine Marke unter die Nase gehalten! Und von eiligen Ermittlungen, von denen er nix sagen kann, hat er auch gefaselt.«

»Können Sie den Mann beschreiben? Können Sie sich an den Namen erinnern?«

»Nicht so genau. Wissen Sie, ich bin vor dem Frühstück noch nicht ganz so fit. Da hab ich nicht so genau hingesehen. Ich glaub, der war vielleicht so eins achtzig, mit normaler Figur. So wie Sie, eben.« Er deutete auf Stefan, der für einen kurzen Moment darüber nachdachte, ob »normale Figur« in diesem Fall so etwas wie ein Kompliment für ihn sei.

»Geheißen hat er Freund, mein ich. Einen recht starken Akzent hatte er. Wie ein Sachse oder so.«

»Das ist unser Mann!«, entfuhr es Stefan Braun.

»Und diesem Kollegen«, Claas Heering betonte das Wort »Kollege« deutlich zweifelnd, »haben Sie den Schrank von Frau Doktor Tatankova aufgemacht? Wissen Sie was er daran wollte? Hat er nach etwas gesucht? Hat er etwas mitgenommen?« Sein Schwall von Fragen schien den Hausmeister regelrecht zu überrollen.

»Ja Herrgottsakra! Das weiß ich doch nicht. Er hat mich ja rausgeschickt.«

»Können Sie sagen, ob er etwas angefasst hat?«

»Sie meinen wegen Fingerabdrücken? Die können Sie gleich vergessen. Der hat Gummihandschuh getragen; so schäbige grüne.«

»Grüne?« Diese Farbe war in der Tat eher ungewöhnlich für Einmalhandschuhe.

»Ja, sehen Sie doch da vorn in den Mülleimer, da hat er sie hineingeworfen.«

Claas stürzte sich auf den Mülleimer, doch dieser war bis auf zwei Papierhandtücher leer.

»Woher wissen Sie das, wenn Sie doch gar nicht im Raum waren?«

»Weil ich ja wieder hergekommen bin. Aber da war Ihr

Kollege schon weg. Und der Spind stand die ganze Zeit offen. Hoffentlich hat da niemand was geklaut.«

»Und die Gummihandschuhe?«

»Die lagen halt im Müll.«

»Das tun sie aber jetzt nicht mehr.«

»Na, dann war die Putzfrau schon da.«

»Und wo kommt der Müll dann hin?« Claas wurde ungeduldig. Seine Augen hatten plötzlich einen ungewohnten Glanz. »Wir müssen diese Handschuhe finden!«

»In den Presscontainer aufm Hof. Aber da werden Sie nix mehr finden. Der presst 20 Kubikmeter Müll zu einem Klumpen zusammen.«

»Herr Rottmann, ich fürchte wir brauchen jetzt jede Menge Kollegen für eine wirklich fiese Aufgabe hier vor Ort. Wir müssen den Container aufmachen und jedes Haar und jeden Krümel darin umdrehen, bis wir diese Handschuhe gefunden haben. Wenn wir Erfolg haben, hat Siegfried vielleicht einen, wenn nicht *den* entscheidenden Fehler gemacht.«

»Herr Heering, ich glaube Sie gucken etwas zu oft CSI«, mischte Stefan Braun sich ein.

»Oder Sie sehen es zu selten. Derrick.«

Klaus Schubert führte die Gruppe auf den Betriebshof des Krankenhauses zum Standplatz der Müllpresse.

»Das ist aber jetzt richtig blöd.« Das Gesicht des Hausmeisters wurde blass.

»Was ist jetzt blöd, Herr Schubert?«, wollte Stefan wissen.

»Der …, der Container«, stammelte Schubert.

»Was ist mit dem Container, Herr Schubert?«, der Chefarzt wurde ungehalten.

»Der Container ist leer.«

»Wie? Leer?«

»Na leer eben. Nix drin.«

Die Männer glotzten ungläubig in den hohlen stählernen Bauch des Müllbehälters, in dem sich nichts befand, außer ein paar vereinzelten Papiertüchern, die feucht am Boden klebten.

»Wahrscheinlich wurde der gerade abgeholt. Heute Morgen war er ja auch noch blau.«

Alle starrten wie gebannt auf den roten Metallbehälter, der vor Ihnen stand.

»Und wo ist der jetzt hin?« Claas war kurz davor die Fassung zu verlieren.

»Ja, was weiß denn ich? Zur Müllverbrennung denk ich.«

»Ist das die Firma, die die Container transportiert?« Reiner Rottmann deutete auf ein Schild mit der Aufschrift

»Heinitz Entsorgung« und ohne die Bestätigung abzuwarten wählte er bereits die dort angegebene Telefonnummer mit seinem Handy.

»Rottmann, Kriminalpolizei«, meldete er sich mit energischer Stimme und erklärte deutlich, dass er sofort wissen musste, wohin der Müllcontainer gekommen sei. »Können Sie den Fahrer irgendwie erreichen? Ich warte.«

Betretenes Schweigen machte sich in der Runde breit, während alle Augen auf Reiner Rottmann gerichtet waren.

»Ja, ich höre.« Rottmann unterbrach die angespannte Stille. »Gut. Der Container darf unter gar keinen Umständen abgeladen werden. Er soll dort stehen bleiben und auf die Polizei warten. Ich schicke sofort einen Streifenwagen. Vielen Dank für Ihre Hilfe.«

»Puh! Das war knapp!«, mit einem deutlichen Ausdruck der Erleichterung teilte er den anderen mit, dass der LKW in der Einfahrt zur Müllverbrennungsanlage stehe und den Container noch nicht abgeladen habe. Er griff wieder zu seinem Handy und orderte bei der Leitstelle einen Streifenwagen, der den Müllwagen abholen und zum Polizeipräsidium geleiten sollte.

Die weitere Durchsuchung des Schranks und des Arbeitsplatzes von Doktor Tatankova brachte – erwartungsgemäß – keine Erkenntnisse.

Auch Tim Backes, der seine Freundin am Morgen tot in ihrer Wohnung gefunden hatte und noch immer sichtlich unter Schock stand, konnte den Beamten nicht wirklich weiterhelfen.

Die drei Polizisten fuhren zum Bielefelder Polizeipräsidium, auf dessen Hof eine Fläche abgesperrt worden war, um den unappetitlichen Inhalt des Presscontainers dort auszukippen.

Der Leiter der Spurensicherung hatte entschieden, den Inhalt portionsweise aus dem Container auf den Hof zu befördern, zumal anzunehmen war, dass die gesuchten Handschuhe sich in dem ganz zuletzt eingeworfenen Müll befinden würden.

Auf dem Hof waren gut fünfzig Beamte in hellblauen Schutzanzügen angetreten. Klaus Rottman hielt eine kurze Ansprache: »So, liebe Kolleginnen und Kollegen. Das wird jetzt hier nicht nett«, er legte eine kurze Pause ein, »aber auch das gehört nun mal zu unserer Arbeit. Wir suchen ein einzelnes Paar Einmalhandschuhe. Zwei Dinge werden uns diese Suche vermutlich ein klein wenig erleichtern. Erstens: Die gesuchten Handschuhe sind grün. Damit dürften sie hoffentlich etwas schneller auffallen. Zweitens: Voraussichtlich, aber nicht sicher, befinden sich die Handschuhe in einem solchen Müllbeutel.« Rottmann hielt einen gewöhnlichen, blauen Kunststoffsack in die Höhe. »Ich wünsche uns gutes Gelingen. Macht euch an die Arbeit.«

Stefan rutschte mit dem Beifahrersitz von Rottmanns Dienst-Polo so weit nach vorne, wie es ihm möglich war, damit Claas Heering sich hinter ihn setzen konnte.

»Kerl, Heering, warum sind Sie auch so 'n Lulatsch?«

Claas zwängte seine Einsdreiundneunzig in den Fond des Kleinwagens: »Wir können ja gerne die Plätze tauschen, Herr Braun.« Stefan ließ die Sitzarretierung ein wenig zu spät los. Die Rückenlehne stoppte an den Knien seines Kollegen, was dieser mit einem unterdrückten Stöhnen quittierte, während das Gestühl mit einem deutlich hörbaren Schnacken in der Bodenschiene einrastete.

Rottmann fuhr mit den beiden Essenern zum Tatort, um dort weiter zu ermitteln. Seine Kollegen würden ihn sofort verständigen, sollten sie die gesuchten Handschuhe finden.

Die Wohnung, in der zwei Kollegen der Kriminaltechnik noch immer damit beschäftigt waren Spuren zu sichern, war, wie Stefan und Claas es aus den Wohnungen der bisherigen Toten bereits kannten, sehr sauber und aufgeräumt.

»Ist das die Tatwaffe?« Claas deutete auf ein Skalpell, das in einem Plastikbeutel auf dem Tapeziertisch lag, den die KTU als Arbeitsfläche aufgestellt hatte.

»Ziemlich sicher ja«, antwortete einer der beiden Spurensicherer.

»Darf ich?« Claas Heering deutete an, dass er den Beutel in die Hand nehmen wollte. Der Kollege im blauen Overall nickte ihm zu. Claas betrachtete die stählerne Klinge, mit dem grauen Kunststoffgriff eingehend von allen Seiten.

»An diesen Einmalskalpellen ist doch immer so ein Plastikstück als Schutz über der Klinge, den man abbrechen muss. Habt ihr den noch nicht gefunden?« Claas versuchte sich einen Überblick über die zahlreichen Gegenstände auf dem Tisch zu verschaffen. »Und die Verpackung? Die sind doch immer in so durchsichtigen Plastikhüllen.«

»Nö. Nichts dergleichen.«

»Jetzt machen Sie wieder diesen CSI-Wattenscheid Blick.« Stefan sah den Neuen erwartungsvoll an.

»Wenn ich Arzt bin«, fing er mit seinen Ausführungen an, »und ich will mir zu Hause in der Wanne die Pulsadern aufschneiden, dann ist es ja nur konsequent, dass ich mir dafür ein Skalpell von der Arbeit mitbringe.«

»Und?« wollte Stefan die Fortsetzung hören.

»Und! Dann nehme ich bestimmt keins ohne Verpackung mit. Wenn ich das in meine Tasche stecke, sticht sich das im Zweifelsfall sofort irgendwo durch. Diese Dinger sind sauscharf.«

»Stimmt. Scharf wie ein Skalpell.« Da niemand im Raum lachte, war sich Stefan sicher, dass er schon bessere Gags auf Lager gehabt hatte.

»Ich halte jede Wette, dass wir an diesem Chirurgenwerkzeug auch wieder Anhaftungen dieser grünen Handschuhe finden werden.«

Die beiden Spurensucher sahen sich gegenseitig an und lachten. »CSI-Wattenscheid? Guckt der Junge zu viel Fernsehen? Das Teil hat die ganze Nacht im Badewasser gelegen. Das Einzige, das du daran noch findest, ist Mandelblütenduft«.

Stefan gab sich väterlich, während alle anderen im Raum

lachten: »Zumindest haben Sie recht, dass es sehr wahrscheinlich ist, dass der Täter das Messerchen für unser Opfer ausgepackt und die Verpackung eingesteckt hat. Ich denke, wir haben hier genug gesehen. Lasst uns zurückfahren.«

Sie machten sich gerade auf, um die Wohnung zu verlassen, als eine Sirene ertönte. »Rottmann!« Er hatte sein Handy aus der Hosentasche gezogen und die Sirene mit der Annahme des Rufes zum Schweigen gebracht. Seine Gesichtszüge entspannten sich, seine zur Faust geballte Rechte streckte er zur Zimmerdecke und dann entfuhr es ihm, wie ein Schrei: »YES!«

»Haben sie die Handschuhe gefunden?« Claas platzte fast vor Neugierde.

»Jawoll, haben sie! Sind schon auf dem Weg ins Labor.«

Kim Preußler saß im Sprechzimmer des Arztes und sah direkt in dessen sorgenvolles Gesicht.

»Ich habe keine guten Nachrichten für Sie. Es ist Krebs.«

Kim schluckte schwer. Jetzt nur nicht die Fassung verlieren. Es war eigentlich von vorneherein klar.

»Haben Sie schon darüber nachgedacht, wie Sie es Ihren Angehörigen sagen wollen?«, sprach der Arzt weiter.

Kim Preußler schüttelte den Kopf. »Nein. Das habe ich im Moment auch noch gar nicht vor. Lassen Sie uns erst mal sehen, wie die Therapie anschlägt.«

»Was hast du für mich, Abbs?« Reiner Rottmann stellte seinem Kollegen Albert Weiß von der KTU einen Becher mit dampfendem Kaffee auf den Schreibtisch.

»Wir konnten einen Teilabdruck des rechten Zeigefingers isolieren.« Weiß deutete auf den Monitor auf seinem Schreibtisch und fuhr dann mit großer Geste fort: »Ich hab den dann durch den Computer gejagt.«

»Und was ist dabei rausgekommen? Irgendwie wäre es toll, wenn ich dir nicht alles einzeln aus der Nase ziehen müsste, Abbs.«

»Wir haben einen Treffer.«

Die drei Ermittler sahen sich gegenseitig an. In ihren Blicken lag diese Mischung aus Erregung und Erleichterung, die das bevorstehende Ende der Jagd bedeuten konnte.

»Ich dachte schon, mein Monitor bekommt Ausschlag, als der das Ergebnis angezeigt hat.« Albert Weiß holte ein Blatt Papier aus seinem Drucker. »Auf jeden Fall sollt ihr euch jetzt mit dem BKA in Verbindung setzen. Ich hab das mal für euch ausgedruckt.«

⚒

»Verflucht!« Wutentbrannt hatte er das Handy wieder abgeschaltet und auf den Beifahrersitz seines schwarzen BMW 750iL geworfen. Er griff in die Innentasche seines Jacketts, holte sein iPhone heraus und wählte Siegfrieds Nummer aus dem Speicher.

»Fahren Sie nach Bielefeld und sehen nach, was mit Frau Doktor Tatankova los ist. Ich habe versucht sie zur vereinbarten Zeit anzurufen, aber ihr dämliches Handy ist aus.«

»Ich weiß.«

»Was soll das heißen, Sie wissen es?«

»Irina hat sich nicht an die Spielregeln gehalten. Da musste ich ihr leider fristlos kündigen.«

»Was soll das heißen? Und wieso haben Sie sich nicht vorher mit mir abgesprochen?«

Siegfried berichtete von seiner Beobachtung und davon, wie er das Problem gelöst hatte.

»Haben Sie ihre Sachen?«

»Natürlich. Seien Sie unbesorgt. Bleibt nur zu hoffen, dass wenigstens Alexej keine Dummheiten macht.«

»Darf ich Sie vielleicht daran erinnern, dass Sie die Leute ausgesucht haben, Siegfried.« Seine Stimme wurde ungehalten.

»Sicher habe ich das. Aber es war Ihr persönlicher Wunsch, dass auch Frauen darunter sein sollten; und vor allem ist es Ihr Scheißmedikament, das nur Probleme verursacht.«

Siegfried legte auf.

»Herr Braun«, Claas Heering hatte die Gelegenheit genutzt, als er mit seinem Kollegen allein im Büro war, und sich ein Herz gefasst, endlich hinter das Geheimnis von dessen Spitznamen zu kommen, »wieso nennen die Kollegen Sie eigentlich Derrick?«

Stefan Braun schob seine Brille etwas tiefer auf die Nase, so dass er über den Rand hinwegsehen konnte.

»Das ist jetzt aber nicht Ihr Ernst, dass Sie mich das fragen, Heering.«

»Äh, doch. Wieso nicht?«

»Heering, falls Sie es schon vergessen haben; Sie sind Kriminalpolizist. Da sollten Sie doch in der Lage sein, sowas zu ermitteln.«

Claas Heering fühlte sich ertappt und suchte nach einer Ausrede. »Da ich ja nicht davon ausgehe, dass es sich dabei um einen Umstand handelt, den Sie wie ein Täter zu verbergen suchen, dachte ich mir es wäre aufrichtiger, Sie selbst zu fragen, statt hinter ihrem Rücken mit den Kollegen darüber zu sprechen.«

Stefan legte den Kopf zur linken Seite und kniff das rechte Auge zu. Diese Offenheit gefiel ihm. Scheinbar kannte der Neue sich nicht nur mit Smartphones aus, sondern hatte auch sowas wie Sozialkompetenz.

»Kennen Sie die Sonnenbrille von Atze Schröder, Herr Heering?«

Claas Heering war für einen Augenblick verwirrt und zuckte mit den Schultern.

»Na los, googeln Sie mal ein Bild von ihm.«

Claas tat, was sein Vorgesetzter von ihm verlangte und hielt ihm ein Bild des Komikers auf seinem iPhone entgegen.

»Genau so eine hatte ich auch, als ich damals hier angefangen habe.« Stefan Braun kramte in der Schublade seines Schreibtischs. »Mit diesen total schicken, blauen Gläsern. Eben genau wie Atze heute. Ah, da ist sie ja.« Mit einem breiten Grinsen zog er seine alte Sonnenbrille hinter Gummibändern und Büroklammern hervor und präsentierte sie mit sichtlichem Stolz.

Claas Heerings Gesichtsausdruck verriet seine Ratlosigkeit. »Und was hat das jetzt mit Derrick zu tun?«

»Bild googeln!«, befahl Stefan schroff.

»Ah! Ich sehe. Dasselbe Modell, bloß ohne Tönung. Aber dann hätten die Kollegen Sie ja auch Atze nennen können. Da ist die Brille doch viel ähnlicher.«

»Heeering!!!« Stefan schien die Fassung vollends zu verlieren und fuhr den Neuen lautstark an: »Erstens gab es achtundachtzig keinen Atze Schröder; oder wenn doch, kannte ihn hier jedenfalls keiner; zweitens ist der auch kein Polizist, Derrick aber schon und drittens hat der allseits beliebte Oberinspektor aus dem Zweiten Deutschen Fernsehen den selben wunderschönen Vornamen, wie ich!«

»Was ist denn mit euch los?«

Corinna Busch stand in der geöffneten Bürotür und sah die beiden Männer fragend an.

»Wir führen nur gerade ein nettes Pläuschchen unter Ermittlerkollegen«, erklärte Stefan mit sichtlich genervtem Ton und einem abschätzigen Blick auf Claas Heering, der am liebsten vor Scham unter dem Schreibtisch verschwunden wäre.

»Ich würde euch ja gerne Tee und Plätzchen dazu reichen«, spöttelte Corinna, »aber die Dienstbesprechung ruft.«

»Guten Morgen, meine Herrschaften.« Corinna Busch eröffnete die heutige Frühbesprechung der MK Schiwago etwas förmlicher als gewohnt. »Nachdem es uns gestern gelungen ist einen Hauptverdächtigen zu ermitteln, haben wir seit heute Unterstützung durch das BKA. Kriminalrat Dieter Pratt.« Corinna deutete mit einer Hand in Richtung des Bundesermittlers.

»Danke für die Einführung, Frau Busch«, begann Kriminalrat Pratt seinen Vortrag. »Der Verdächtige heißt Peter Uhlig. Ehemals Oberst mit besonderem Auftrag der Stasi.«

»Oberst mit besonderem Auftrag?« Herrmann Kaminski sah Pratt fragend an.

»Man könnte ihn vereinfachend einen Killer nennen. Und genau damit bestreitet er wohl heute seinen Lebensunterhalt. Er bietet seine Geheimdienstleistungen auf dem freien Markt an, einschließlich der unkomplizierten Beseitigung unliebsamer Personen.«

»Und wieso läuft der frei draußen rum, wenn Sie ihn so genau kennen?« Stefans Frage klang zynisch.

»Weil so einer weder mit nem T-Shirt rumläuft, auf dem steht ›Ich bin ein gesuchter Killer‹«, Pratts Worte sorgten für Gelächter in der Runde, »noch wissen wir sicher, wie er überhaupt aussieht. Aber das könnte sich ja nun dank Ihrer Arbeit ändern.«

»Hat der Typ mit der Krawatte etwa gerade unsere Arbeit gelobt?«, flüsterte Susanne Groß, die Pressesprecherin des Polizeipräsidiums, die als Einzige in der Runde Uniform trug, in Corinnas Ohr, während Kriminalrat Pratt mit seinen Ausführungen fortfuhr: »Nach unseren Informationen benutzt er für seine Operationen oft Begriffe aus dem Ring der Nibelungen.«

Claas Heering zog sich seinen Ring vom Finger, drehte ihn zwischen Zeigefinger und Daumen und zischelte zu Dennis Terboven, der neben ihm saß: »Meiiiin Schaaatzzzz.«

Corinna stieß ihm mit dem Ellenbogen in die Rippen: »Ring der Nibelungen! Nicht Herr der Ringe!«

Verstohlen blickte Claas auf die Unterlagen vor ihm auf dem Tisch und steckte den Ring langsam wieder auf seinen Finger.

»Jetzt nennt er sich wohl Siegfried«, versuchte Stefan das Gespräch wieder auf eine professionelle Ebene zu bringen.

»Das passt«, bestätigte Pratt. »Unsere vorrangige Aufgabe wird nun darin bestehen, ihn zweifelsfrei zu identifizieren, seinen Aufenthaltsort ausfindig zu machen und ihn durch Spezialkräfte ausschalten zu lassen.«

»Ausschalten?« Herrmann Kaminski konnte seine innere Ablehnung gegen ein solches Vorgehen nicht verbergen.

»Bitte geben Sie sich nicht dem naiven Glauben hin, man könne diesen Menschen einfach verhaften und anschließend in ein Verhörzimmer setzen. Selbst wenn es gelänge ihn lebend in Gewahrsam zu nehmen – und daran habe ich erhebliche Zweifel – also, selbst wenn uns das gelänge, würden wir auf legalem Weg niemals irgendetwas aus ihm herausbekommen. Er ist eine professionelle Tötungsmaschine. Darauf trainiert, auch unter Folter keine Informationen preiszugeben.«

»Nichtsdestotrotz können wir ja schlecht ein Killerkommando losschicken. Wir sind doch hier nicht in einem amerikanischen Agententhriller!« Herrmanns Gesichtsfarbe hatte mittlerweile ein tief dunkles, ungesund aussehendes Rot angenommen.

»Natürlich nicht. Selbstverständlich lautet auch in einem solchen Fall der Auftrag für das SEK den Verdächtigen festzunehmen. Wir rechnen jedoch mit so massiver Gegenwehr, dass das Ganze nicht ohne Schusswaffengebrauch«, er zögerte einen Moment, »vielleicht sogar nicht einmal ohne Verluste auf unserer Seite vonstattengehen wird.«

Pratt schaltete den Beamer ein und warf ein Foto an die Wand, das aus einem schlechten Agentenfilm hätte stammen können. Vor Stefans Augen lief ein Film im Zeitraffer ab.

»Ich hab den gesehen!« Stefan Braun fasste sich an die Stirn.

Corinna stieß ihrem Kollegen mit der flachen Hand vor die Schulter: »Na klar! Das war der Typ in dem SUV!«

»Welcher SUV?« Stefan schien irritiert.

»In Finnentrop. Der SUV, der aus dem Feldweg kam. Mit dem wir beinahe zusammengestoßen sind. Erinnerst du dich nicht?«

»Vielleicht erinnerst du dich, dass mir die Brille vom Kopf geflogen ist. Da konnte ich gar nix sehen.«

»Was meinst du denn dann?«

»Im Palmbuschweg. Da hat er am Getränkemarkt gestanden und getrunken. Der hat mich völlig ungerührt angeguckt, obwohl er bestimmt wusste, dass wir von der Polizei sind.« Er sah seine Kollegin hilfesuchend an. »Mein Gott wir waren ganz dicht an ihm dran.« Stefan fühlte sich als Versager.

Dieter Pratt löste die sich anbahnende Bertoffenheit auf, indem er das Gespräch wieder an sich zog: »Dann können wir jetzt wohl sicher sein, dass es sich bei dieser Person«, er wandte sich dem Foto auf der Leinwand zu, »tatsächlich um Peter Uhlig handelt. Das dürfte uns erheblich weiterbringen, da wir jetzt gezielte Fahndungsmaßnahmen einleiten können.«

Kriminalrat Pratt räumte seine Unterlagen in den Aktendeckel und schloss ihn bedeutsam.

»Im Übrigen«, erklärte er, »erhalten wir ab Morgen noch weitere Unterstützung aus Wiesbaden. Da sie aus Ihrer Dienststelle stammt, darf ich Hauptkommissarin Katja Braun wohl als bekannt voraussetzen.«

Corinna und Herrmann sahen Stefan fragend an, der nur die Schultern zucken konnte: »Ich bin da jetzt schon etwas überrascht. Aber ich bin ja auch nur mit ihr verheiratet.«

Herrmann Kaminski zog Stefan mit in sein Büro und schloss die Tür hinter sich.

»Was ist da los bei euch zu Hause, Stefan?«

»Lass es mich mal so sagen, Herrmann, wir sprechen wohl nicht mehr über alles miteinander.«

»Aber wie kann das sein, dass Katja uns unterstützen soll und du nichts davon weißt?«

»Wie schon gesagt: Wir reden kaum noch miteinander. Katja kommt auch an den Wochenenden fast gar nicht mehr nach Hause. Ich glaube, sie hat andere Vorstellungen von ihrer Zukunft entwickelt, in denen ich keine Rolle mehr spiele.«

»Meinst du, das kann ein Problem werden für den Fall?«

»Ganz ehrlich, Herrmann, ich weiß es nicht. Lass es uns einfach abwarten.«

»Ich hab ein Auge auf euch. Und wenn du irgendwie Hilfe brauchst, dann weißt du, wo du mich findest.«

»Ja, danke Kollege.«

Stefan legte den Telefonhörer auf. »Der Hausmeister aus dem Krankenhaus in Bielefeld hat unseren Verdächtigen eindeutig auf dem Foto wiedererkannt.«

»Dann müssen wir diesen sympathischen Herrn nur noch irgendwie aufspüren.« Corinna stellte Stefan einen frischen Kaffee hin. Claas Heering lehnte das dampfende, braune Heißgetränk dankend ab und baute sich vor der großen Pinnwand auf, an der die Fotos der sieben verstorbenen Ärzte hingen und ein achter Platz mit einem großen Fragezeichen markiert war.

»Wer ist Nummer acht? Unser Mörder? Sein Hintermann? Oder doch ein achter Arzt, der vielleicht schon modernd in irgendeiner Ecke liegt?«

»Oder noch gar nicht ahnt, in welchen Kreisen er so verkehrt.«

»Mal angenommen, die beiden verbliebenen Handys gehören Siegfried und seinem Auftraggeber«, führte Corinna aus, »dann ist die Geschichte vermutlich zu Ende, weil sie alle ihre Ärzte schon beseitigt haben.«

»Und was, wenn sie mehr als ein solches Handy-Netzwerk haben?«

»Berechtigter Einwand, Herr Heering«, stimmte Stefan ihm zu, »dann werden wir es frühestens erfahren, wenn wieder jemand über nen toten Arzt stolpert.«

»Ich glaube das nicht«, warf Corinna ihre Zweifel ein. »Wenn die mehr als ein solches Netzwerk hätten, warum haben wir dann sieben Tote aus einem Netzwerk und aus den anderen gar keinen?«

»Kapitaler Denkfehler!«

Corinna sah Claas strafend an.

»Das habe ich auch gerade noch gedacht. Aber wer sagt uns denn, dass unsere Toten alle zum selben Netzwerk gehören? Bislang können wir nur in dem Fall aus Mülheim sicher und in denen an der Nordsee und im Sauerland mit hoher Wahrscheinlichkeit diese Zuordnung machen. In den anderen Fällen haben wir gar keine Handys.«

»Stimmt! Das habe ich gar nicht bedacht.«

Schweigend stützten alle drei ihre Köpfe auf ihre Hände.

Stefan Braun löste die stille Anspannung auf: »Ich glaube, wir haben es nur mit einem Netzwerk zu tun und Nummer acht ist auch Arzt. Dieser Fall wäre auch der einzige, bei dem wir mit gezielten Fahndungsmaßnahmen zurzeit etwas erreichen können.«

»Woran denken Sie da jetzt genau?«, wollte Claas wissen.

»Wir suchen einen Arzt – oder eine Ärztin, mit russischer Abstammung, der oder die auf einer Intensivstation arbeitet, auf der Patienten mit diesem kongenialen Kardiodingens behandelt werden, von denen einige in letzter Zeit überraschend gestorben sind. Davon kann es doch nicht Hunderte geben.«

»Natürlich!« Corinna griff nach der Tastatur ihres Computers. »Und denen zeigen wir dann Siegfrieds Foto. Ich schreibe sofort den Fahndungsaufruf.«

»Schön, dich zu hören.« Corinna Busch hatte ihr Handy mit der Schulter an ihr linkes Ohr geklemmt, während sie gleichzeitig versuchte zu bügeln. »Bist du noch in der Klinik?«

»Ja. Ich habe gleich noch eine Besprechung mit dem kaufmännischen Direktor.« Damian Holtz klang müde.

»So spät noch? Hat der kein Zuhause?«

»Das frage ich mich manchmal auch. Was machst du gerade?«

»Ich bügle meinen Dobok.«

»Deinen was?«

»Meinen Taekwondoanzug.«

»Ah! Wieder was gelernt. Und den Rest des Abends?«

»Training. Das brauche ich heute unbedingt. Ich muss mich mal auspowern.«

»Da wüsste ich eine Alternative«, antwortete Damian schelmisch.

Corinna tat entrüstet: »So, so! Eine Alternative? Das sagt mir der Mann, der sich am späten Abend noch vorrechnen lässt wie viel Geld er jeden Monat verprasst. Was hältst du davon, wenn wir uns morgen sehen?« Corinna spürte Sehnsucht nach seiner Nähe, aber auf das heutige Training würde sie dennoch nicht verzichten.

»Na gut, Frau Kommissarin. Dann viel Spaß beim Auspowern.«

»Danke, werde ich haben. Ich muss jetzt wirklich los, sonst komme ich zu spät.«

Sie verabredeten sich für den nächsten Abend und legten auf. Corinna strich noch einmal mit dem Bügeleisen über das schwarze Revers der weißen Trainingsjacke, zog den Stecker und stellte das Eisen zur Seite. Sorgsam faltete sie den Anzug, bevor sie ihn in ihre Tasche legte. Den seidenen, schwarzen Gürtel, in den ihr Name mit goldenen Lettern eingestickt war, drapierte sie säuberlich obenauf.

Schwungvoll griff sie nach der Tasche und huschte durch den Hausflur auf die schon dunkle Straße.

Ihren Polo hatte sie in einer Seitenstraße geparkt, denn Parkraum war Mangelware auf der Margaretenhöhe.

Sie bog um die Ecke und blickte direkt in das kantige Gesicht mit den kalten Augen. Peter Uhlig stand direkt vor ihr. Sie war allein und unbewaffnet. Die Sporttasche glitt ihr aus der Hand und fiel fast geräuschlos zu Boden.

Corinna war starr vor Schreck. Sie hatte keine Kontrolle mehr über ihre Muskulatur. Zwei starke Männerhände griffen nach ihren Schultern.

»Challo, Frau Busch. Alle in Ordnung? Sie blass.«

Die Worte drangen wie in Zeitlupe zu ihr vor.

»Ach Piotr, Sie sind das.« Erleichtert atmete Corinna aus. »Ich war total in Gedanken, deshalb habe ich mich so erschrocken, als Sie plötzlich vor mir standen.«

»Entschuldigen mir.« Piotr Lewandowski bückte sich und hob die Tasche seiner Nachbarin auf.

»Danke, Piotr.«

Corinna drückte die Tasche fest an sich und lief zu ihrem Auto.

Mein Gott, was war das? Jetzt sehe ich schon Gespenster. Es war ihr unbegreiflich, wie sie den neuen Nachbarn aus der Etage über ihr für einen gesuchten Killer halten konnte, nur weil er kurze Haare hatte. Und diese Schockstarre. »Verdammt noch mal, ich bin Polizistin!«

Mit zittrigen Händen griff sie nach ihrem Handy: »Damian, kann ich dich sehen?«

Professor Holtz war überrascht, dass Corinna ihn anrief: »Was ist passiert? Deine Stimme klingt so besorgt.«

»Nichts Schlimmes. Erzähle ich dir gleich.«

»Ich sehe zu, dass ich das Gespräch möglichst kurz halten kann und komme dann sofort zu dir.«

»Danke«, seufzte Corinna ein wenig erleichtert. »Ich kann jetzt nicht alleine sein.«

Sechs Anrufe in Abwesenheit und zehn Nachrichten verzeichnete das Display von Stefans Handy. Er wusste, dass alle von Katja stammten, aber wollte jetzt partout nicht drangehen.

Er beugte sich ganz weit nach vorne, bis das herabspritzende Salzwasser des Gradierwerks ihm ins Gesicht tropfte.

Er spürte diese Wut in sich aufsteigen. Was bildete Katja sich eigentlich ein? Sie kam und ging, wie es ihr passte. Wenn sie am Wochenende überhaupt noch zu Hause war, dann war es ihr wichtiger mit ihren Läuferfreunden um den Baldeneysee zu rennen, als Zeit mit ihrem Ehemann zu verbringen.

Und jetzt blamierte sie ihn vor seinen Kollegen. Warum hatte sie ihm nicht gesagt, dass sie in den Fall einbezogen wurde?

Ist unsere Wohnung überhaupt noch ihr *Zuhause*?

»Warum gehst du nicht an dein blödes Handy?« Katja Braun machte keinen Hehl daraus, dass Sie sauer war.

»Weil ich keine Lust auf Streit hatte.«

»Was soll das denn heißen?«, giftete Katja.

»Genau das, was ich gesagt habe.«

»Ich wollte halt schon gerne wissen, wann du nach Hause kommst.«

Stefan ließ sich in den Sessel fallen, starrte für einen Moment zur Decke und atmete tief aus: »Du möchtest also wissen, wann ich nach Hause komme?«, fragte er kopfschüttelnd. »Diese Frage stelle ich mir auch öfter. Allerdings schon seit Wochen. Weil ich nämlich schon seit Wochen nicht mehr weiß, wann und ob du überhaupt nach Hause kommst.«

»Du weißt sehr wohl, wann ich nach Hause komme. Darüber habe ich dich immer informiert.«

»Ach!« Stefan war sauer. »Und was ist mit jetzt? Ich erfahre in der Dienstbesprechung von deinem Kollegen, dass du ab morgen hier bei uns mitspielst. Hast du ne ungefähre Ahnung davon, wie peinlich das für mich war, weil wirklich jeder Depp registriert hat, dass ich nichts davon wusste?«

»Wenn du mal an dein Telefon gegangen wärst, dann hätte ich dir das ja sagen können.«

»Das wäre ne gute Idee gewesen, wenn du mich vorher angerufen hättest. Nicht erst danach.«

Katja wollte antworten, aber Stefan sprach weiter: »Aber da ich mir das ja jetzt selbst zusammenreimen konnte, dass du heute Abend nach Hause kommst, war telefonieren gar nicht mehr nötig. Wäre eh wie immer gewesen. Du hättest mich über deine Entscheidung in Kenntnis gesetzt. Wobei diese Entscheidung ja ausnahmsweise bedeutet hätte, dass du mal nach Hause kommst.«

»Du weißt genau, dass ich viel arbeiten muss. Schließlich mache ich das ja auch für uns.«

»Für uns? Was bitte ist denn daran für *uns*?« Stefan kochte vor Wut: »Es ist deine Karriere, um die es hier geht. Dabei spiele ich doch keine Rolle mehr. Darin kommt ein *wir* doch gar nicht mehr vor.«

»Das stimmt doch so gar nicht«, versuchte Katja sich zu verteidigen.

»Du hast recht.« Stefan klang bissig: »Es geht gar nicht

nur um deine Karriere. Ich hab das Laufen vergessen. Um Marathon geht es natürlich auch.«

»Das ist unfair.«

»Was bitte ist daran unfair? Du interessierst dich ausschließlich für deinen Job und deinen Sport, aber nicht mehr für mich.«

»Ich brauche ja schließlich auch einen Ausgleich.«

»Natürlich. Den brauchen wir alle. Bleibt nur die Frage, ob man sich für diesen Ausgleich von seinem Partner zurückziehen muss.«

Katja schwieg.

»Wir machen seit Monaten nichts mehr zusammen«, fuhr Stefan fort, »scheinbar existieren keine Gemeinsamkeiten mehr in unserem Leben.« Stefan sah Katja an, die weiter schwieg. Minutenlang geschah nichts. Vereinzelt war draußen ein vorbeifahrendes Auto zu hören. Von der Steeler Straße war leise das schleifende Geräusch einer Straßenbahn zu vernehmen.

Ruckartig sprang Stefan aus dem Sessel und baute sich vor seiner Frau auf: »Ist das hier überhaupt noch dein Zuhause?«

Ihre Antwort kam zögerlich und leise: »Ich weiß es nicht.«

Einer war noch übrig geblieben. Was sollte er tun? Weiter abwarten? Es schnell zu Ende bringen, auch wenn das so nicht seinem Auftrag entsprach? Lieber nicht. Es könnte seinem Ruf schaden.

Er drückte die Spülung und klappte den Klodeckel runter. Er hasste es, wenn Leute den Klodeckel offen ließen. Vielleicht hatte er auch bei Irina vorschnell gehandelt. Aber die Gefahr, dass die verliebte Pute sich verquatscht, war einfach zu groß.

Er stellte sich in die Dusche und drehte das heiße Wasser auf. Jeder andere wäre schreiend dem Strahl ausgewichen, aber Peter Uhlig liebte den Schmerz. Der Schmerz war der Beweis dafür, dass er noch am Leben war.

»Dieser ganze Mist mit diesem Scheißmedikament funktioniert ja doch nicht. Warum stoppen die dieses sinnlose Projekt nicht einfach?« Er wechselte die Wassertemperatur von kochend heiß zu eiskalt. »Es ist doch nur eine Frage der Zeit, bis dieser Alexej einen Fehler macht.«

Mittlerweile traute Uhlig keinem dieser russischen Kurpfuscher mehr über den Weg.

Auf der Wuppertaler Straße gab er richtig Gas. Die kalte Nachtluft, die durch das geöffnete Visier an sein Gesicht drang, tat gut. Langsam ebbte die Wut in ihm ab.

Nach dem Streit mit Katja konnte Stefan nicht mehr mit ihr in der Wohnung bleiben. Er hatte sich den Helm und seine Lederjacke geschnappt und war mit seiner BMW einfach drauflos gefahren. Zum Gradierwerk konnte er nicht, weil die Gruga um diese Zeit bereits geschlossen war. Er entschied sich für einen Abstecher nach Haus Scheppen. Er ignorierte das Tempolimit und nahm die Kurven der Hammerstraße schwungvoll.

Der Parkplatz des beliebten Biker-Treffs war leer. Bis auf eine heruntergekommene, grün-weiße Kawasaki ZXR, die scheinbar herrenlos am Rand stand. Stefan parkte seine R 100 RS direkt daneben und lief zum Wasser. Die Holzbohlen des Bootsanlegers knarrten unter seinen Schritten. Stefan war noch nie nachts an diesem Ort gewesen. Er setzte sich auf die Kante und blickte hinaus auf den Baldeneysee, auf dessen Oberfläche der Vollmond Lichtkreise zeichnete, dort, wo das Licht durch die Wolken hindurchschien. Wenn er den Fuß streckte und sein Bein ganz lang machte, konnte er mit der Spitze seines Stiefels die Wasseroberfläche berühren. Schade, dass Sandra nicht hier ist. Je mehr seine Gedanken bei Sandra waren, desto ruhiger wurde Stefan. War es das jetzt mit Katja?

Feuchte Kälte zog vom Wasser zu ihm hoch. Stefan begann zu frösteln.

Ich kann schlecht die ganze Nacht hier sitzen bleiben. Nach Hause zurück wollte er nicht. Er ging die möglichen Optionen durch. Natürlich würde Hansi ihn bei sich schlafen lassen. Auch ein Hotelzimmer wäre möglich, während er die Pritsche im Sanitätsraum des Präsidiums direkt ausschloss. Was ist, wenn ich Sandra anrufe? Gestehe ich dann irgendwas ein, was ich nicht eingestehen möchte? Was ist das zwischen uns? Geht es schon um so was wie Liebe? Oder bloß um Sex? Stefan zog sein Handy aus der Lederjacke, wählte Hansis Nummer aus dem Telefonbuch aus und drückte die Taste mit dem grünen Hörer.

»Scheiß drauf!« Sofort brach er den Anruf ab. »Irgendwie muss ich es ja rauskriegen.« Erneut öffnete er das Telefonbuchmenü seines Nokias und rief Sandra an.

»Ja, hallo«, ertönte ihre verschlafene Stimme am anderen Ende.

»Hier ist Stefan. Hab ich dich geweckt?«

»Was ist los?«

»Kann ich heute Nacht bei dir pennen?«

»Klar.«

Sandra hätte gerne das Bett mit ihm geteilt, aber Stefan hatte darauf bestanden, alleine auf der Couch zu schlafen.

»Magst 'n Kaffee mit mir trinken?« Sandra Weber blickte aus der offenen Küchentür zu Stefan herüber, als dieser langsam die Augen öffnete.

»Gerne. Wie spät ist es denn?« Stefan registrierte, dass Sandra ihre Uniform trug.

»Fünf vor halb sechs. In zehn Minuten muss ich los.«

Stefan setzte sich auf. Sein Kopf war schwer.

»Milch? Zucker?«, rief Sandra aus der Küche, damit sie das Mahlgeräusch des Kaffeeautomaten übertönen konnte.

»Mit acht Stück Zucker.«

Sandra sah ihn ungläubig an: »Hast du acht gesagt?«

»Mmhh. Aber nicht umrühren. Ich mag Kaffee nicht süß.«

»Blödmann!«

»Tee süß, wie die Frauen, Kaffee schwarz und stark.«

Sie reichte ihm eine Tasse und setzte sich zu ihm auf das Sofa.

»Konntest du schlafen?«

»Einigermaßen.«

»Wollen wir nachher mal reden? Du steckst doch voller Sorgen.«

»Ja, das stimmt«, bestätigte Stefan ihre Wahrnehmung. »Ich rufe dich nachher an. Jetzt muss ich erst mal sehen, welche Überraschungen der Tag so für mich bereit hält.«

Es klingelte an der Tür.

»Das ist Hardy. Er holt mich ab.« Sandra küsste Stefan zum Abschied, stellte ihre Tasse in die Spüle und öffnete die Wohnungstür. »Ich hab dir frische Handtücher ins Bad gehängt. Und da«, sie deutete auf den Schuhschrank, »liegt ein Schlüssel. Schließ bitte ab, wenn du gehst. Du weißt ja, viele Verbrecher, zu wenig Polizei.« Sie warf ihm einen Handkuss zu und ging in den Flur. Kaum, dass sie die Tür hinter sich geschlossen hatte, schloss sie sie wieder auf und steckte ihren Kopf durch den Türspalt.

»Und wenn irgendwas ist, melde dich bitte.«

Ein weiterer Kuss flog Stefan durch die Luft zu, bevor Sandra tatsächlich im Hausflur verschwand.

Es ist ihr wirklich wichtig, wie es mir geht.

Ein wohlig warmes Gefühl machte sich in Stefans Brust breit. »Ich glaube sie liebt mich.«

Stefan Braun hatte ein verdammt ungutes Gefühl im Bauch, bei dem Gedanken daran, gleich auf seine Frau zu treffen.

Mittlerweile durfte auch der letzte Depp im Präsidium mitbekommen haben, dass seine Ehe in der Krise steckte.

Katja saß bereits zusammen mit ihrem Kollegen Dieter Pratt am Kopfende des großen Besprechungstischs, als Stefan den Raum betrat. Zur Begrüßung nickte er kurz in die Runde, ohne seiner Frau dabei Beachtung zu schenken. Er setzte sich nicht, wie sonst, neben Corinna, sondern wählte einen Platz neben Claas Heering, so dass Katja ihn nicht direkt ansehen konnte.

Da es keine neuen Erkenntnisse gab, löste Herrmann Kaminski die Besprechung nach einer knappen Viertelstunde bereits wieder auf und verabschiedete die Kollegen an ihre Aufgaben.

Die Rückmeldungen ihres deutschlandweiten Fahndungsaufrufs waren noch ohne Erfolg. Einige kriminalpolizeiliche Dienststellen quer durch die Republik hatten ihnen ihre negativen Ermittlungsergebnisse geschickt.

Stefan und Corinna waren der Stickigkeit des Büros entflohen; sie saßen im Haumannpark gegenüber des Präsidiums auf einer Parkbank und tranken Kaffee. Die Spätsommersonne leuchtete warm aus einem strahlend blauen Himmel auf sie herab; ein paar vereinzelte Kumuluswolken trieben wie in Zeitlupe an ihnen vorüber. Corinna pustete sanft über den Rand ihrer Tasse und versetzte die Oberfläche ihres hellbraunen Caffé Latte damit in Schwingungen.

»Ich glaube, wir sollten in der Sache etwas internationaler denken«, wandte sie sich Stefan zu, »schließlich ist keines der Opfer deutscher Staatsbürger. Wir müssen unsere Fahndung auf ganz Europa ausdehnen.«

»Du hast recht. Schließlich funktioniert ein deutsches Handy genauso gut in Holland oder Polen. Sofern wir überhaupt auf der richtigen Fährte sind.«

»Mehr, als auf das Handy zu warten und die Krankenhäuser abzufragen, können wir zur Zeit wirklich nicht tun.«

Ein gellender Pfiff ertönte aus Richtung des Präsidiums.

Am geöffneten Fenster im zweiten Stock stand Claas Heering und winkte zu den beiden herüber; er bedeutete ihnen ins Büro zu kommen.

»Warum ruft der uns nicht einfach an?«, wollte Corinna von ihrem Kollegen wissen, der gerade seine Taschen abtastete.

»Vermutlich, weil ich mein Handy liegen gelassen habe.«

Corinna lachte: »Ich meins auch. Lass uns rübergehen.«

Im Büro herrschte nervöses Treiben.

»Was ist los?« fragte Stefan in Claas Heerings Richtung.

»Wir haben ihn, den achten Doktor. Besprechung der MK im Sitzungsaal in zehn Minuten.« Claas verschwand durch die offen stehende Tür auf den Flur.

»Also nix mit Fahndung in Europa«, lachte Corinna.

Wie immer kam Staatsanwalt Doktor Finken zu spät, verbreitete aber keineswegs den Eindruck von Eile; irgendwie schien er diese Art von Auftritt zu genießen, wenn alle auf ihn warteten und ihn wie gebannt ansahen, wenn er endlich den Raum betrat. Sein ganz persönlicher, kleiner Starrummel.

Eilig trug Katja Braun die neuesten Erkenntnisse vor: »Die Kollegen in Darmstadt haben eine Person ermittelt, die exakt in das Profil unserer Opfer passt. Ein gewisser Doktor Alexej Tymokowytsch. Nach Auskunft seines Chefarztes sind in den vergangenen vier Monaten fünf Patienten verstorben, die zu unserem Profil passen. Die Kollegen haben Doktor Tymokowytsch zur Vernehmung mit auf die Wache genommen und erwarten uns dort. Stefan, Corinna und der Kollege Pratt fahren jetzt dorthin, um ihn zu vernehmen.«

Dieter Pratt steuerte den silbergrauen 5er BMW und Stefan blickte mit einer gewissen Faszination auf die ganzen technischen Errungenschaften des ziemlich neuen Fahrzeugs. Besondere Begeisterung konnte ihm dabei das große Display abringen, das in der Mitte des Armaturenbretts angebracht war. Beim Rangieren auf dem Parkplatz waren dort alle möglichen Hindernisse rund um das Fahrzeug zu sehen und eine Simulation stellte das Ganze sogar aus der Vogelperspektive dar.

Stefan war froh, dass Katja nicht mitgefahren war, denn nach einer Unterhaltung mit ihr stand ihm gar nicht der Sinn. Die drei Beamten nutzten die gut zweistündige Fahrt für die notwendigen Absprachen zum Ablauf des bevorstehenden Verhörs und etwas Smalltalk.

Doktor Alexej Tymokowytsch saß allein im schummrigen Licht des Verhörraums und blickte mit besorgter Miene in den großen Spiegel an der gegenüberliegenden Wand. Bislang hatte ihm niemand gesagt, warum er hier war, aber er hatte genug Fantasie es sich vorzustellen.

Jetzt ärgerte er sich über sich selbst, dass er nicht standhaft geblieben war, als dieser Siegfried ihn angeworben hatte. Von wegen glanzvolle Karriere als Arzt; jetzt würde er im Gefängnis landen.

Als die Tür aufging und Stefan Braun gefolgt von Corinna Busch den Raum betrat, lief ihm kalter Schweiß den Rücken herunter. Corinna stellte sich vor: »Guten Tag, Herr Doktor Tymokowytsch. Ich bin Kriminalhauptkommissarin

Busch, das hier«, sie deutete auf Stefan, »ist Oberkommissar Braun. Wir sind von der Kriminalpolizei in Essen und haben ein paar Fragen an Sie.«

Alexej Tymokowytsch musste schwer schlucken.

»Wissen Sie, warum Sie hier sind?«, begann Stefan die Befragung.

»Nein, keine Ahnung«, log Alexej.

»Kennen Sie den Mann auf diesem Foto?« Corinna schob ihm das Bild von Siegfried über den Tisch zu.

»Sollte ich ihn kennen?«

»Zumindest sollten Sie uns besser die Wahrheit sagen, denn wenn Sie ihn kennen, ist Ihr Leben in Gefahr.«

Doktor Alexej Tymokowytsch wurde schlagartig blass. Das gesamte Blut schien aus seinem Gesicht zu weichen. »Ich verstehe nicht.«

»Da kann ich Ihnen helfen, Doktor Tymokowytsch«, Corinnas Stimme wurde schroff. »Das da auf dem Foto ist der ehemalige Stasi Oberst Peter Uhlig. Herr Uhlig bestreitet seinen Lebensunterhalt damit, Menschen zu liquidieren. Er ist ein Killer.«

»Und im Moment«, ergänzte Stefan, »ist er damit beschäftigt russische Anästhesisten zu beseitigen, die illegale Medikamentenversuche an Patienten mit …« Er zögerte einen Moment und nahm die Akte zur Hilfe, »Kongestiver Kardiomyopathie durchführen. Dummerweise sterben die Versuchskaninchen dabei aber wie die Fliegen.« Vielleicht doch ein wenig viel Tierwelt, dachte sich Stefan, nachdem er den Satz ausgesprochen hatte.

»Und zufällig«, Corinna ließ Alexej keine Möglichkeit dem Gespräch auszuweichen, »sind Sie Russe, Sie sind Anästhesist und auf Ihrer Intensivstation sind in den letzten vier Monaten fünf solcher Patienten unerwartet verstorben. Ich bin mir absolut sicher, dass wir in den Leichnamen dieselben illegalen Substanzen finden werden, wie in den Fällen Ihrer sieben toten Kollegen hier.«

Corinna klatschte den Stapel mit den Fotos der toten Ärzte vor ihm auf den Tisch.

»Die beiden machen das richtig gut«, lobte Dieter Pratt das Geschehen auf der anderen Seite des großen Spiegels. »Der Verdächtige wird gleich gestehen. Sehen Sie sich sein Gesicht an; das ist die pure Angst.«

Keine zwei Minuten später begann Alexej Tymokowytsch damit ein umfangreiches Geständnis abzulegen.

»Mensch, Hardy, ich glaub ich spinne.« Polizeikommissarin Sandra Weber zog wie irre am Ärmel ihres Streifenpartners. »Der Typ da rechts neben uns, in dem SUV, das ist doch der, der die ganzen Ärzte auf dem Gewissen haben soll.«

Ihr Streifenwagen war im Berufsverkehr auf der Bottroper Straße neben dem schwarzen Audi zum Stehen gekommen.

»Meinst du?« Harald Graupner sah skeptisch zum Fahrer des Geländewagens herüber, der seinen Blick stur geradeaus gerichtet hielt.

»Ja! Wo ist der olle Ordner mit den Fahndungsfotos?«

»Hinter deinem Sitz.«

Sandra verrenkte sich, um an die Mappe zu gelangen, während der Verkehr wieder anrollte.

»Bleib bloß an dem dran, Hardy. Aber unauffällig.«

Sandra zog den roten Schnellhefter hervor und blätterte nervös darin.

»Hier!« Sie zeigte Graupner die Bilder von Peter Uhlig. »Klar ist der das.«

»Dann sollten wir jetzt mal dringend Verstärkung anfordern.«

Wieder sprang die Ampel auf Rot. Der Q5 war knappe zehn Meter vor ihnen. Harald wollte gerade zum Funkgerät greifen, als seine Partnerin aus dem Wagen stürzte und ihre Waffe zog.

»Sandra mach keinen Scheiß!«

Sandra Weber brauchte nur Sekunden, bis sie neben dem schweren Audi stand. Sie richtete die Mündung ihrer P99 direkt auf Peter Uhligs Gesicht und schrie so laut sie konnte: »Polizei! Steigen Sie aus dem Wagen aus!«

Die Farbe wich schlagartig aus Uhligs Gesicht.

»Tür aufmachen! Und keine hektischen Bewegungen!«

Uhlig tat, wie ihm befohlen wurde und befreite sich mit betont langsamen Bewegungen von seinem Gurt. Dann drehte er sich in Richtung der jungen Polizistin und öffnete die Tür.

Ruckartig riss Sandra Weber die Wagentür auf, machte einen Satz nach vorne, packte mit ihrer zur Kralle geformten Hand Uhligs rechtes Ohr und zerrte ihn damit auf die Straße.

Der Gesuchte bäumte sich kurz auf, aber Sandra brachte ihn zu Boden. Dann spürte sie diesen scharfen Schmerz an der Innenseite ihres rechten Oberschenkels, der sich plötzlich warm und feucht anfühlte. Fast so, als hätte sie sich vor Aufregung in die Hose gemacht. Schlagartig ließ ihre Kraft nach. Sie konnte Uhlig nicht mehr halten. Ihr wurde schwindelig. Sie sah nach unten. Sie stand in einer Lache aus Blut. Ihrem Blut. Sandra Weber stürzte nach hinten, direkt in die Arme ihres Kollegen, der ihr soeben zu Hilfe eilen wollte.

Peter Uhlig sprang in seinen Wagen und raste davon.

Susanne Groß stellte Kaffee und Mineralwasser an strategisch günstigen Punkten des großen Besprechungstischs auf. In einer Viertelstunde begann die Besprechung der MK Schiwago; alle waren gespannt, hatte der Flurfunk doch bereits berichtet, dass die Fahndung nach dem achten Arzt erfolgreich war.

Scheiße! Was war das. Wo kam diese Bullenfotze her?

Peter Uhligs Schädel brannte wie Feuer.

Wie konnte das passieren?

Geistesgegenwärtig hatte er sein Messer mit der Springmechanik, das er stets im Ärmel trug, herausschnellen lassen und ihr damit die Arterie des Oberschenkels durchtrennt, als sie ihn zu Boden ziehen wollte. Sein Ärmel war voll Blut.

Also hatten die Bullen ihn auf dem Radar. Irgendetwas musste schiefgelaufen sein. Er musste einen Fehler gemacht haben. Er machte niemals Fehler. Tobend vor Wut schlug er auf das Lenkrad ein. Er musste sofort diese Karre loswerden. Aber wie? Er hatte keine Ersatzklamotten dabei. Er konnte den Wagen unmöglich einfach stehen lassen und blutverschmiert durch die Stadt laufen. Dann entdeckte er das Hinweisschild zum Marienhospital und ein Geistesblitz durchzuckte ihn.

Auf dem Krankenhausparkplatz fiel es nicht auf, wenn ein Fahrzeug längere Zeit dort stand. Und wenn er Glück hatte, hatten die Bullen bei ihrer unüberlegten Aktion nicht mal das Kennzeichen notiert.

Er holte den Verbandkasten hervor, umwickelte seinen rechten Unterarm mit einer Mullbinde und baute sich eine Schlinge aus einem Dreiecktuch. So würde er in der Halle des Krankenhauses nicht auffallen und dort auf seine Abholung warten, die er gerade telefonisch bestellt hatte.

Herrmann Kaminski eröffnete die Sitzung und übergab direkt an Corinna.

»Guten Morgen zusammen. Wir konnten gestern, nach erfolgreicher Ermittlungsarbeit der Kollegen in Darmstadt, Herrn Doktor Alexej Tymokowytsch vernehmen. Herr Tymokowytsch war voll umfänglich geständig in die von uns angenommenen Medikamentenversuche verwickelt zu sein. Wir haben nun Kenntnisse über zahlreiche Details.« Sie berichtete, wie Siegfried Doktor Tymokowytsch angeworben hatte und dass dieser im Glauben war, die Versuche allein durchzuführen. Von den anderen Ärzten wisse er nichts. Auch habe er niemals mit weiteren Personen in dieser Sache Kontakt gehabt.

»Wir sind jetzt im Besitz seiner Aufzeichnungen und des Handys. Ferner kennen wir auch den Weg, über den die Kontaktaufnahme erfolgte, ohne dass das Handy dauerhaft eingeschaltet war, weshalb wir es bislang nicht orten konnten.«

Stefan Braun startete eine Powerpoint-Präsentation, die eine Videotextseite zeigte. »Die privaten Fernsehsender betreiben auf ihren Textseiten SMS-Flirtportale. Doktor Tymokowytsch – und somit sicher auch unsere Opfer – musste täglich zwischen 23.00 und 23.15 Uhr diese Seite aufrufen und auf eine Mitteilung von Mandy27 warten, in der die Zeit angegeben wurde, wann das Handy einzuschalten sei. Angerufen hat dann jedoch nicht unser Verdächtiger, sondern eine weitere, männliche, akzentfrei Deutsch sprechende Person, zu deren Identität Doktor Tymokowytsch angibt, keine Angaben machen zu können, was nach unserer Einschätzung tatsächlich zutrifft. Somit wissen wir nun, dass es neben Peter Uhlig noch den großen Unbekannten gibt.«

»Von dem wir annehmen können, dass er hier in Essen sitzt«, warf Claas Heering ein, »da wir ja eine Handyortung in der Nähe der Gruga hatten, die zu diesem Muster passt.«

»Also warten wir ab, bis Mandy27 wieder flirtet.«

Stefans Telefon klingelte. Da er gerade nicht im Büro war, nahm Claas Heering das Gespräch entgegen.

»Alles klar. Ich kümmere mich drum.«

Als er auflegte, kam Stefan Braun zurück.

»Was ist passiert, Heering? Sie sehen aus, als wenn Ihr Lieblingsverein verloren hätte.« Stefan ging zum Kaffeeautomaten und nahm sich eine Tasse aus dem Regal.

»Eine Kollegin aus dem Streifendienst ist gerade bei einer Fahrzeugkontrolle mit einem Messer verletzt worden«, sagte er mit leiser Stimme.

»Was?« Fast hätte Stefan die Tasse fallen lassen. Panik flutete in ihm hoch. »Wissen wir, wer es ist?«

»Nein. Einen Namen hat mir die Leitstelle nicht mitgeteilt. Nur, dass die Kollegin im Uniklinikum ist, die Kripo aus Düsseldorf die Ermittlungen leitet und wir jemanden zur Unterstützung abstellen sollen.«

Stefan hatte nicht mehr zugehört und Sandras Nummer auf dem Handy gewählt. Es klingelte fünfmal, bevor sich die Mailbox meldete. »Hier ist Stefan. Bitte melde dich sofort, wenn du das hier gehört hast. Es ist wirklich dringend.«

Stefan musste sich setzen. Er hatte das Gefühl zu ersticken.

»Herr Braun, was ist mit Ihnen? Hier«, er reichte ihm ein Glas, »trinken Sie mal einen Schluck Wasser.«

Stefan schlug das Glas vor seinem Gesicht weg.

Er herrschte Claas Heering an: »Rufen Sie die Leitstelle an und finden Sie heraus, wie die Kollegin heißt.«

Claas war klar, dass diese Sache seinem Kollegen sehr nah ging, auch wenn er die tatsächliche Tragweite noch gar nicht überblicken konnte.

Er wählte die Nummer der Leitstelle: »Heering hier vom KK 11. Ich bräuchte mal bitte den Namen der verletzten Kollegin. Okay. Danke.«

Er drehte sich seinem Vorgesetzten zu: »Die Kollegin heißt Weber. Sandra Weber von der PI Nord.«

»Ich muss sofort zu ihr ins Krankenhaus!«

»Zu wem musst du ins Krankenhaus?«, wollte Corinna Busch wissen, die in diesem Moment das Büro betrat.

»Zu Sandra. Sie ist verletzt worden.«

Corinna Busch rannte Stefan hinterher. »Ich fahre dich!«

Mit zittrigen Fingern überließ Stefan seiner Kollegin die Autoschlüssel.

»Wo müssen wir überhaupt hin?«, fragte sie beim Einsteigen in den Astra.

»Klinikum. Notaufnahme.«

Die wenigen hundert Meter zogen sich für Stefan hin, als wäre es eine Reise zum Mond. Völlig stumm saß er auf dem Beifahrersitz des Opel und starrte aus dem Seitenfenster ins Nichts.

Die Liegendanfahrt und der Flur vor dem Schockraum waren voll von uniformierten Polizisten. An mindestens zehn Kollegen kamen sie vorbei. Polizeihauptkommissar Karsten Schiffer, Sandras Dienstgruppenleiter sprach leise mit einem Arzt. Trotz der großen Zahl an Personen herrschte gespenstige Stille auf dem Flur.

»Wo ist Sandra? Wie geht es ihr?« Stefans gebrochene Stimme klang flehend.

Karsten Schiffer ging auf Stefan und Corinna zu.

»Du musst Stefan sein. Sie hat mir von dir erzählt.«

»Ja. Wo ist sie?«

Corinna sah die Kraftlosigkeit in Schiffers Blick und sah ihn fragend an. Stumm schüttelte dieser den Kopf und wandte sich wieder Stefan zu. »Sie haben alles versucht, aber jede Hilfe kam zu spät.«

Stefan Braun sackte in sich zusammen.

Der schwarze BMW hielt vor dem Haupteingang. Peter Uhlig stand auf, ging wie selbstverständlich durch die Halle nach draußen und stieg ein.

»Haben Sie meine Klamotten dabei?«

»Sind im Kofferraum. Was um Himmels willen ist denn passiert?«

»Geben Sie mir den Briefumschlag.«

Der Fahrer reichte ihm einen leeren braunen DIN-A5-Umschlag. Eine Briefmarke mit einer Windmühle klebte in der rechten, oberen Ecke.

Uhlig berichtete von dem Zwischenfall mit der Polizistin: »Das heißt die Bullen haben mich auf dem Schirm. Keine Ahnung, wie die das gemacht haben. Auf jeden Fall muss ich jetzt hier weg. Viel zu heiß.«

»Wie stellen Sie sich das vor, Siegfried? Die Aktion ist noch längst nicht beendet.«

»Halten Sie da vorne an der Ecke an.« Uhlig legte seinen Autoschlüssel in den Briefumschlag, den er während der Fahrt beschriftet hatte. Er stieg aus, zog den Schutzstreifen von der Klebefläche ab, verschloss den Umschlag und warf ihn in den Briefkasten, der gelb an der tristen, grauen Hauswand leuchtete.

»Weiter«, befehligte er.

»Also. Wie soll es jetzt weitergehen?«

»Wir werden Ihr Scheißprojekt jetzt beenden.«

»Das können Sie nicht einfach so machen, Siegfried. Damit wird die Firma nicht einverstanden sein.«

»Ich scheiß auf Ihre Firma! Ab jetzt spielen wir das Spiel komplett nach meinen Regeln. Sonst sind wir nämlich beide am Arsch!«

Der Fahrer wusste, dass es keinen Zweck hatte dagegen anzureden. Siegfried würde sich eh nicht umstimmen lassen.

»Wohin soll ich Sie jetzt bringen?«

»Nach Wattenscheid zum Bahnhof. Geben Sie mir Ihr Handy.«

Er reichte Uhlig das Telefon mit der Prepaidkarte.

»Nicht das. Das werden Sie noch brauchen. Sie werden mit Alexej noch sprechen müssen.«

Uhlig nahm das iPhone an sich, öffnete die Kontakte und löschte den Eintrag auf den Namen Siegfried.

»Haben Sie meine Nummer noch irgendwo gespeichert oder notiert?«

»Nein. Nur hier auf dem Handy.«

»Gut. Sie werden mich nicht mehr kontaktieren. Ich rufe Sie an, wenn es so weit ist.«

Die dunkle Limousine hielt vor dem kleinen Bahnhof an, der einmal Hauptbahnhof Wattenscheid geheißen hatte. Vom Glanz der alten Zeiten war hier nichts mehr zu sehen.

Langsam öffnete Stefan Braun seine Augen. Ein grauer Schleier schien auf ihnen zu liegen. Er wollte ihn mit der rechten Hand fortwischen, aber da war etwas an seinem Arm. Er tastete mit seiner Linken danach. Es fühlte sich an, wie ein Kabel.

»Stefan.« Er hörte die vertraute Stimme seines Chefs Herrmann Kaminski.

»Was ist los? Wo bin ich?«

»Im Krankenhaus. Du hattest einen Zusammenbruch.«

Langsam kehrte die Erinnerung zurück.

»Sandra! Was ist mit ihr?«

Herrmann legte seine große Hand auf Stefans Schulter und sprach mit ruhiger Stimme zu ihm: »Sandra ist tot, Stefan. Ihre Verletzung war zu schwer. Die Ärzte konnten ihr nicht mehr helfen.«

Stefan versuchte sich im Bett aufzurichten. Herrmann half ihm hoch. Jetzt registrierte er, dass das Kabel an seinem rechten Arm ein Infusionsschlauch war.

»Mein Mund ist ganz trocken. Ich brauche etwas zu trinken.«

Herrmann reichte ihm das Glas Wasser, das auf dem Nachtschränkchen bereit stand. Gierig trank Stefan es in einem Zug leer.

»Was genau ist passiert?«

Herrmann Kaminski erzählte Stefan das Geschehen, ohne zu sehr ins Detail zu gehen.

»Mein Gott, warum hat sie das gemacht? Wieso hat sie nicht auf Verstärkung gewartet?«

»Vielleicht wollte sie dir imponieren.«

»Aber das war doch überhaupt nicht nötig. Ich habe sie doch geliebt.« Tränen liefen über sein Gesicht. Herrmann reichte ihm ein Taschentuch.

»Danke. Wie geht es jetzt weiter?«

»Du bleibst jetzt erst mal 'n paar Tage hier und siehst zu, dass du wieder auf die Beine kommst. Und wir sehen zu, dass wir diesen Drecksack zu fassen kriegen.«

Stefan war klar, dass Herrmanns Sorge echt war, aber untätig hier liegen bleiben konnte er auf keinen Fall.

»Ich nehme mal an, dass die Geschichte mit Sandra und mir jetzt kein Geheimnis mehr ist?«

»Das ließ sich nun wirklich nicht verhindern.« Herrmann zuckte mit den Schultern.

»Und Katja?«

»Wohnt erst mal im Hotel. Genau, wie ihr Kollege.«

»Scheiße.«

Natürlich wäre es in dieser Situation vernünftig gewesen, im Krankenhaus zu bleiben, aber es machte Stefan Braun irre. Hier konnte er nichts tun und im Präsidium wurde nun wirklich jeder gebraucht. Er verließ das Gebäude des neuen, medizinischen Zentrums und folgte dem rot gepflasterten Weg, bergan in Richtung des Haupteingangs. Vor dem Eingangsgebäude stand das Patienten-Shuttle, ein VW-Bus, der Patienten und Angehörige zwischen den einzelnen Gebäuden des Universitätsklinikums hin und her transportierte. Stefan sprach den Fahrer an: »Fahren Sie auch die Gebäude an der Virchowstraße an?«

»Ja sicher«, antwortete der Chauffeur, »da fahre ich jetzt hin. Steigen Sie ein.«

Der Bus umrundete den Campus des Klinikums einmal im Uhrzeigersinn.

»Können Sie mich kurz vor der Pathologie rauslassen?«, nannte Stefan sein Reiseziel.

»Pathologie?« Der Fahrer war sichtlich verwundert.

»Irgendwann landen wir alle da.«

Der weiße Bulli hielt an und Stefan stieg aus. Er wechselte die Straßenseite und lief die Stufen in Richtung Orangerie hinauf. Er brauchte jetzt Ruhe und einen vertrauten Ort. Normalerweise war er nur abends hier, wenn die Kassenhäuschen längst geschlossen waren. Tagsüber war der Besuch des Grugaparks kostenpflichtig. Er zahlte und ging auf direktem Weg zum Gradierwerk. Sonst konnte er den Geruch der salzhaltigen Luft schon aus einiger Entfernung wahrnehmen. Heute funktionierte das zu seiner Verwunderung nicht. Und die Erklärung dafür bekam er schon wenige Meter weiter. Ein Bauzaun hinderte ihn daran, sich der Saline zu nähern. »Wegen Bauarbeiten vorübergehend außer Betrieb«, stand in leuchtend roten Lettern auf einem Schild.

»Hat sich denn die ganze Welt gegen mich verschworen?« Stefan war enttäuscht; und traurig; und wütend. Und er ärgerte sich über die drei Euro fünfzig, die er bezahlt hatte, ohne zu bekommen, was er erwartet hatte.

»Und nu?«, rief er laut. Zwei ältere Damen sahen ihn fragend an. »Nu brauche ich wohl einen Freund.« *Hansi* stand im Display seines Handys, als er auf die Taste mit dem grünen Hörer drückte. Es klingelte fünfmal, bevor abgehoben wurde.

»Tach, Derrick!«, schrie Hansi Grabowski. Im Hintergrund war ohrenbetäubender Lärm zu hören.

»Mein Gott, wo treibst du dich denn rum?«, wollte Stefan die Ursache des Lärms ergründen. »Oder reißt du gerade dein Haus mit'm Presslufthammer ab.«

»Ich bin mit den Jungs auf der Rennstrecke. In Mettet. Wir lassen hier so richtig die Kuh fliegen. Und was machst du so?«

»Nix. Ich wollte bloß 'n bisschen quatschen.«

»Was hast du gesagt?« Das Heulen der Motoren ließ eine Unterhaltung kaum zu.

»Nix!« Stefan schrie jetzt ebenfalls, als wolle er bis nach Belgien rufen. »Ich ruf dich die Tage wieder an.«

Ja, die Welt hatte sich gegen Stefan Braun verschworen.

Der große Besprechungsraum war gut gefüllt.

»Ich bin für dich da – Dienstag 18.35«, lautete die Nachricht von Mandy27, die im Präsidium für Aufregung gesorgt hatte.

Für den bevorstehenden Zugriff hatte die MK Schiwago jeden verfügbaren Beamten bekommen. Nun saßen Kriminalermittler aller möglichen Fachkommissariate zusammen mit den Kollegen der Ermittlungstrupps zur Kriminalitätsbekämpfung, Beamten des Streifendienstes und natürlich den Spezialkräften des SEK, denn schließlich war damit zu rechnen, dass ihr Einsatz heute Peter Uhlig galt; da durfte nichts dem Zufall überlassen bleiben.

Als leitende Ermittlerin war es die Aufgabe von Corinna Busch den Einsatzplan zu erläutern. Sie startete den Beamer und auf der Leinwand erschien das Titelbild einer Powerpoint-Präsentation mit dem Titel »Operation Mandy27«, was bei einigen der Anwesenden Anlass zur Erheiterung bot.

»Liebe Kolleginnen und Kollegen«, begann sie ihren Vortrag, »Ziel unserer heutigen Operation, die wir nach dem Decknamen unseres Verdächtigen im Internet benannt haben, ist die Ergreifung von Personen, denen wir zurzeit die Verantwortung für mindestens acht Morde zur Last legen.« Sie projizierte den Stadtplan von Essen an die Wand. »Unser Plan ist es die Zielpersonen mittels präziser Handyortung zu lokalisieren, die Verfolgung aufzunehmen und die Kräfte des SEK für einen Zugriff heranzuführen. Die Ortung wird nur für einen begrenzten Zeitraum möglich sein. Vermutlich werden sich die Zielpersonen dabei mit einem Fahrzeug bewegen.

Wir haben Peilfahrzeuge an sechs Stationen verteilt, um eine Kreuzpeilung auf das Handy durchzuführen. Da wir mit großer Wahrscheinlichkeit davon ausgehen, dass der Kontakt im Umfeld der Gruga stattfinden wird«, in der Mitte des Stadtplans deutete nun ein roter Kreis das Zielgebiet an, »positionieren wir vier SEK-Teams an strategischen Punkten.« Die Karte wurde um vier Symbole ergänzt, die die Fahrzeuge der Sondereinheit darstellten. »Die jeweiligen Standorte, die euch zugeteilt sind«, Corinna erweiterte die Karte um zahlreiche, weitere Symbole, »entnehmt ihr bitte den Einsatzunterlagen.«

Nun übernahm BKA-Mann Pratt das Wort: »Achten Sie bitte vor allem auf den Eigenschutz. Wie schon gesagt, gehen wir davon aus, dass sich zwei Personen in dem Fahrzeug befinden. Einer davon könnte Peter Uhlig sein, der sich für seine Operation Siegfried nennt.« Er zeigte Uhligs Bild. »Dieser wenig freundlich dreinblickende Herr ist ein ehemaliger Stasi-Killer. Also auf keinen Fall eigenmächtige Aktionen. Ich möchte Sie nachher alle gesund wieder hier sehen. Wir haben in dieser Sache schon den Tod einer jungen Kollegin zu verzeichnen. So etwas darf sich nicht wiederholen. Überlassen Sie den Zugriff dem SEK.« Die breitschultrigen Männer der Spezialeinheit nickten zustimmend.

»Die angegebenen Positionen sind bis 18.00 Uhr einzunehmen. Noch Fragen?« Einhelliges Kopfschütteln aus der Runde signalisierte Corinna, dass jeder wusste, was er zu tun hatte.

»Dann bleibt mir nur noch uns allen viel Glück zu wünschen.«

Stühle wurden gerückt und Akten in Taschen gesteckt. Lautes Gemurmel erfüllte den Raum, das langsam mit den hinausgehenden Personen verschwand.

»Ey Derrick.« Corinna und Stefan waren die Letzten im Raum. »Gut, dass du wieder da bist.«

»Stimmt. Das Nichtstun hätte mich bald um den Verstand gebracht.«

Corinna griff nach seinen Schultern und sah Stefan voller Zuversicht in die Augen: »Wir kriegen den.«

»Ja«, sagte er kraftlos. »Wir kriegen den.«

Die Anspannung im Lageraum war gewaltig. Alle eingesetzten Kräfte waren auf ihren Posten und warteten darauf, dass es endlich losging.

Corinna Busch und Dieter Pratt saßen mit Doktor Tymokowytsch im Nebenraum, um den Anruf von Mandy27 entgegenzunehmen. Dennis Terboven blickte hochkonzentriert auf den Monitor seines Computers. Stefan, der ganz am Ende des Raums saß, rutschte unruhig auf seinem Stuhl hin und her. Die Haut seines rechten Daumens hatte er wund gebissen.

Pünktlich um 18.35 Uhr schaltete Alexej Tymokowytsch das Handy ein und legte es vor sich auf den Tisch. Abwechselnd sah Stefan durch die Trennscheibe auf das Mobiltelefon im Nebenraum und dann wieder auf Dennis' Computer. Es fühlte sich an, als hätte jemand einen Gurt um seine Brust gelegt, der nun immer enger gezogen wurde.

Dennis Terboven reckte seine rechte Hand nach oben, wie ein Schüler, der die Frage des Lehrers beantworten wollte: »Es geht los!«

Mandy27 hatte sein Telefon ebenfalls eingeschaltet. Die Jagd konnte beginnen.

Gebannt sahen alle auf das Handy und zuckten erschrocken zusammen, als es tatsächlich läutete.

»Und denken Sie daran, Doktor Tymokowytsch, er darf nichts merken«, ermahnte ihn Dieter Pratt.

Stefan hielt es nicht mehr auf seinem Sitz. Er stand auf und verließ den Raum.

Olaf Wittke lenkte seinen schwarzen BMW aus der Tiefgarage am Giradetcenter und schaltete das Handy ein um Alexej Tymokowytsch anzurufen; genau so, wie Siegfried es ihm eingetrichtert hatte, blieb er während des Telefonats ständig in Bewegung, damit man seine Position nicht würde orten können, sollte jemand auf diesen Gedanken kommen. Er fuhr die Rüttenscheider Straße in Richtung Bredeney und wählte Alexejs Nummer.

Sie unterhielten sich über die Ergebnisse der letzten Messreihe, die genauso katastrophal ausgefallen war wie bei den anderen. Jedoch machte Doktor Tymokowytsch keine Anstalten das Projekt aufgeben zu wollen. Über den Stadtwaldplatz fuhr er in Richtung Baldeneysee, als sich von hinten ein schwarzer Mercedes Vito mit hoher Geschwindigkeit näherte und ihn auf Höhe der Kluse überholte. Olaf Wittke schüttelte den Kopf über so viel Unvernunft, als in seinem Rückspiegel ein zweiter dunkler Van auftauchte, der sich schnell näherte. Das Fahrzeug vor ihm bremste so heftig ab, dass es leicht ins Schlingern geriet, während der zweite Vito von hinten in das Heck des 750iL krachte. Das Handy und seine Brille flogen im hohen Bogen davon und der explodierende Airbag raubte ihm für einen Moment den Atem, als sein BMW zwischen den beiden Kleintransportern eingeklemmt wurde.

Für einen kurzen Moment herrschte absolute Stille.

Mit einem markerschütternden Knall barsten sämtliche Scheiben und überzogen ihn mit einem Regen aus feinsten Glassplittern. Die Fahrertür wurde aus dem Rahmen gesprengt. Gefühlte tausend Hände griffen nach ihm. Sie rissen Olaf Wittke aus dem Inneren seines Wagens auf die Straße, wo sich vier vermummte Gorillas auf ihn stürzten und zu Boden drückten.

Die Meldung über Funk war knapp und präzise: »Zugriff erfolgt, eine Person im Fahrzeug, Person gesichert.«

Jubel erfüllte den Raum. Corinna lief in den Lageraum und rief schon von der Tür aus: »Siehste, Derrick? Ich hab doch gesagt, wir kriegen den!« Ihre Augen tasteten den gesamten Raum ab, aber sie konnte Stefan Braun nicht entdecken. »Weiß jemand, wo Stefan ist?«

»Gerade hat er doch noch da gesessen.« Katja deutete auf den leeren Stuhl, neben dem Corinna jetzt stand.

»Wo ist das Schwein?«

Stefan Braun hatte den gesamten Einsatz über Funk im Dienstwagen mitgehört und war zur Freiherr-vom-Stein-Straße gerast. Jetzt stand er mitten in dem Chaos, das die Sondereinheit herbeigeführt hatte, um den Wagen zu stoppen.

»Sitzt da vorne im Bulli«, war die knappe Antwort des rotbärtigen Hünen im schwarzen Kampfdress.

Stefan wollte dem Mann in die Augen sehen, der Sandra auf dem Gewissen hatte. Er zog die Schiebetür des silberblauen VW Transporters auf und erschrak.

»Wer is 'n der?«

»Laut seinen Papieren«, die uniformierte Kollegin reichte Stefan eine Brieftasche, »ist sein Name Olaf Wittke. Wohnhaft in Mülheim. Geschäftsführer bei einer Pharmafirma, steht auf seiner Visitenkarte.«

An, aus, an, aus; das Flackern der Leuchtstoffröhre steigerte seine Nervosität ins Unermessliche. War das eine Art von Psychoterror, um ihn vor Beginn des Verhörs, das ihm gleich bevorstand, weich zu kochen? Olaf Wittke fing an, an seinen Fingernägeln zu kauen. Seine Arme und seine Schulter schmerzten von den Verrenkungen, die sie beim Zugriff des SEK hatten erleiden müssen. Er saß bereits gefühlte fünf Stunden im Verhörraum der Essener Polizei, dabei waren seit seiner Verhaftung gerade einmal zwei Stunden vergangen; Olaf Wittke wartete auf die Ankunft seines Rechtsanwaltes, ohne dessen Anwesenheit er keinerlei Aussagen zu machen bereit war.

Vier, nur mäßig bequeme Holzstühle; ein Tisch, auf dem der mittlerweile leere Plastikbecher aus dem Kaffeeautomaten stand; über ihm die nervtötend flackernde Neonröhre und der große Einwegspiegel an der Wand gegenüber, durch den er sicher gerade beobachtet wurde. Nervös wanderte sein Blick zwischen dem silbernen Glas und den unter der Decke montierten Überwachungskameras hin und her. Immer wieder schob er seine völlig demolierte Brille, die partout nicht an der dafür vorgesehenen Stelle verbleiben wollte, in seinem Gesicht herum. Dieses Gefühl des Beobachtet-Seins; dieses Ausgeliefert-Sein, ohne Möglichkeit sich davor zu schützen; das zuckende, kalte Licht. Wieder hielt er mit den Schneidezähnen die vordere Kante eines

Fingernagels fest und zog die Hand zurück, wodurch der Nagel abriss; schmerzerfüllt wich er zurück; der Riss ging tief bis ins Nagelbett, das nun zu bluten begann.

Endlich öffnete sich die Tür; Rechtsanwalt Christoph Bayer ging direkt auf seinen Mandanten zu und schüttelte ihm die Hand.

»Sie haben dreißig Minuten«, erklärte Corinna Busch, die dem Anwalt die Tür geöffnet hatte, »dann werden wir mit dem Verhör beginnen. Damit Sie sehen können, dass Sie ungestört sind, werde ich nebenan im Beobachtungsraum das Licht einschalten.« Corinna verließ das Zimmer und zog die Tür, auf deren Innenseite es keine Klinke gab, ins Schloss. Im Raum auf der anderen Seite des großen Spiegels ging – wie versprochen – das Licht an, wodurch die Scheibe durchsichtig wurde. Im Beobachtungsraum waren ein Tisch mit mehreren Monitoren und einige Bürostühle zu erkennen; Personen waren nicht im Raum.

»Gut, dass du so schnell kommen konntest, Christoph.«

»Was hast du dir dabei eigentlich gedacht?« Herrmann Kaminski war sichtlich aufgebracht, aber Stefan konnte spüren, dass sich dahinter mehr Sorge als Wut verbarg. »Du kannst doch nicht in eine Einsatzstelle laufen und ›wo ist das Schwein‹ brüllen.«

»Ist doch wahr. Auch wenn es jetzt der Falsche gewesen ist.«

»Hast du eigentlich gesehen, wie das in den sozialen Netzwerken die Runde macht? ›Bulle rastet komplett aus‹, ist die Überschrift.« Herrmann drehte seinen Laptop so, dass Stefan den Bildschirm sehen konnte. Ganz offensichtlich war es jemandem gelungen, trotz der Absperrungen nah genug heranzukommen, um brauchbare Filmaufnahmen zu machen. Man konnte den blauen Astra der Kripo mit Blaulicht heranfahren sehen. Und Stefan Braun, wie er an der Absperrung vorbei, laut rufend in die Szenerie lief. Das Video war noch keine Stunde online und hatte schon mehr als zweitausend Likes.

»Und wieso bist du überhaupt da aufgetaucht? Eigentlich solltest du mit den Kollegen der MK im Lageraum sein.«

»Ich hab das Rumsitzen einfach nicht mehr ausgehalten.«

»Willst du hier jetzt den einsamen Rächer geben? Wenn du jetzt anfängst hier einen auf Schimanski zu machen, dann bist du schneller aus der Sache raus, als dir das lieb ist.«

»Der Einsatz war doch längst gelaufen, als ich da angekommen bin. Also Null Risiko.« Stefan verschwieg, dass er einfach nur zu spät an der Einsatzstelle war. Er wusste selber nicht, was er getan hätte, wenn er schneller vor Ort gewesen wäre.

Herrmann kannte Stefan lange genug, um genau das zu ahnen: »Eigentlich sollte ich dich eh abziehen. Du bist in der Sache nicht mehr neutral.«

»Neutral?« Stefan sah seinen Chef verwundert an. »Wer von uns ist bitte neutral, wenn da draußen ein Copkiller rumläuft.«

»Du weißt genau was ich meine, Stefan. Schließlich war sie für dich nicht nur eine Kollegin.«

»Herrgott! Ich mochte sie halt. Wir sind mal 'n Bier trinken gewesen. Aber deshalb gehöre ich noch immer zu diesem Team. Und wir wissen beide, dass du mich gar nicht ersetzen kannst. Nicht mal, wenn du es wolltest.«

Das Telefon klingelte.

Sorgenvoll blickte Herrmann Kaminski auf das Display des Apparats. »Ich schätze mal, der Präsident hat gerade seinen Facebook-Account gecheckt.« Er deutete Stefan an zu gehen. »Besser, du bist jetzt nicht mehr hier.«

Corinna Busch öffnete die Tür und betrat den Verhörraum. »So, meine Herren, können wir dann?« Rechtsanwalt Bayer nickte. Hinter Corinna betrat Staatsanwalt Doktor Finken den Raum, stellte sich den beiden Männern als Leiter der Ermittlungen vor und setzte sich rechts neben die Kommissarin. Abermals öffnete sich die schwere Tür und Stefan schob einen Bürostuhl, den er sich aus dem Beobachtungsraum, in dem es so voll war, dass eh alle stehen mussten, geholt hatte, vor sich her. Er rollte den Stuhl auf die linke Seite seiner Kollegin und bot ihn ihr zum Tausch gegen das Sitzmöbel, auf dem sie bereits Platz genommen hatte, an, was diese dankend ablehnte.

An, aus; an, aus; Stefans Blick fiel auf die Leuchtstoffröhre, die kontinuierlich im Discorhythmus arbeitete. »Haben die das Scheißding immer noch nicht repariert? Davon wird man ja ganz meschugge! Corinna gib mal deinen Stuhl.« Corinna Busch stand auf und wechselte nun doch auf den deutlich bequemeren Bürostuhl, während Stefan kurzerhand auf das Holzmöbel stieg und dem Geflackere der Lampe mit einer kurzen Drehung den Garaus machte. »Is ja wohl auch so noch hell genug hier.« Er stieg wieder vom Stuhl herab, wischte mit dem Ärmel über die Sitzfläche und setzte sich darauf.

»Ich nehme mal an, dass Ihnen diese Personen allesamt

bekannt sind?« Corinna legte die DIN-A4-großen Fotografien von Doktor Tymokowytsch und den sieben toten Ärzten wie ein Kartenspiel auf den Tisch in Olaf Wittkes Richtung aus.

»Selbstverständlich«, antwortete der Beschuldigte wie einstudiert, »diese Herrschaften sind Ärzte, die für unser Unternehmen eine Beobachtungsreihe durchführen.«

»Eine Beobachtungsreihe?«, Stefans Stimme klang zynisch. »Klingt ja beinahe harmlos, wenn man mal davon absieht, dass die Basis dieser Beobachtungen der Einsatz eines nicht zugelassenen und ganz offensichtlich todbringenden Medikaments ist.«

»Aber was reden Sie da?« Wittke gab sich entrüstet. »Es handelt sich um eine rein statistische Beobachtung zu aktuellen Therapien der Kongestiven Kardiomyopathie. Ich habe die entsprechenden Aufzeichnungen drüben in meinem Büro; ich kann sie Ihnen gerne zeigen.«

»Danke, das wird wohl nicht nötig sein. Unsere Kollegen sind gerade dabei Ihr Büro zu durchsuchen. Da werden wir das dann wohl finden. Außerdem sprechen die vorliegenden Fakten und Aussagen eine ganz andere Sprache«, erwiderte Corinna Busch.

»Aussagen? Welche Aussagen? Sie wollen mir doch nicht weismachen, dass einer von denen«, Olaf Wittke strich mit der Hand über die ausgelegten Fotos, »behauptet hat, wir würden ihn für irgendwelche illegalen Machenschaften bezahlen?«

»Das wäre ja auch komisch«, wieder wurde Stefan zynisch, »wenn Tote plötzlich reden könnten. Wobei; huch, wie dumm; der hier«, Stefan tippte mit dem rechten Zeigefinger so fest auf das Bild von Alexej Tymokowytsch, dass man glauben konnte, er wolle die Tischplatte durchstoßen, »der lebt ja noch. Da haben Sie wohl vergessen richtig aufzuräumen. Und ja, Doktor Tymokowytsch behauptet genau das.«

»Wollen Sie damit sagen die anderen seien alle tot?« Olaf Wittke gab sich alle Mühe völlig entsetzt zu wirken.

Corinna holte ein Foto von Peter Uhlig hervor und legte es ebenfalls auf den Tisch: »Wie würden Sie denn die Art von Beziehung bezeichnen, die Sie zu diesem Herrn hier unterhalten?«

»Wer soll das sein? Ich wüsste nicht, dass ich den Herrn zuvor schon einmal gesehen habe. Ist der auch tot?«

»Oh, Sie machen das richtig gut, Herr Wittke«, Corinna schmunzelte bei ihren Worten, »lassen Sie uns doch zunächst mal gemeinsam einen Blick auf die uns bekannten Fakten werfen: Sie, Herr Wittke sind der Geschäftsführer der deutschen Tochterfirma der russischen Truxxon-Pharma. Diese acht Ärzte«, wieder zeigte sie auf die Fotos auf dem Tisch, »von denen leider nur noch Doktor Tymokowytsch lebt, standen auf Ihrer Gehaltsliste und haben allesamt illegale Versuche mit einem nicht zugelassenen Medikament, das sie von Ihnen bekommen haben, vorgenommen. Das Anwerben der Ärzte, die allesamt ein sehr spezielles Profil haben, hat Peter Uhlig, den Sie ja angeblich nicht kennen, für Sie durchgeführt.«

»Und genauso, wie er das Anwerben für Sie erledigt hat«, führte Stefan das Gespräch fort, »hat er auch die Beendigung des Anstellungsverhältnisses für Sie übernommen; diskret und äußerst gründlich. In mindestens zwei Fällen können wir Herrn Uhlig die Taten bereits nachweisen.«

Der Anwalt unterbrach Stefans Vortrag: »Wollen Sie damit andeuten, mein Mandant habe Morde in Auftrag gegeben?«

»Ich denke, ja, aber das wird sich zeigen.«

»Für eine solche Anschuldigung sollten Sie lieber mit handfesten Beweisen aufwarten.«

»Immerhin dürfen wir ja wohl davon ausgehen, dass Herr Wittke es hier und heute mit der Wahrheit nicht so genau nimmt. Oder hatte er bloß vergessen, dass er Herrn Uhlig kennt?«

Christoph Bayer und Olaf Wittke steckten die Köpfe zusammen, um sich zu beraten.

»Es ist in der Tat richtig«, nahm der Anwalt das Gespräch wieder auf, »dass Herr Wittke diesen Herrn kennt. Allerdings kennt er ihn nur unter dem Namen Siegfried. Und *kennen* ist vielleicht etwas viel gesagt. Die Truxxon hat diesen Siegfried aufgrund seiner guten Kontakte zur russischen Armeeverwaltung mit der Personalbeschaffung für dieses Projekt, das unter größter Geheimhaltung läuft, beauftragt.«

»Das mit der Geheimhaltung kann ich mir gut vorstellen«, warf Corinna ein, »aber warum leugnet er, ihn zu kennen?«

»Dieser Siegfried hat die gesamten Spielregeln vorgegeben.« Olaf Wittke war nun scheinbar bereit, der Wahrheit etwas näher zu kommen. »Dazu gehörte auch, dass ich auf keinen Fall eine Verbindung zu ihm zugeben durfte; unter keinen Umständen.«

»Bitte erzählen Sie weiter«, forderte Staatsanwalt Finken ihn auf.

»Seine Anweisungen hat er direkt von unserer Zentrale in Moskau erhalten; er hat die Ärzte ausgesucht und die gesamte Kommunikation geregelt; die Handys hat er besorgt und sich diesen Quatsch mit den Kontaktmeldungen über das Flirtportal ausgedacht.«

»Wozu diese ganze Heimlichtuerei?«

»Angeblich wäre es dadurch nicht möglich, die Gespräche nachzuvollziehen. Industriespionage, wissen Sie? Deshalb durften auch die Ärzte nichts voneinander wissen.«

»Apropos Ärzte«, warf Stefan Braun ein, »sind das hier alle Ihre Angestellten oder liegen vielleicht noch irgendwelche Leichen in Kellern, von denen wir bislang nichts ahnen?«

»Ja, es sind diese acht.«

»Und warum um alles in der Welt mussten diese Menschen hier sterben?« In Corinnas Stimme lag Entsetzen.

»Genauso wenig, wie ich wusste, wo, wie und nach welchen Kriterien die Ärzte rekrutiert wurden, habe ich gewusst, wie deren Entlassung vonstattengeht. Immer wenn einer aus dem Projekt aussteigen wollte, musste ich Siegfried darüber informieren. Er hat dann alles abgewickelt; hat die Aufzeichnungen und die verbliebenen Medikamente abgeholt; was er sonst noch getan hat weiß ich nicht. Und ganz ehrlich: Ich wollte es auch nicht wissen.«

Beinahe unbemerkt hatte sich Dieter Pratt, der bis dahin zu den Zuschauern im Beobachtungsraum gehört hatte, in den Raum geschoben. »Sie können Ihre ›Ich hab ja von nichts gewusst‹-Nummer gleich gerne weiterführen, Herr Wittke, aber ich möchte jetzt gerne wissen, wo sich Peter Uhlig aufhält.« Der Tonfall des BKA-Mannes ließ keinen Zweifel daran aufkommen, dass er in dieser Sache nicht bereit war, Geduld oder Nachsicht aufzubringen.

»Kriminalrat Pratt vom BKA«, stellte Stefan den Neuankömmling vor, um die soeben entstandene Verwirrung zu beseitigen.

»Ich habe keine Ahnung«, antwortete Olaf Wittke.

»Das können Sie von mir aus Ihrer Mutter erzählen,

aber hier und jetzt ist es Zeit für die Wahrheit.« Dieter Pratt baute sich bedrohlich auf; er versuchte offensichtlich, Wittke durch seine imposante Erscheinung einzuschüchtern.

»Das ist die Wahrheit!« Olaf Wittkes Stimme begann zu zittern. »Ich habe nicht mal mehr seine Handynummer.«

»Wollen Sie uns für blöd verkaufen?«

»Nein. Natürlich nicht.« Olaf Wittke wirkte mickrig, so sehr hatte er sich auf dem Stuhl zusammengekauert. »Ich musste ihn am Krankenhaus abholen. Er hatte sich wohl am Arm verletzt und konnte nicht mehr selbst fahren.« Olaf Wittke war mit seiner schauspielerischen Leistung zufrieden. »Ich sollte ihn zum Bahnhof bringen. Und auf dem Weg dahin hat er alle seine Spuren auf meinem Handy gelöscht.«

»Da machen Sie sich mal keine Sorgen. Oder sollte ich lieber Hoffnungen sagen.« Staatsanwalt Finken klang ein wenig überheblich. »Das kriegen unsere Techniker schon wieder hin. Und den Rest erfahren wir dann aus den Verbindungsdaten vom Netzbetreiber.«

»Wenn Sie meinen.« Olaf Wittke lehnte sich zurück und verschränkte die Arme vor der Brust. »Ich glaube, der Typ war früher beim Geheimdienst. Der wusste ziemlich genau, was er tat.«

»Kann ich dich bitte kurz sprechen?« Katja Braun stand in der Bürotür des KK 11 und sah ihren Mann auffordernd an.

»Sicher. Komm rein.«

»Es ist wohl besser, wir gehen irgendwo hin, wo wir ungestört sind.«

Stefan wusste, dass das jetzt kein nettes Gespräch werden würde. Der kleine Besprechungsraum am Ende des Flurs war leer. Dort setzten sie sich. Stefan nahm direkt den ersten Stuhl, während Katja sich ganz bewusst für den Platz entschied, der am weitesten von ihrem Mann weg war.

Ohne Umschweife fing sie an: »Was war da zwischen dir und dieser jungen Kollegin?«

»Wie meinst du das?«

»Tu doch nicht so blöd!« Katja war richtig wütend. »Also was war da? Hattet ihr ein Verhältnis? Möglichkeiten hattet ihr ja genug, wenn ich nicht zu Hause war.«

»Und das war verdammt oft der Fall.«

Das saß.

»Ach fängt jetzt wieder die Schiene mit den Vorwürfen an? Muss ich mich jetzt wieder dafür rechtfertigen, weil ich zugesehen habe, dass wir vorankommen?«

»Dass *wir* vorankommen? *Wir* würde ja bedeuten, dass ich auch irgendeine Rolle dabei gespielt habe.«

»Jetzt tu doch nicht so, als hätte ich das alles aus purem Egoismus gemacht.«

»Dieses sinnlose Gespräch hatten wir doch neulich erst. Es gibt schon längst kein *wir* mehr. Da spielt es auch keine Rolle, ob ich mit Sandra ein Verhältnis gehabt habe.«

Stefan stand auf. Vor der Tür hielt er kurz inne und drehte sich um. »Kommst du wieder nach Hause oder bleibst du die ganze Zeit im Hotel?«

»Ich bleibe im Hotel.«

Stefan war klar, was das bedeutete. Er öffnete die Tür und ging hinaus.

Stefan fuhr einfach los. Er hatte keine Idee, wohin er fahren sollte. Das Gradierwerk war geschlossen, Hansi in Belgien und Sandra tot. Icke war wieder in der Rehaklinik; Corinna sicher bei ihrem neuen Freund und Claas Heering war ganz bestimmt keine Anlaufstelle, um Trost zu finden. Wer sonst noch die Bezeichnung *Freund* verdient hatte, war immer gleichzeitig auch ein Freund von Katja. Und gefühlt waren sie alle eher auf ihrer als auf seiner Seite.

Obwohl er es gar nicht geplant hatte, stand er plötzlich in

der Morsehofstraße vor seiner Garage. Er stellte die BMW ab, schloss das Tor und ging hinauf in seine Wohnung.

Was wohl aus der Wohnung werden wird? Er war sich sicher, dass er es würde stemmen können, sie nach der Scheidung alleine zu behalten. Scheidung. Es kam ihm nicht wie eine Möglichkeit vor, dass sie sich scheiden lassen könnten. Es war eine Tatsache. Unausweichlich.

Sein Magen knurrte und der Blick in den Kühlschrank verhieß nichts Gutes. Er hätte einfach das restliche Gemüse in den Thermomix werfen und daraus eine Suppe kochen können, aber danach stand ihm einfach nicht der Sinn. Er brauchte jetzt etwas Handfestes. Er zog die Schuhe wieder an und machte sich auf den Weg zum Korfu Grill. Wie immer nahm er den Weg über den Friedhof. Obwohl mitten in der Stadt gelegen, war es hier auf sonderbare Weise still. Keine zwanzig Meter trennten den Friedhofsweg von der Herwarthstraße und dennoch war dies wie eine andere Welt.

Das saftige Fleisch seines Ouzo-Tellers duftete und ließ ihm das Wasser im Mund zusammenlaufen. Er nahm sich ein Bier aus dem Getränkekühlschrank und setzte sich direkt vors Fenster. Keinen einzigen Krümel ließ er auf seinem Teller zurück. Da er selbst nie Bier im Haus hatte, nahm er noch eine Flasche Pils mit für den Weg. In diesem Teil der Stadt wunderte es niemanden, dass er biertrinkend durch die Straßen lief.

Zu Hause entschied Stefan, sich ins Bett zu legen und zu lesen. Das tat er eh viel zu selten. Zuletzt hatte er Kafkas »Der Prozess« gelesen. Er hatte das Buch im Urlaub an einer Bookcrossing-Station entdeckt und mitgenommen, weil er fand, er habe sich viel zu wenig mit den Klassikern der Weltliteratur beschäftigt. Jetzt musste es aber etwas Unterhaltsames sein. Neben seinem Bett lag Christian Jaschinskis »Der Tag, an dem ich feststellte, dass Fische nicht klettern können«. Freunde hatten Stefan nach Dinslaken mitgenommen, zu einer Lesung des Autors und Stefan Braun hatte sich das Buch direkt gekauft. Einschließlich einer persönlichen Widmung. Aber sosehr er auch versuchte, sich auf den Text zu konzentrieren, seine Gedanken waren immer wieder bei Sandra. Immer wieder sah er ihr unbefangenes, herzliches Lachen vor seinem inneren Auge. Sah sie wild tanzen im Turock; erinnerte sich an die flüchtige Berührung unterm Sonnenschirm des Wolperding, der ihnen vor dem Regen Schutz bot; daran, wie sie völlig durchnässt vor ihrer Tür stand und ihn zum Abschied küsste; an die Couch im Auenkrug und ihre einzige gemeinsame Nacht. Tränen liefen über sein Gesicht. Er hatte sie wirklich geliebt und sie ganz sicher auch ihn.

Eigentlich müsste er das Martinshorn ausschalten, um einigermaßen unbemerkt zu bleiben, aber bei diesem Verkehr war das völlig aussichtslos. Endlich hatte er das Ziel unmittelbar vor sich. Stefan Braun stürzte aus dem Wagen. Peter Uhlig sah mit seinen kalten Augen einfach durch ihn hindurch. So, wie er es schon auf dem Parkplatz des Getränkemarkts getan hatte. In seinen Armen, die er weit über die Brüstung der Brücke hinaushielt, versuchte Sandra Weber sich krampfhaft festzuhalten. Blut lief über ihren Körper. Flehend blickte sie Stefan an, als Uhlig den Griff löste.

»Neiiiiin!«

Stefan rannte auf das Geländer zu und streckte seine Arme aus. Ihre Fingerspitzen berührten sich, als Sandra in die Tiefe stürzte.

Peter Uhlig lachte höhnisch. Aber seine Lache klang eher wie die einer Frau. Stefan schnellte herum und sah direkt in Katjas Gesicht.

Sein ganzer Körper zuckte und riss ihn so aus dem Schlaf. Wieder einmal war sein Bettzeug nassgeschwitzt. Urplötzlich überkam ihn heftiger Brechreiz. Stefan schaffte es gerade noch bis zur Toilette, bevor sich sein Mageninhalt schwallartig entlud. Am Waschbecken spülte er seinen Mund aus und spritze sich kaltes Wasser ins Gesicht. So schlimm wie heute hatte er diesen Traum noch nie erlebt. Ein kurzer Blick auf die Uhr verriet ihm, dass es sinnlos war, sich wieder hinzulegen. Auch, wenn er sich hundeelend fühlte. Jetzt im Dienst zu fehlen, war undenkbar.

»Ich sag euch, dieser Wittke führt uns an der Nase herum.« Stefan Braun drehte nervös einen Kugelschreiber auf seinem Schreibtisch im Kreis. »Der kann mir doch nicht erzählen, dass er keine Möglichkeit hat, diesen Siegfried zu kontaktieren.«

»Zumindest hat er tatsächlich keine Spuren von diesem Typen auf seinem Handy«, erklärte Claas Heering, »und der russische Provider reagiert genau gar nicht.«

»Meinst du, er wurde irgendwie gewarnt?« Corinna stellte ihrem Kollegen einen frischen Kaffee auf den Tisch. »Du siehst übrigens furchtbar aus.« Ihre Worte klangen irgendwie liebevoll.

»Wenn, dann nur über den Anwalt. Der Wittke ist ja unser Gast. Der steckt viel tiefer in der Sache drin, als er zugibt. Vielleicht ist er sogar selbst der Täter und dieser Siegfried nur sein Handlanger.«

»Naja!« Corinna schüttelte ungläubig den Kopf. »Das glaubst du aber jetzt doch wohl selber nicht? Dieser Wittke ist ein Schreibtischhengst und Uhlig ein Profikiller.«

»Außerdem haben wir Uhligs Fingerabrücke und keinerlei Hinweise auf eine Tatbeteiligung von Olaf Wittke«, brachte sich Claas Heering aus der hinteren Ecke des Büros in das Gespräch ein.

»Doppelfehler!« Stefan hatte sich die Nase zugehalten und in seine geschlossenen Hände gesprochen, so dass es sich wie eine Lautsprecherdurchsage anhörte.

»Erstens können wir keinem der beiden eine Tatbeteiligung nachweisen, da es keine brauchbaren Tatortspuren gab; und zweitens gab es den Fingerabdruck nur an einem Nebenschauplatz. Also könnte er doch nur Handlanger sein.« Claas und Corinna sahen sich an und zuckten mit den Schultern.

»Und nein, ich glaube das selbst nicht. Aber ich kann mir gut vorstellen, dass Olaf Wittke die Morde angeordnet hat und eventuell bei der Tatausführung auch anwesend war.«

»Und trotzdem«, Corinna setzte sich auf die Kante von Stefans Schreibtisch, »wird er, was die Morde angeht, ungeschoren davonkommen. Da bin ich mir sicher.«

»Da wirst du vermutlich recht haben, Corinna. Aber in den Knast wandert er trotzdem.«

»Ich finde, das ist ein reichlich schwacher Trost. Der kriegt vielleicht zwei oder drei Jahre und die auch nur, wenn wir ihm nachweisen können, dass er gewusst hat, was da wirklich läuft.«

»Aus der Nummer kommt er nicht raus.« Wieder meldete sich Claas Heering aus seiner Ecke: »Die Ermittlungen in Russland haben keinerlei Anhaltspunkte dafür gebracht, dass Wittke tatsächlich Anweisungen von dort bekommen hat. Der steht gerade ziemlich alleine da. Und wenn wir Glück haben, sagt dieser Siegfried ja gegen ihn aus.«

»Dazu bräuchten wir aber verdammt viel Glück. Denn dazu müssten wir ihn erst mal haben.«

»Heering, KK 11.« Claas hatte den Anruf der Telefonzentrale entgegengenommen.

»Ich hab hier die Kollegen aus Bochum an der Strippe. Ich stell mal durch.«

Claas Heering meldete sich erneut mit seinem Namen und der Bezeichnung des Kommissariats.

»Hier ist die Leitstelle Bochum, Heimkauf. Ihr seid doch zuständig für die Fahndung Uhlig.«

»Richtig. Einen Moment, ich stell auf Lautsprecher, damit die Kollegen mithören können.« Er legte den Hörer neben das Telefon und drückte die Freisprechtaste.

»Eine unserer Zivilstreifen hat den Verdächtigen hier an einer Tankstelle erkannt. Sie sind ihm zum Hotel Excelsior gefolgt und observieren jetzt dort. Ich gebe euch mal die Handynummer vom Streifenführer.«

Corinna notierte die Nummer und rief die Bochumer Kollegen direkt an.

»Wir stehen jetzt vor dem Hotel. Das geht hier recht unauffällig. Er hat unter dem Namen Adalbert Freund eingecheckt.«

»Freund?« Claas Heering erinnerte sich: »Den Namen hat er auch benutzt, als er sich in Bielefeld als Polizist ausgegeben hat.«

»Seid bloß vorsichtig«, ermahnte Corinna und wies noch einmal auf Uhligs Gefährlichkeit hin.

»Ich brauche die genaue Adresse vom Hotel«, rief Stefan, der am anderen Schreibtisch telefonierte.

»Max-Greve-Straße 32. Das ist direkt hinterm Kirmesplatz«, tönte es aus dem Lautsprecher.

»Da am Knast?«

»Ja, richtig.«

Stefan gab die Adresse weiter und legte auf. »Kann sofort losgehen!«, rief er in den Raum. »Eine SEK-Gruppe ist direkt einsatzbereit. Die wollten gerade zu einer Übung.«

Auf Höhe des Starlight Express schalteten sie die Blaulichter aus. Die Bochumer Kollegen hatten vorgeschlagen, den Parkplatz im Hof der Johanniter als Treffpunkt zu nehmen. Er war nur wenige Meter vom Hotel entfernt und von dort nicht einzusehen. Die Polizei Bochum hatte einen zweiten Zivilwagen zur Observation abgestellt, der die Rückseite des Gebäudes auf der Flurstraße überwachte.

Polizeihauptkommissar Thomas Hartmann, der Gruppenführer des SEK, legte das erste Vorgehen fest: »Ein zivil gekleideter Beamter fährt mit einem unserer Bullis auf den Parkplatz des Hotels. Hinten im Bus sitzen vier von meinen Jungs, die damit schon mal strategisch gut positioniert sind. Von außen ist das nicht zu erkennen. Der Fahrer oder«, er blickte zu Katja und Corinna, »die Fahrerin, den Job kann nämlich gut einer von euch machen, steigt aus und checkt im Hotel ein. Wir brauchen ein Zimmer möglichst direkt neben dem der Zielperson. Oder direkt gegenüber. Die Zielperson hat Zimmer 22.«

»Ich mach das.« Stefans Angebot schien nicht auf ungeteilte Gegenliebe seiner Kollegen zu stoßen, was Thomas Hartmann aber nicht zu stören schien.

»Gut. Was du auf jeden Fall noch brauchst, ist ein Schlüssel zum Zimmer der Zielperson.«

»Krieg ich hin.«

»Dann gehst du auf dein Zimmer und bleibst für etwa zehn Minuten dort.«

Ein hellblauer Ford Focus mit Gelsenkirchener Kennzeichen bog in den Parkplatz ein. Die junge Fahrerin stieg aus und kam mit einer Mappe in den Händen auf die Polizisten zu.

»Hallo Kollegen. Ich hab euch die Kopien der Gebäudepläne von der Feuerwehr besorgt. Und ich soll euch sagen, dass ein Rettungswagen und ein Notarzt drüben in der Zufahrt zur Hundertschaft in Bereitschaft für euch stehen.«

Sie übergab die Mappe an Thomas Hartmann, der ihr die Arme entgegengestreckt hatte.

Thomas legte die Pläne auf die Motorhaube, so dass alle darauf sehen konnten.

Er deutete mit dem Finger auf Zimmer 22. »Hier hat sich die Zielperson einquartiert. Optimal wäre also eines dieser beiden Zimmer.«

»Und was soll ich machen, wenn die zehn Minuten um sind?«, wollte Stefan den Fortgang des Plans erfahren.

»Dann gehst du runter ins Restaurant. Auf dem Weg dahin nimm bitte das hintere Treppenhaus. Damit wir wissen, wie es unten aussieht und wo es genau hinführt.«

»Okay. Und dann?«

»Dann bestellst du dir was zu essen und wartest auf weitere Anweisungen.«

»Essen bestellen? Kann ich.«

Corinna zog Stefan zur Seite, als er in den VW-Bus einsteigen wollte: »Stefan mach bitte keinen Scheiß.« In ihrer Stimme lag tiefe Sorge. »Ich weiß, was Sandra dir bedeutet hat. Aber wir kriegen das hier nur gewuppt, wenn wir das professionell durchziehen.«

Stefan löste sich aus ihrem Griff und setze sich hinters Steuer. »Ich geh nur ein Zimmer mieten.«

Wie besprochen hatte Stefan ein Zimmer bezogen und eine Schlüsselkarte für Zimmer 22 bekommen. Dem Mitarbeiter an der Rezeption war nicht wohl bei der ganzen Sache, aber er versprach sich nichts anmerken zu lassen. Glücklicherweise war nur ein weiteres Zimmer auf dem Flur vermietet und der Rezeptionist wusste, dass die Gäste unterwegs waren, um sich Starlight Express anzusehen. Sie würden also vor dem Abend nicht zurückkehren.

Stefan rief Thomas Hartmann an: »Ich habe jetzt das Zimmer schräg gegenüber. Die zehn Minuten sind um. Ich mach mich jetzt auf den Weg ins Restaurant.«

Er zog die Zimmertür hinter sich zu und ging ganz nah an der Tür zu Zimmer 22 vorbei. Direkt vor der Tür blieb er stehen. Aus dem Zimmer war ein lautes, rhythmisches Schnarchen zu vernehmen. Er schläft. Wenn sie jetzt das Zimmer stürmen würden, könnten sie Peter Uhlig im Schlaf überraschen. Stefan blickte sich um. Am Ende des Flurs stand Sandra. Sie blickte ihn hilfesuchend an. Aus ihren Hosenbeinen floss das Blut in Strömen auf den Boden.

Stefan musste sich schütteln, um dieses Bild aus seinem Kopf zu löschen und sich auf die Realität zu konzentrieren. Er fingerte sein Handy aus der Jackentasche, um Thomas Hartmann zu verständigen. Was, wenn die Sondereinheit zu viel Lärm verursachen und Uhlig damit wecken würde?

Hinter dieser Tür, zu der Stefan den Schlüssel in Händen hielt, schlief der Typ, der Sandra kaltblütig ermordet hatte, den Schlaf des Gerechten. Stefan steckte das Handy wieder weg und holte die Schlüsselkarte hervor. Das Türschloss quittierte den Öffnungsvorgang mit einem leisen Surren. Stefan hielt die Luft an. Das Schnarchen hatte sich nicht verändert. Vorsichtig öffnete er die Tür einen kleinen Spalt. Im Zimmer war es schummrig, denn die zugezogenen Vorhänge hielten das Licht nicht wirklich ab. Er zog die Walther P99 aus dem Lederholster an seinem Gürtel, richtete sie auf den schlafenden Peter Uhlig und tastete sich langsam weiter ins Zimmer vor. Er könnte einfach abdrücken. Könnte behaupten, Uhlig hätte ihn angegriffen und er hätte sich nur gewehrt. Stefan Braun schüttelte sich, um diesen Gedanken loszuwerden.

Die leere Coladose, die Peter Uhlig achtlos hatte am Boden liegen lassen, bemerkte Stefan erst, als er mit dem Fuß dagegenstieß.

Obwohl ihn das scheppernde Geräusch aus dem Tiefschlaf riss, reagierte Peter Uhlig sofort. Hunderte Mal hatte er diese Situation geübt, sie sich tausend Mal vor seinem inneren Auge vorgestellt. Und nun war es Realität.

Blitzschnell rollte er sich neben das Bett, zog die Makarow unter seinem Kopfkissen hervor und eröffnete augenblicklich das Feuer. Zweimal zog er den Abzug durch. Zweimal schlugen die Kugeln in Stefans Brust. Die Wucht der Geschosse war so stark, dass sie Stefan gegen die Wand schleuderten. Sein Hinterkopf prallte ungebremst auf den Beton. Stefan Braun war auf der Stelle bewusstlos.

»Schüsse! Aus dem Hotel kommen Schüsse!«, kreischte es aus den Funkgeräten.

Thomas Hartmann war der Erste, der sich aus der Schockstarre löste: »Zugriff!«, brüllte er in sein Gerät.

Wenn der Typ ein Bulle war, und davon ging Peter Uhlig erst mal aus, dann war er ganz sicher nicht allein. Schnell warf er einen Blick aus der Tür in den Flur. Niemand zu sehen. Sofort rannte er los, die Treppe hinunter. Meistens war in solchen Fällen der Haupteingang schlechter überwacht, als Nebenausgänge oder Fenster. Aus dem Foyer konnte er die vier schwer bewaffneten SEK-Männer sehen, die auf den Eingang zustürmten. Uhlig lief in das Restaurant und feuerte zweimal in die Decke. »Los!«, schrie er die Gäste an, »alle nach draußen!«.

In wilder Panik versuchten die Menschen zu fliehen und Peter Uhlig mischte sich einfach unter sie.

Der Einsatz war komplett außer Kontrolle. Thomas Hartmann stand der Schweiß auf der Stirn. Er hatte viel zu wenige Leute, um diese Situation zu beherrschen. Über Funk forderte er Verstärkung an: »Ich brauche hier alles, was Räder und ein Blaulicht hat! Sofort!«

Zunächst galt es die Menschen zu schützen, die sich über den Parkplatz des Hotels in alle Richtungen verstreut hatten.

Katja, Corinna und Claas stürmten nach oben, um Stefan zu suchen. Mit gezogenen Waffen gaben sie sich gegenseitig Deckung. Die Tür zu Zimmer 22 stand einen Spalt weit offen. Aus der Deckung heraus drückte Katja mit ihrer Heckler & Koch vorsichtig gegen das Türblatt, um jederzeit einen Schuss in den Raum abgeben zu können, falls Peter Uhlig sich hier verschanzt haben sollte, obwohl sie den Gedanken völlig abwegig fand.

»Polizei! Kommen Sie heraus!«, rief Claas Heering. Corinna war bisher noch nie aufgefallen, was für eine kraftvolle Stimme er hatte. Sie sprang in den kleinen Flur des Zimmers, stieß die Tür zum Bad auf. Ihr rechter Zeigefinger zuckte nervös auf dem Lauf ihrer Walther.

»Sicher!«, rief sie.

Claas und Katja liefen vor in den Schlafraum, wo sie Stefan am Boden liegend fanden. Eine breite Blutspur prangte hinter ihm, auf der hellen Tapete, bis hinunter zum Boden.

»Oh, mein Gott!« Katja Braun musste sich auf das Bett setzen.

Claas Heering beugte sich zu Stefan hinunter und tastete nach seinem Hals. »Er lebt!«

Corinna nahm sofort das Funkgerät: »Schnell! Wir brauchen den Notarzt im Zimmer 22. Stefan ist verletzt.«

Peter Uhlig hatte sich auf das Gelände der alten Pantoffelfabrik am Gersteinring geflüchtet. Weiterzulaufen schien ihm zu riskant, weil er befürchtete, auf der Straße aufzufallen. Lange bleiben konnte er allerdings auch nicht, denn von überall her näherten sich Einsatzfahrzeuge und es würde nicht lange dauern, bis die Polizei anfangen würde, das Gebiet weiträumig zu durchkämmen. Im hinteren Bereich der alten Fabrik befand sich ein Atelier für Upcycling. Hier diente vermeintlicher Zivilisationsmüll als Ausgangsprodukt für neue Gebrauchsgegenstände. Neue Möbel, hergestellt aus Euro-Paletten dominierten die kleine Werkstatt. An der Decke hingen aufgeschnittene Fußbälle, in denen jetzt Glühbirnen ihren Dienst versahen. Es schien niemand da zu sein, der dort arbeitete.

Ein Motorroller fuhr auf den Hof.

Daniel Seidler hatte gute Laune. Bei gutem Wetter wie heute machte sein Studentenjob als Postbote richtig Spaß. In Heike Mundts Papageiencafé hatte er sich einen großen Latte macchiato gegönnt und dem Abend entgegengefiebert. Kathi würde heute zum ersten Mal mit ihm ausgehen.

Er steuerte seinen leuchtorangenen Kymco Roller wieder auf den Gersteinring und bog direkt auf den Hof der alten Pantoffelfabrik ab, in der sich einige hippe junge Unternehmen und Künstler angesiedelt hatten.

Am Eingang einer der Werkstätten lehnte jemand in der Tür und winkte ihm zu.

Daniel wuchtete den Roller auf den Ständer, ohne den Motor abzustellen. »Trari trara, die Post ist da«, sang er.

Zwei Briefe und einen Katalog hatte er für das Atelier dabei. Er reichte sie seinem Gegenüber, der in diesem Moment Daniels Handgelenk packte und ruckartig daran zog. Daniel geriet ins Stolpern. Sein Körper wurde herumgeschleudert, der Oberkörper nach hinten gerissen. Schmerzhaft spürte er das Knie des anderen in seinem Rücken und dessen Arm um seinen Hals. Panik schoss in Daniel Seidler hoch. Irgendwie versuchte er dem Griff zu entkommen, aber schon nach wenigen Sekunden verlor er das Bewusstsein.

Er merkte nichts mehr davon, dass Peter Uhlig seinen schlaffen Körper in den hinteren Bereich des Arbeitsraumes schleifte und in die Toilette sperrte, nachdem er ihm die orange Jacke und den Helm abgenommen hatte.

»Eins sage ich Ihnen gleich, Herr Kaminski, das wird Folgen haben!« Polizeipräsident Stephan Angler-Bierschmuck schäumte vor Wut. »Wie konnte die Aktion so dermaßen aus dem Ruder laufen? Ist dieser Braun völlig durchgeknallt?«

»Ich hätte Oberkommissar Braun nicht an dem Einsatz teilnehmen lassen dürfen. Es war mein Fehler.«

»Wollen Sie wieder den Kopf für ihn hinhalten, Kaminski? Das ist doch nicht das erste Mal, dass sie seinetwegen in Schwierigkeiten sind.«

»Das stimmt, Herr Polizeipräsident, aber im Moment bin ich, neben all dem Entsetzen, sehr froh, dass Oberkommissar Braun am Leben ist.«

»Sie sollten mindestens genauso froh sein, dass auch die Bürger, die mit dieser Aktion überhaupt nichts zu tun hatten, noch am Leben sind. Herrgott, Kaminski. Das hätte ein regelrechtes Blutbad geben können.«

Herrmann Kaminski mochte sich nicht ausmalen, was tatsächlich hätte passieren können. Und er gab sich selbst die Schuld dafür, denn er hätte Stefan längst von dem Fall abziehen müssen.

»Was ist mit der Zielperson?«

Herrmann starrte auf die schwarze Schreibtischplatte und antwortete mit gesenkter Stimme: »Über alle Berge.«

»Das heißt dieser hochgradig gefährliche Täter ist innerhalb weniger Tage zum zweiten Mal durch unverantwortlich leichtsinniges und unprofessionelles Handeln eines einzelnen Beamten dieser Behörde entkommen. Das fasse ich einfach nicht, Herr Kaminski.«

Herrmann schwieg. Er hätte dem eh nichts hinzuzufügen gehabt, denn er wusste genau, dass Polizeipräsident Angler-Bierschmuck recht hatte.

»Wir haben also einen weiterhin flüchtigen Serienmörder, eine tote Kollegin und einen, der schwer verletzt ist. Die Presse wird uns zerreißen. Wie geht es dem Kollegen eigentlich?«

»Den Umständen entsprechend gut. Er hat starke Prellungen am Brustkorb, durch den Aufprall der Pistolenkugeln auf die ballistische Schutzweste und eine Platzwunde am Hinterkopf. Davon hat er wohl auch eine ordentliche Gehirnerschütterung. Über Nacht bleibt er erst mal im Bergmannsheil.«

Die Tarnung als Postbote war zwar beinahe perfekt, taugte aber nur so lange, bis sie den Mann in der Toilette finden würden. An sein Auto würde er nicht herankommen. Bestimmt hatten sie es längst entdeckt. Da die Bullen ihm mittlerweile dicht auf den Fersen waren, brauchte er jetzt was richtig Schnelles. Um die Kreditkarte noch gefahrlos nutzen zu können, musste er den Vermieter wechseln. Er rief die Hotline von Europcar an, um ein Fahrzeug zu reservieren. Im Angebot war ein Audi RS6 Avant, abzuholen an der Station in der Essener Innenstadt. Da gab es auch ein gutes Versteck für den Motorroller.

»Du hast ja Nerven, hier aufzutauchen.« Corinna Busch sah Stefan ungläubig an, als dieser die Bürotür öffnete. »Ich denke du sollst im Krankenhaus bleiben.«

»Alles gut.« Das Atmen und Sprechen schien ihm große Anstrengungen zu bereiten. »Die wollten mich eh heute Nachmittag nach Hause schicken.«

»Mann, Derrick, was hast du dir bei der Aktion bloß gedacht?«

»Ich hab den durch die Tür schnarchen gehört und mehr weiß ich nicht mehr.«

»Kaminski ist so dermaßen sauer auf dich, das kannst du dir in deinen kühnsten Träumen nicht vorstellen.«

»Doch, ich glaub schon. Ist nicht das erste Mal, dass ich Mist gebaut habe.« Mühsam setzte er sich auf seinen Bürostuhl.

»Ach nee.« Claas Heering betrat das Büro. »Unser Ein-Mann-Spezialkommando ist wieder da.«

Stefan versuchte die Spitzfindigkeit des Neuen zu ignorieren. »Ist jemand zu Schaden gekommen?«

Corinna schüttelte fassungslos den Kopf. »Ob jemand zu Schaden gekommen ist? Hast du zufällig heute Morgen mal in den Spiegel geguckt?«

»Ich meine, ob jemand was abgekriegt hat, der nichts dafür kann.«

Claas Heering rollte mit seinem Bürostuhl an Stefan

heran und verschränkte die Arme vor der Brust. »Allerdings. Er hat einen jungen Postboten überwältigt und ist mit dessen Motorroller getürmt.«

»Verdammt noch mal, warum geht der Kerl nicht dran.« Peter Uhlig hatte jetzt zum dritten Mal erfolglos versucht Olaf Wittke anzurufen.

»Dann mache ich es jetzt auf meine Art.«

Dennis Terboven hatte Schweißperlen auf der Stirn, als die Kollegen des KK 11 in seinem Büro auftauchten.

»Da hat jetzt schon zwei Mal einer versucht das Handy von Herrn Wittke anzurufen. Zwar mit unterdrückter Nummer, aber die notwendigen Daten zur Ortung habe ich.« Dennis wollte gerade zur Erklärung ansetzen, als es auf seinem Bildschirm blinkte. »Da. Jetzt versucht er es schon wieder.«

»Wo kommt das Signal her?«, wollte Corinna Busch wissen?

»Es bewegt sich kontinuierlich und sehr schnell die A 3 entlang in Richtung Süden. Ich denke mal der sitzt in einem Auto.«

»Und ich weiß auch genau«, Stefan hatte Mühe zu sprechen, »wo der hin will. Auf welcher Höhe ist der jetzt?«

»Kurz hinter Siegburg.«

»Dann haben wir nicht mehr viel Zeit.«

Er war dem silbernen 3er BMW vom Krankenhaus aus gefolgt. OF AT 82. Das war der richtige Wagen.

Klar. Er hätte es einfach an einer Ampel tun können. Aber der Audi war viel zu auffällig und es gab jede Menge Zeugen. Warum hatte er nicht einfach einen gewöhnlichen Golf genommen? Stattdessen hatte er nun eben diesen RS6 in rotmetallic. Andererseits würden die Bullen bestimmt nicht damit rechnen, dass er so auffällig unterwegs war.

Der BMW verschwand in der Tiefgarage. Peter Uhlig parkte den Audi am Straßenrand. Der dunkle Passat Kombi hinter ihm folgte ihm schon eine ganze Weile. In etwa zwanzig Meter Entfernung hielt er ebenfalls am Straßenrand. Der Fahrer stieg aus und ging zum Heck des VW, aus dem er einen Hund herausließ. Dann ging er an Uhligs Wagen vorbei, ohne ihn eines Blickes zu würdigen.

Ein schöner Hund, fand Uhlig. Ein blonder Malinois, groß und kräftig. Neben Tymokowytschs Haus führte ein Weg in den Wald. Dort ging der Hundeführer hinein.

In der Wohnung im ersten Geschoß ging das Licht an. Peter Uhlig kippte die Lehne des Sportsitzes nach hinten und machte es sich bequem. Er wollte zunächst die Lage sondieren.

»Ich will, dass du morgen früh zum Arzt gehst und dich krankschreiben lässt.« Herrmann Kaminski ließ keinen Zweifel daran aufkommen, dass er es ernst meinte.

»Herrmann ich kann jetzt nicht zu Hause hocken. Da werde ich wahnsinnig.« Stefan keuchte, als er sich hinsetzte.

»Da sehe ich überhaupt keine Gefahr, Stefan. Wahnsinnig bist du schon. Mensch Junge, ich kann das nicht mehr decken, was du angestellt hast. Die Aktion auf der Freiherr-vom-Stein-Straße ging schon nicht, aber das hier ist von allen Böcken, die du im Leben geschossen hast, wohl der Größte.«

»Herrmann du verstehst das nicht«, versuchte Stefan Braun seinen Chef zu beruhigen.

»Was bitte soll ich daran nicht verstehen? Du hast dein eigenes Leben aufs Spiel gesetzt und das von zahlreichen Unschuldigen zumindest gefährdet, auch wenn Gott sei Dank niemand ernsthaft zu Schaden gekommen ist. Du bist emotional betroffen. Du reagierst nicht mehr professionell. Du bist eine Gefahr für dich und alle um dich herum.«

»Bitte Herrmann. Lass mich wenigstens Innendienst machen. Zu Hause drehe ich durch.«

»Nein, Stefan.«

»Nur Innendienst, Herrmann.« Stefan legte seine Dienstwaffe und seinen Ausweis vor Herrmann auf den Schreibtisch. »Wirklich nur Innendienst.«

Das Telefon klingelte. »Kaminski hier. Da fällt mir ein

Stein vom Herzen. Vielen Dank. Das sind wirklich gute Nachrichten, Frau Busch. Bitte kümmern Sie sich um alles.« Er legte auf und sah Stefan lange und durchdringend an. »Gut. Innendienst. In deinem Zustand kommst du draußen eh keine zehn Meter weit.« Er schob Stefans Ausrüstung über den Tisch zurück. »Und nimm deinen Krempel mit. Oder glaubst du, ich will das hier für dich aufbewahren.«

»Danke.«

Stefan wollte gerade den Raum verlassen, als Herrmann ihn aufhielt: »Wenn man die Profis übrigens ihren Job machen lässt, wird meistens alles gut.«

Etwas mehr als eine halbe Stunde hatte Peter Uhlig nun das Umfeld und die Wohnung von Alexej Tymokowytsch beobachtet, ohne dass er etwas Auffälliges bemerkt hätte. Der Arzt war in seiner Wohnung hin und her gelaufen, hatte sich scheinbar in der Küche etwas zu essen gemacht und hielt sich nun offensichtlich im Wohnzimmer auf. Der Spaziergänger mit dem Malinois kam aus dem Wald zurück und ging zu seinem Wagen. Uhlig stieg aus und ging auf das Haus zu. Vor der Tür drehte er sich noch einmal um. Der Passat fuhr gerade los. Als er klingelte ging im Hausflur das Licht an. Ohne über die Sprechanlage nachzufragen wurde die Tür aufgedrückt. Im Treppenhaus schien über ihm jemand damit beschäftigt zu sein, etwas Schweres zu transportieren. Ein junger Mann hatte sichtlich Probleme damit, einen Kinderwagen über die Stufen nach unten zu bugsieren. Als er Uhlig sah, sprach er ihn direkt an: »Sie schickt ja der Himmel. Könnten Sie wohl mal eben mit anfassen.« Da er eh keine Möglichkeit hatte diesem Transport auszuweichen, griff er nach den Streben der Vorderräder und ging rückwärts die Treppe wieder hinunter.

»Ich weiß gar nicht, wie meine Frau das alleine hinbekommt. Normal kümmert die sich immer um alles, aber jetzt, wo sie im Krankenhaus liegt, da muss ich das plötzlich alles machen.« Der junge Mann sprach ohne Unterlass. Peter Uhlig hatte das Gefühl, als würde er zum Sprechen nicht einmal Luft holen. Gut, dass sie fast unten waren. Nur noch zwei Stufen, dann wäre er von dieser Quasselstrippe erlöst.

»Jetzt!«, schallte es lautstark durch den Flur. Der Kinderwagen drückte mit großer Wucht gegen seinen Oberkörper. Peter Uhlig konnte sich nicht halten und fiel rückwärts die beiden letzten Stufen hinab. Hart traf er auf dem Steinboden auf. Der Kinderwagen landete auf ihm. Ein harter Hieb traf seinen Kiefer. Sein Kopf wurde von einem Knie auf den Boden gedrückt. Hände packten seine Arme und rissen daran.

»Polizei! Keine Bewegung!«, schrie ihm der Mann entgegen, dessen Knie ihn am Boden fixierte. Um seinen Worten Nachdruck zu verleihen, zielte er dabei mit seiner Heckler & Koch direkt auf Uhligs Kopf.

»Ich kann es nicht fassen, dass dieser Braun einfach im Büro auftaucht, als wäre nichts gewesen.« Claas Heering und Kim Preußler saßen zusammen auf der Couch in ihrer kleinen Dachgeschoßwohnung in Wattenscheid. »Der zieht diese bekloppte Rambo-Nummer ab, versaut den gesamten Einsatz, wird fast abgeknallt; und heute sitzt der am Schreibtisch, als ginge ihn das alles nichts an«. Claas war sichtlich aufgebracht.

»Aber es ist doch alles noch mal gut gegangen, Schatz.« Kim gab sich Mühe Claas wieder zu beruhigen. »Der Typ ist doch jetzt verhaftet.«

»Verstehst du das nicht?« Claas rückte etwas ab und sah Kim mit skeptischem Blick an. »Der macht mir gegenüber immer einen auf oberschlau. Ich bin ja nur *der Neue*. Und dann haut der so ein Ding raus. Er hätte genauso gut tot sein können. Und einige andere mit ihm.« Claas Heering musste tief Luft holen. »Das …, das ist …, das ist unprofessionell bis dorthinaus.«

»Versetz dich doch mal in seine Lage.«

Claas Heering sah Kim an und zuckte mit den Schultern.

»Stell dir vor, dieser Typ hätte mich auf dem Gewissen. Glaubst du vielleicht, dass du dann noch *Dienst nach Vorschrift* machen würdest? Alles genau nach Polizeidienstvorschrift Nummer dreitausendsiebenhundertzwölf?«

»Er hätte halt zu Hause bleiben sollen.«

»Ach Schatz. Du willst mir jetzt erzählen, dass der junge, aufstrebende Ermittler Claas Heering in dem Fall zu Hause sitzen würde und seinen Ficus gießt?«

»Vermutlich nicht.«

Kim stand auf und gab Claas einen Kuss. »Eben.«

»Was ist das für ein Scheißtyp?« Dieter Pratt warf seine Mappe mit Wucht auf Herrmann Kaminskis Schreibtisch, um den herum die noch verbliebenen Mitglieder der MK Schiwago versammelt saßen. Da die Täter nun gefasst waren, wurden alle, die nicht zum KK 11 gehörten, abgezogen und wieder mit anderen Aufgaben betraut. Lediglich die beiden BKA-Ermittler waren weiter mit von der Partie.

Katja Braun und Dieter Pratt hatten versucht Peter Uhlig zu vernehmen.

»Dieser Mistkerl hat jetzt gefühlte dreihundert Mal dasselbe gesagt. ›Mein Name ist Peter Uhlig. Ich bin deutscher Staatsbürger.‹ Sonst nichts. Einfach nichts.«

»Der reagiert auf nix«, ergänzte Katja. »Nicht auf Fragen, nicht auf die Fotos der Toten. Der sitzt da wie ne Wand und betet die ganze Zeit seinen Spruch runter. Selbst als ich ihm einen Kaffee angeboten habe, hat er nicht reagiert. Ich glaube wenn der noch einmal ›mein Name ist Peter Uhlig‹ in meiner Gegenwart sagt, dann hau ich ihm eine rein.«

Außer Claas Heering, der Katja als Einziger nicht kannte, war allen klar, dass diese Drohung zwar Ausdruck ihrer Wut, aber keineswegs ernst gemeint war. Wenn jemand seine Emotionen im Griff hatte, dann war es Katja Braun.

»Was erwartest du von einem ehemaligen Stasi Mann?«, fragte Herrmann in seiner ruhigen, väterlichen Art. »Diese Geheimdiensttypen sind doch alle auf so was gedrillt worden.«

Katja zwinkerte Herrmann zu: »Gibt's eigentlich den fiesen Keller noch? Den, mit den Elektroschockgeräten?«

»Mädchen, seit du weg bist, war da keiner mehr drin.«

Die Gesichtszüge von Dieter Pratt entgleisten. »Das ist jetzt wohl nicht ihr Ernst?«

»Nein, mein Lieber. Das ist unser Spaß«, beruhigte Herrmann Kaminski. »Der einzige Spaß, den wir in dieser Situation haben.«

Irgendwie kam Dieter Pratt mit dieser Art von Humor nicht klar. »Ich denke die Versuche weiterer Befragungen von Herrn Uhlig können wir uns schenken.«

»Und deswegen knöpfen wir uns jetzt diesen Olaf Wittke vor.« Corinna griff zum Telefon und bestellte einen Gefangenentransport, der Olaf Wittke vom Gefängnis in der Krawehlstraße ins Präsidium bringen sollte und Peter Uhlig zurück in seine Zelle.

Die Justizvollzugsbeamten hatten Olaf Wittke im Verhörraum abgeliefert und brachten Peter Uhlig zu ihrem Transporter im Hof. Stefan Braun stand neben dem Wagen.

»Einen Moment«, forderte Stefan die Kollegen zum Anhalten auf. Er ging direkt auf Uhlig zu und tippte ihm mit dem Zeigefinger auf die Brust. »Was glaubst du Arschloch eigentlich, wer du bist? Mit deiner bescheuerten Agentennummer?« Stefan äffte ihn nach: »*Mein Name ist Peter Uhlig. Ich bin deutscher Staatsbürger*. Du bist ein dreckiger Mörder. Sonst nichts.«

Stefan redete sich so sehr in Rage, dass einer der Justizbeamten ihn an der Schulter packte und zurückzog.

Stefan stöhnte laut auf, weil die Schmerzen durch seine Brust schossen, riss sich los und beschwichtigte: »Schon gut. Ich tue ihm nichts.« Dann drehte er sich wieder zu Uhlig um. »Du hast ne Kollegin von mir auf dem Gewissen. Dafür gehst du in den Bau für den gesamten Rest deines verkommenen Lebens.«

»Jetzt erkenne ich Sie.« Peter Uhlig, der bis dahin geschwiegen hatte, sah Stefan direkt ins Gesicht. »Sie waren das, der meinen Schlaf gestört hat. Sie werden entschuldigen, dass ich das leider nicht akzeptieren konnte. Da Sie noch leben, nehme ich an, Sie hatten eine kugelsichere Weste an. Tut es noch sehr weh?«

Stefan biss sich auf die Unterlippe um ihm keine reinzuhauen. »Nur, wenn ich atme. Sonst geht es.«

»Was hat denn eigentlich Ihr Chef dazu gesagt, dass Sie den Einsatz versaut haben? Hätten Sie das mal den Spezialisten überlassen. Dann tät es jetzt auch weniger weh. Aber keine Angst. Nach zwei Wochen können Sie bestimmt wieder fast ohne Schmerzen atmen.«

Stefan wendete seinen Blick von ihm ab: »Bringt das Arschloch weg, bevor ich mich hier gleich vergesse.«

Da Olaf Wittke nur im Beisein seines Anwalts vernommen werden durfte, ließ man ihn bis zu dessen Ankunft alleine im Verhörraum sitzen. Im Beobachtungsraum legten die Ermittler ihre Verhörtaktik fest.

»Ich denke wir gehen da erst mal mit Frauenpower dran.« Corinna Busch, die formal noch immer die Ermittlungen leitete, entschied sich dafür das Verhör gemeinsam mit Katja Braun durchzuführen.

Claas Heering kam mit einer Thermoskanne in der Hand zur Tür herein. »Frischer Kaffee! Und der Anwalt ist jetzt da.«

Corinna nahm Rechtsanwalt Christoph Bayer im Flur in Empfang, während Katja den Kaffee in den Verhörraum brachte.

»Bitte meine Herren, bedienen Sie sich.«

Corinna begann das Verhör: »Wie Ihnen sicher bekannt ist, haben wir mittlerweile Herrn Uhlig festgenommen.«

»Dann wird sich ja jetzt wohl schnell aufklären lassen, dass mein Mandant nichts mit den von Ihnen vorgeworfenen Tötungsdelikten zu tun hat.«

»Oh. Da ist unser Informationsstand aber ein ganz anderer.« Katja entschied sich dazu, sofort mit einem Bluff einzusteigen. »Laut Herrn Uhlig hatte er ganz eindeutige Anweisungen von Ihnen.«

Olaf Wittke wurde schlagartig nervös: »Das …, das ist nicht wahr.«

»Ruhig bleiben, Olaf«, unterbrach ihn sein Anwalt, »überlass das Reden mir.«

Corinna nahm die Unsicherheit in Olaf Wittkes Augen wahr. Scheinbar hatte Katja seinen wunden Punkt getroffen. Jetzt mussten sie ihn nur irgendwie aus der Reserve locken, was angesichts des Anwalts nicht leicht sein würde.

»Haben Sie seine Reaktion gesehen, Heering?« Stefan Braun saß mit Claas Heering und Dieter Pratt auf der anderen Seite des Spiegels im Beobachtungsraum. »Deshalb ist es enorm wichtig den Verdächtigen immer genau zu beobachten.«

»Aber das war doch jetzt ein Bluff.« Claas' Feststellung klang eher wie eine Frage.

»Klar war es das«, antwortete Stefan. »Eines der wichtigsten Arbeitsmittel im Verhör. Beobachten Sie weiter den Verdächtigen. Auch wenn der Anwalt spricht. Es ist nicht erforderlich, dass Sie den Rechtsverdreher ansehen. Beobachten Sie immer nur den Verdächtigen. Niemand wird Sie für Ihre Höflichkeit belobigen. Sie müssen herausfinden, was ihn verunsichert. Die Wenigsten sind so gute Schauspieler, dass sie das verbergen können.«

Christoph Bayer war ein guter Verteidiger. Da es keine handfesten Beweise gab, gelang es den beiden Frauen nicht, Olaf Wittke wirklich in die Enge zu treiben. Zwar wusste dieser bislang nicht, dass Peter Uhlig überhaupt keine Aussage gemacht hatte, aber das reichte nicht, um ihm Zugeständnisse abzuringen.

Das Verhör drehte sich schon seit über einer Stunde im Kreis. Corinna schlug mit den flachen Händen auf die Tischplatte. »So kommen wir hier nicht weiter. Wir machen jetzt erst mal eine Pause. Mir knurrt der Magen.« Corinna blickte auf die Uhr. »Wir treffen uns in einer Stunde wieder hier.« Mit Blick auf Olaf Wittke gerichtet, fragte sie: »Wollen Sie für diese Zeit wieder ins Gefängnis gebracht werden, um da an der Gemeinschaftsverpflegung teilzunehmen?«

Olaf Wittke guckte betreten.

»Oder wollen Sie hierbleiben. Dann lasse ich Ihnen ein Lunchpaket bringen.«

»Dann bleibe ich lieber hier.«

Katja und Corinna waren zu ihren Kollegen in den Beobachtungsraum gegangen.

»Gehen wir rüber zur Kantine vom Gericht?«, fragte Corinna in die Runde. »Die Speisekarte für heute sieht gut aus.«

»Ich hab keinen Hunger«, entgegnete Stefan, der als einziger nicht zustimmend genickt hatte. »Ich mache mir einen frischen Kaffee und bleibe im Büro.«

Stefan begleitete seine Kollegen bis zum Treppenhaus, wo er stehen blieb und sich mit schmerzverzerrtem Gesicht über das Geländer beugte, während sich die anderen auf den Weg zur Kantine des Landgerichts machten. Noch immer tat jede Bewegung des Brustkorbs höllisch weh.

Eine junge Beamtin in Uniform kam die Treppe hinauf. Sie trug eine Papiertüte.

»Ist das das Lunchpaket für den Verhörraum?«, sprach Stefan sie an.

»Ja. Richtig.«

»Gib es mir. Ich will sowieso gerade dahin. Ich nehme es mit.«

Die junge Frau überreichte ihm die Tragetasche und verschwand wieder nach unten.

Stefan Braun betrat den Verhörraum und stellte die Tüte auf den Tisch. »Ihr Essen, Herr Wittke.« Mit einem Kopfnicken signalisierte er dem Uniformierten, der zur Bewachung des Verdächtigen abgestellt war, den Raum zu verlassen.

»Lassen Sie es sich schmecken.«

Olaf Wittke durchsuchte die Tüte und fand darin zwei eingeschweißte, belegte Brötchen, zwei Schokoriegel und einen Apfel.

»Is halt kein Drei-Sterne-Menü, aber daran sollten Sie sich langsam gewöhnen. Das wird auf Dauer im Knast auch nicht besser.«

»Was wollen Sie damit sagen?«, blaffte Olaf Wittke Stefan an.

»Sie glauben doch nicht, dass Sie mit der ›Ich weiß von gar nix‹-Nummer hier durchkommen?«

»Ich denke das Verhör ist unterbrochen.«

»Ja natürlich ist es das. Bitte betrachten Sie das hier einfach als ein Gespräch. Sie brauchen auch keine Sorge zu haben, dass wir diese Unterhaltung aufzeichnen. Und selbst wenn wir es täten, hätte es keinen Wert als Beweismittel.«

»Also was soll das dann.« Wittke war sichtlich nicht angetan von der Situation.

»Wie gesagt, ich will mich nur mit Ihnen unterhalten.«

»Und wenn ich das nicht will?«

Stefan lachte. »Ich glaube ja jetzt nicht, dass Sie in der Situation sind, zu entscheiden, ob Sie etwas wollen oder nicht.«

Olaf Wittke blickte zu Boden.

»Ich will Ihnen jetzt mal was stecken«, fuhr Stefan fort. »Ihr Freund Uhlig …«

»Dieser Mensch ist nicht mein *Freund*!«, unterbrach Wittke ihn.

»Nun gut. Also Ihr Kollege, Mitarbeiter oder wie immer

Sie das Verhältnis zwischen sich beschreiben möchten. Also dieses Stück Scheiße auf zwei Beinen.«

Wittke sah Stefan ungläubig an.

»Ich hab Ihnen doch gesagt, dass wir das hier nicht aufzeichnen. Also dieses Stück Scheiße hat in Ihrem Auftrag, oder zumindest mit Ihrem Wissen sieben Ärzte umgelegt. Keine Angst, das werden wir Ihnen noch hinlänglich beweisen. Die Aufzeichnungen von Ihrem Spezi müssen ja noch fertig ausgewertet werden. Aber keine Sorge, Ihr Mann war nicht nur gründlich beim Abmurksen. Er hat auch fein säuberlich über alles Buch geführt.«

»Das wüsste mein Anwalt, wenn Sie solche Aufzeichnungen hätten!«

»Das, mein lieber Herr Wittke, weiß Ihr Anwalt erst dann, wenn wir die Aufzeichnung gesichtet und zu den Akten gegeben haben. Und das wird dauern. Aber ich war doch noch gar nicht fertig«, fuhr Stefan fort. »Vielleicht mag es ja zu Ihrer kruden Moralvorstellung passen, dass Sie diese Menschen haben töten lassen, weil sie ja selbst unmoralisch gehandelt haben.« Mühsam erhob sich Stefan vom Stuhl und stellte sich jetzt in Olaf Wittkes Rücken. »Aber dass er eine junge Polizeibeamtin aus dem Leben gerissen hat, wie bitte passt das denn in Ihr Weltbild?«

»Was soll ich denn damit zu tun haben?«

»Sind Sie wirklich so borniert? Oder versuchen Sie mich zu verarschen?« Stefan packte ihn an den Schultern und drehte Olaf Wittke mitsamt Stuhl zu sich um. Der Schmerz schoss stechend durch ihn hindurch und signalisierte ihm damit deutlich, dass das keine gute Idee gewesen war. »Was Sie damit zu tun haben?« Er packte ihn mit beiden Händen am Hinterkopf, zog ihn zu sich heran und drückte seinen Kopf fest an Wittkes Stirn. »Die junge Kollegin wollte ihn festnehmen, weil er für Sie Menschen umgebracht hat!« Stefan wurde immer lauter. »Ohne Sie hätte es den ganzen Scheiß hier doch überhaupt nicht gegeben und Sandra würde noch leben!« Mit voller Wucht warf er Wittke zurück in dessen Stuhl.

»Das tut mir leid.« Olaf Wittke sprach leise. »Das habe ich wirklich nicht gewollt.«

Stefan schrie ihn an: »Davon wird sie aber auch nicht wieder lebendig! Ich habe diese Frau geliebt!«

»Wie schon gesagt, es tut mir leid. Aber ich kann es doch auch nicht ungeschehen machen.«

Stefan setzte sich auf den Stuhl direkt gegenüber von Wittke, stützte die Ellenbogen auf die Tischplatte und vergrub den Kopf in seinen Händen. Seine Stimme war kraftlos. »Nein. Das können Sie nicht. Aber Sie können der Gerechtigkeit helfen, indem Sie einfach die Wahrheit sagen. In dem Sie ihr Gewissen erleichtern. Denn Sie werden mit der Schuld, die Sie auf sich geladen haben, ein Leben lang klarkommen müssen.«

Stefan stand auf und ging zur Tür. Er hob die rechte Hand, um anzuklopfen, damit ihm von außen geöffnet wurde, hielt einen Moment inne und drehte sich zu Olaf Wittke um. »Ich glaube ja eher, dass Sie da in was reingerutscht sind, das sich Ihrer Kontrolle entzogen hat. Sie sind ein aufgeblasener Heini, der sich hinter seiner Krawatte versteckt, aber ganz bestimmt kein Killer.« Stefan musste tief Luft holen, um weiterzusprechen. »Wenn Sie weiter lügen werde ich da sein, wenn Sie irgendwann wieder aus dem Knast kommen. Sie haben mein Leben versaut. Sie haben kein Recht darauf, dass Ihres wieder in normale Bahnen kommt.« Stefan machte eine Pause und wischte sich die Tränen aus dem Gesicht. »Außer, Sie entscheiden sich für die Wahrheit.«

Dieter Pratt stand mit stolz geschwellter Brust in Herrmanns Büro. Nach dem Mittagessen hatten die Kollegen entschieden, dass Dieter Pratt den Platz von Katja im Verhör einnehmen würde. Und tatsächlich konnten sie Olaf Wittke zu einem weitreichenden Geständnis bewegen. Diesen Erfolg verbuchte er nun für sich. »Damit ist unsere Arbeit hier erledigt. Der Rest ist Sache des Staatsanwalts. Frau Braun und ich werden heute noch nach Wiesbaden zurückfahren.«

Herrmann Kaminski war aufgestanden und reichte Dieter Pratt die Hand. »Dann bleibt mir nur noch, mich bei Ihnen für die gute Zusammenarbeit zu bedanken.«

Dieter Pratt schüttelte jedem zum Abschied die Hand, während Katja sich von ihren Ex-Kollegen mit einer Umarmung verabschiedete. Zuletzt war Stefan an der Reihe. »Pass bitte etwas besser auf dich auf. Ich melde mich nächste Woche bei dir und dann lass uns in Ruhe über alles reden, ja?«

Stefan löste sich aus der Umarmung, denn die körperliche Nähe zu Katja war ihm plötzlich unangenehm. »Ist okay. So machen wir das.«

Nachdem die beiden BKA-Ermittler den Raum verlassen hatten, wandte sich Corinna Stefan zu: »Was ist in der Mittagspause hier passiert? Der Wittke war völlig verändert. Das lag doch im Leben nicht an diesem Krawattenheini.«

»Ich weiß nicht, was du meinst«, versuchte Stefan sich aus der Affäre zu ziehen.

»Du warst der Einzige von uns, der in der Pause hier war. Erzähl mir nicht, dass du artig im Büro gesessen hast.«

»Wo denn sonst?«

»Soll ich mal den Schupo fragen, der zur Bewachung im Verhörraum eingeteilt war?«

»Kinners, jetzt lasst aber mal gut sein«, bemühte Herrmann sich den Frieden wiederherzustellen. »Also Stefan. Raus mir der Sprache. Was war hier los?«

»Ich habe ihm sein Essen gebracht und mich ein wenig mit ihm unterhalten.«

»Unterhalten?«

»Ja, Herrmann. Unterhalten. Verhören konnte ich ihn ja wohl kaum. Mir war klar, dass der nicht so eiskalt ist, dass der das alles so wegsteckt. Ich habe einfach ein bisschen an sein Gewissen appelliert. Scheint ja funktioniert zu haben.«

Auf dem Parkplatz des Präsidiums standen Corinna, Claas und Stefan zusammen vor Corinnas rotem Polo.

»Was bin ich froh, dass wir das hinter uns haben.«

Corinna Busch strich sich angespannt durch die blonden Stoppelhaare.

»Wir haben mal wieder einen richtig guten Job gemacht«, gab Stefan sich euphorisch.

»Einen guten Job gemacht?« Claas Heering traute seinen Ohren nicht. »Wir können von Glück reden, dass das ganze am Ende so glimpflich ausgegangen ist. *Trotz* Ihrer Eskapaden, Herr Braun.«

»Ja, Heering, da haben Sie wohl recht. Ich will mich auch gar nicht groß dafür entschuldigen, aber auch ich bin nur ein Mensch. Und ich bin froh solche Kollegen, wie euch zu haben.«

»Und einen Chef wie Kaminski, der den Kopf für dich hingehalten hat«, ergänzte Corinna.

»Ich mag mir gar nicht vorstellen, wie das wird, wenn der nächstes Jahr in Pension geht. So Typen wie ihn gibt es in den Führungsetagen unserer Firma nicht viele.«

Die drei gaben sich zum Abschied die Hand. Stefan blickte den beiden hinterher, als sie den Hof verließen. Er öffnete die Tür seines Mondeo und schob sich umständlich auf den Fahrersitz, um den Oberkörper so wenig, wie möglich zu bewegen. Er steckte den Schlüssel ins Zündschloss. Das Radio sprang an und spielte die eingelegte CD mit Hits der Neuen Deutschen Welle. Der Beat von »Dreiklangs-Dimensionen« wummerte durch seinen Kopf, als er ebenfalls losfuhr. Kurz vor der Ruhrallee überholte er Claas auf seinem Fahrrad, winkte ihm zu und entschloss sich an der nächsten Ampel dazu, wieder zu wenden. Er wollte noch einmal zum Gradierwerk in der Gruga fahren um durchzuschnaufen. Als er vor dem Haupteingang aus dem Wagen stieg, fiel es ihm wieder ein: »Mist. Da ist ja Baustelle.« Trotzdem ging er in den Park. Er brauchte jetzt wenigstens etwas frische Luft. Die Absperrgitter waren zwar noch da, aber es gab eine Art Eingang zur Saline. Da auch das Wasser wieder lief, glaubte Stefan, dass die Bauarbeiter es wohl eilig hatten und die Zäune daher einfach stehen ließen. Stefan nahm seine Brille ab und steckte sie in die Innentasche seiner Lederjacke, damit sie keine Flecken vom Salzwasser bekam. Dann beugte er sich über die Brüstung, bis sein Kopf an die schwarzen Reisigbüschel stieß. Das salzige Wasser lief sein Gesicht hinunter und augenblicklich schien die Seeluft seine Bronchien zu weiten. So tief es seine schmerzende Brust zuließ sog er die Luft in sich auf. Es gab ihm ein Gefühl von Freiheit. Für einen Moment konnte er den Schmerz in seiner Brust vergessen.

Stefan setzte sich auf eine der Bänke und trocknete sein Gesicht mit einem Taschentuch. Er setzte die Brille auf und drückte die grüne Taste seines Nokia. Im Display erschienen die vier Einträge, die er zuletzt angerufen hatte. In der letzten Zeile stand »Sandra«. Er bewegte den Cursor abwärts auf ihren Namen. So, als könne er mit einem Anruf all die schrecklichen Dinge wieder gut machen. Als könne er sie damit wieder zum Leben erwecken. Er schob die Brille hoch und wischte die Tränen ab, die nun seine Wangen entlangliefen. Dann wählte er Hansis Nummer: »Kann ich morgen zum Frühstück kommen? So um zehn?«

»Klar. Bring Brötchen mit.«

Die Meldung kam über Funk: »Auf der Ruhrtalbrücke in Fahrtrichtung Düsseldorf steht eine männliche Person direkt an der Brüstung. Der Melder meint, er wolle springen.«

Stefan Braun war mit seinem Streifenwagen auf Höhe der Abfahrt Rüttenscheid. Damit war er sicher am Nächsten dran. Er meldete sich über Funk bei der Zentrale und schaltete Blaulicht und Martinshorn ein. Mühsam kämpfte er sich mit dem Ford Scorpio durch den dichten Verkehr. Dann konnte er ihn sehen. Ein Mann stand an der Brüstung und hielt ein Kind über den Abgrund. Stefan riss die Tür auf, noch bevor der Wagen gänzlich stillstand. Beinahe wäre er hingefallen. Dann ließ der Mann das Kind los und es stürzte in die Tiefe. Das Adrenalin verhinderte, dass Stefan realisierte, was gerade geschehen war. Er stürzte auf den Mann zu, der nun über die Brüstung geklettert war und sich nur noch mit einer Hand festhielt. Stefan hatte ihn fast erreicht, als er ihn erkannte. Es war Olaf Wittke, der Stefan ansah und zu ihm sprach: »Es tut mir wirklich leid. Ich habe das alles nicht gewollt.« Dann ließ er los und stürzte ins Ruhrtal.

Stefan Braun hatte frische Brötchen und Mett mitgebracht. Hansi setzte eine große Kanne Tee auf.

»So, wie du aussiehst, hast du aber ein großes Frühstück bitter nötig.« Die beiden Freunde umarmten sich und nahmen am Tisch in Hansis großer Küche Platz.

Stefan hatte viel zu erzählen. Er berichtete von Sandras Tod und davon, dass er zweimal richtig Mist gebaut hatte, während Hans Grabowski einfach schweigend zuhörte. Er erzählte von Katjas Auszug und davon, dass sie die Täter dingfest machen konnten: »Und dann hat dieser aufgeblasene Heini so getan, als hätte er den Fall quasi alleine gelöst.«

»So ähnlich steht das auch in der Zeitung.« Hansi ging kurz ins Wohnzimmer und kam mit der Wochenendausgabe in der Hand zurück. »Hier, auf Seite drei.« Er schlug die Zeitung auf und reichte Sie seinem Freund.

»Besondere Ehrung für BKA-Beamte«, zitierte Stefan die Überschrift des Bildes, das Polizeipräsident Angler-Bierschmuck, Dieter Pratt und Stefans Frau Katja zeigte. »Blabla, Serienmord, blabla, Medikamentenversuche, blabla, herausragende Leistung, blabla, Beförderung, blabla.« Stefan feuerte die Zeitung auf die Eckbank. »Was soll's. Ist halt wieder so wie früher. Katja hat ihren Auftritt bekommen. Sie ist die Größte, die Schönste und die Tollste. Alle Welt hat ihr das wieder bestätigt, und wer es bislang noch nicht wusste kann es jetzt in der Zeitung nachlesen.«

»Ich erinnere mich an Zeiten, da war dir das ganz recht, dass deine Frau immer die Tollste von allen war.«

»War sie es denn?«, fragte Stefan.

»Zumindest hast du sie dafür gehalten.«

»Für mich ganz persönlich war sie es ja auch. Ich habe bloß nicht gemerkt, dass ich mich dabei selbst vergessen habe. Dass ich gar nicht mein eigenes Leben gelebt habe, sondern immer nur eines in ihrem Schatten. Aber das ist jetzt vorbei.«

»Aber in ihrem Schatten stehst du ja jetzt auch irgendwie. Sie wird belobigt und befördert und von dir ist nicht mal die Rede.«

»Weißt du, Hansi«, sagte Stefan, während er einen großen Schluck vom heißen Tee genoss, »es gibt Wichtigeres im Leben, als Hauptkommissar zu werden«.

»Bestimmt gibt es das. Und woran denkst gerade genau?«

»An ein gutes Mettbrötchen.«

Genussvoll biss er in das Brötchen. Die Kruste knackte laut. Beinahe wäre etwas vom Mett aus seinem Mund gefallen, als er weitersprach. »Und vor allem daran, dich als Freund zu haben.«

ENDE

DANKE

Klaus-Peter Wolf: Danke für Deine Ostfriesenkrimis, ohne die ich niemals auf die Idee gekommen wäre, selbst Autor zu werden. Danke für Deine Unterstützung und Deinen festen Glauben an mein Talent, ohne die dieses Buch nicht geworden wäre, was es heute ist.

Christiane Franke: Danke, dass Du mir den Zugang zu den Seminaren von Klaus-Peter ermöglicht und mir damit den Weg zum Schriftsteller geebnet hast.

Birgit Ahlers, Jule Gölsdorf, Martina Jansen, Christian Jaschinski, Cornelia Kunert, Natascha Manski, Christiane Nitsche, Annette Petersen, Miriam Phillips, Manfred C. Schmidt, Anja Steinhardt: Danke, dass Ihr mich in Euren Kreis aufgenommen habt. Danke für Eure Inspiration, die Kritik und die Motivation.

Heiko Müller: Danke für Deine unermüdliche Beratung in Sachen Polizeiarbeit.

Thomas Beyer: Danke für Deine vielen juristischen Tipps.

Literaturstudio im Unperfekthaus: Ohne Euch hätte ich nie daran geglaubt, dass das Publikum mein Buch wirklich lesen will.